黄树芳——著

书人书事

国际文化出版公司
·北京·

图书在版编目（CIP）数据

书人书事 / 黄树芳著. — 北京：国际文化出版公司，2020.7
ISBN 978-7-5125-1220-7

Ⅰ.①书… Ⅱ.①黄… Ⅲ.①随笔－作品集－中国－当代 Ⅳ.① I267.1

中国版本图书馆 CIP 数据核字（2020）第 097869 号

书人书事

作 者	黄树芳
责任编辑	宋亚妲
封面设计	鸿儒文轩
出版发行	国际文化出版公司
经 销	全国新华书店
印 刷	三河市华东印刷有限公司
开 本	880 毫米 ×1230 毫米　32 开
	10.25 印张　　　　　170 千字
版 次	2020 年 7 月第 1 版
	2020 年 7 月第 1 次印刷
书 号	ISBN 978-7-5125-1220-7
定 价	59.80 元

国际文化出版公司
北京朝阳区东土城路乙 9 号　　　　　邮编：100013
总编室：（010）64271551　　　　　传真：（010）64271578
销售热线：（010）64271187
传真：（010）64271187－800
E-mail：icpc@95777.sina.net

个人史与个人生活的魅力

——黄树芳先生新作读感

张锐锋

个人史是历史的一部分，没有个人的历史是空洞的历史，它失去了最有意义的价值链上的环节，因而也失去了理解历史的一条最有效的途径。即使以叙述事件为主旨的历史，也在其中包含了无数隐藏的个人史，只不过这样的历史叙事用比较清晰的线条替代了复杂的个人史的喧嚣，它已经将更为隐秘的丰富性过滤掉了。个人史也是理解生命中关于时间构造秘密的锁钥。它由一系列看起来极其琐碎的小事件的秩序，推演无限性和可能性。人的时间包含了各种可能的维度，它在许多方向展开了丰富的、似乎短暂的、转瞬即逝的、具有深度和广度的内容，我们借此可以抵达历史本身的幽暗神秘之处。

个人史基于时间的赋予，却始于语言的讲述。它是语言的创造物，它是被说出来的，因而只在言说中存在。没有讲述的个人史是无效的，个人史的讲述不仅是一连串的故事，更重要的是蕴含在故事中的体验深度和深埋于其中的意义结构。这些故事的丰富性也不仅是个体生活信息的记录和简单排列，而是有着揭示生命本质的组织方式，有着强大的精神搜索功能。人生的一切都深埋于生活繁杂的事实里，它一经说出，就成为一个共享的世界，个体的经验与普遍经验获得联系，并唤醒我们对自己的思考。

黄树芳先生的新作就要出版了，他的这部书名为《书人书事》。这是一个意味深长的书名，其中有着交往、交流、情感、往事和已经流失了的时间。它是个人史的重要部分，每一篇文章都有着独特的时间背景。它很像是一部关于人生的电影，由众多的片段组成，却充溢着对往事怀恋的热忱。从每一篇关于往事的文章中，既可以看出黄树芳先生交往的人——他们的形象、他们的个性、他们的行事方式以及他们的生活片段，也可以看出作家自己的观察、自己的体会以及自己内心世界的激荡。其中的一切，书扮演了重要角色，它既是交往的媒介，也是交往的内容，还是交往的见证。对一个读书人来说，书中藏着一个广阔的世界，他既在书中遨游，也在书外飞翔。书建立了一个观察世界的视角，也是一个人的精神引擎，它引出了、驱动了一个人对于他人和自己重新解构的渴望。

这些读书识人的随笔是朴素的，就像黄树芳先生的为人一样——文如其人。大约在20世纪80年代中期，我在《黄河》杂志任编辑，接到了黄树芳先生的小说稿，读完之后觉得十分不错，是一篇反映外资大型露天煤矿中发生的故事，很多细节非常感人，令人难忘。可以看出，没有真实生活的积累，没有丰富的写作经验，很难写出这么生动的作品。但就我当时的感受，也有一些不太满意的地方，就在编辑部编前会上提了出来。于是我就受命前往，到平朔露天煤矿去找作者提出修改意见，以便让小说更为完美。记得是一个夏天，路途遥远，我乘着公共汽车一路颠簸，七八个小时才到达目的地。那时没有高速公路，汽车必须沿着弯弯曲曲的盘山路，才能翻越雁门关，沿途的风光也没什么好看的，虽然是北方万物繁茂的季节，但雁门关一带仍然带着几分荒凉。我一路想着这个作家的样貌——他一定身材颀长、骨瘦如柴、一脸忧郁、皱着眉头……

但是见到黄树芳先生后，却是另一种样子，中等身材，微微发胖，一副中年人的厚道朴实，脸上永远是微笑的表情，那种微笑不是训练出来的，一看就是发自内心的那种宅心仁厚的微笑。他的所有动作既是节制的，得体的，自然的，做事也是有条不紊、从容自若的，让人觉得所有的事情他都心中有数。黄树芳先生当时担任平朔露天煤矿的党办主任，有着组织部门出身干部的严谨和沉稳，给人以值得信赖的好印象。

黄树芳先生比我年长 20 多岁，在文学创作上是我的前辈。他早在 20 世纪 60 年代初就发表小说，但对我这个年轻人却显得特别谦虚。现在想来，我那时真是少不更事，对面前的这位前辈作家毫无婉转含蓄和拘谨谦卑，而是对他的这篇小说直截了当提出修改意见，甚至还毫不留情地说了一些比较尖锐的、不太恰当的话，但黄树芳先生总是认真倾听，微笑着表示接受，并把我的意见记在笔记本上，然后回去连夜修改。那篇小说几经修改润色，把他折腾了好多天，他从来没有感到不耐烦，总是耐心地听取我的琐碎的、也许无关紧要的建议。他的谦逊和好脾气令我久久感动。

平朔露天煤矿是中国改革开放后最早引进外资建设的大型项目，投资人是著名的哈默博士，它被称作改革开放的试验田。黄树芳先生领我参观了采煤现场，巨型载重汽车发出轰鸣声，从眼前驶过，令人震撼。但走近采煤现场，则看见一个巨大的近于圆形的深坑，就像站在高处俯视一样，这些巨大的自卸卡车和庞大的挖掘机械，就像小小的甲壳虫一样在下面作业，给人以极深印象。我第一次见到这样的庞然大物，它的车轮是我身高的两倍以上。

黄树芳先生给我不厌其烦地介绍这座煤矿的前世今生，从他的语调和表情可知他的内心是充满自豪的。所以他的小说作品多数取自这个企业中发生的各种事件，并加入了自己的理解和虚构。他的素材是真实的，因而在黄树芳的作品中，所写的人物是生动的、感人的，就像站在我们眼前一样。他所写的每一件事都是节制的、含蓄的，即使面对一些尖锐的现实问题，其表达也是婉转的——这一切就像他本人的性格，理性、节制、含蓄、宽厚、宽容，尽可能从他人的角度理解对方，而不是痛快淋漓地挥洒自己的情绪。他的小说，所描写的人物都是好人，其中的种种痛苦也是一个个好人的纠结、矛盾或超越个人的忧患，语言质朴而简明，风格则温柔敦厚，处处呈现自己的好脾气和好品格。

现在我面对黄树芳先生的新著《书人书事》，好像跟随他回到从前的日子。他与众多朋友的交往，是那么的纯洁，那么的真诚。我认识的他们那一代的人们中，他是真正爱书的读书人。尤其是朋友的书，他都认真阅读，这不仅是对读书的热爱，还是对朋友的热爱。因为他所交往的朋友里，很多也是我的朋友和师长，所以读起来感到十分亲切，其中的每一个人都是那么熟悉，一个个形象从我的面前走过，使我沉浸于其中，既感慨时间的流逝，也感谢生活的厚赠。

这本著作稿在付梓之际让我先睹为快，这是黄树芳先生对我的信任。我从这本书的每一篇作品中，都能看出他用心写作的样子。这些作品是从他的心里流淌出来的，它有着往事的甘甜，有着消逝了的岁月的呼吸和心跳，有着读书和写作生活的独特角度和真诚的韵律。它既是朴素的，也是华美的，既是平凡的，也是浪漫的和诗意的。

更重要的是，这部书提供了一部个人史和个人的形象，提供了关于心灵的知识，提供了爱与善良的真诀。这让我想到瑞士的人格分析心理学大师荣格的一些话："你可以活出这样的生命，你需要这样的生活。幸福无法决定你的幸福，也无法决定他人的幸福，幸福只能决定幸福本身。""在社会上，幸福存在于我和他人之间，我也要这样的生活，虽然我没有经历过这种生活，但是我仍然可以这样生活。我朝向深度去生活，深度开始说话。深度告诉我其他真理，将我身上的意义和无意义结合在一起。"所以，黄树芳先生的生活深度，可以从这部书中窥测，他的幸福也值得我们向往。平凡的生活并不是平淡的，而是在与他人的交往中获得提升，获得甘之如饴的幸福。

感谢黄树芳先生为我们写了一部好书，祝他永远保持"读书永无毕业"的激情。

2019 年 10 月 26 日

（序文作者为中国作家协会全委会委员，山西省作家协会副主席，一级巡视员。）

目　录

第一辑

书情

难忘与葛剑雄教授的那次电话

　　葛剑雄教授的职务和职称，也就是人们常说的头衔很多，我大体算了一下，写全了要 200 字左右。我们相识于 20 世纪90 年代中期。当时我就想过：该怎么称呼他为好。想来想去，就用文艺界常用的"老师"这个称谓吧。记得是新世纪初，我同夫人到上海，与文友刘绪源相聚后，想一同到葛老师刚迁居的新家探望。葛老师问清我们在哪里后，便开车来接。在车上，话题切入书房。葛老师说他从 10 多岁就梦想有一间属于自己的书房，快 60 了，这个梦想终于实现了——这是最让我高兴的事。我们听了也都很高兴，我很激动地说："我们也为葛老师高兴，祝贺老师！"葛教授说："今后别称老师——那不妥……"他的话好像还没说完，我也没来得及细想，更没回话，刘绪源就插话说："真的是该好好祝贺祝贺！"刘绪源是很文静的作家、文学评论家，说话总是平平稳稳、细声慢语，现在似乎也很激动，可见大家都为这事很高兴。说话间，就到了葛老

左起周秀芝、黄树芳、葛剑雄、刘绪源

师的新家门口，下车以后，都忙着看新房，自然也就忘了那个称谓的话题。

后来，我又认真地想了想，对葛教授到底怎么称谓才合适。称他为老师，他觉得不妥，这大概是因为我比他年龄大的缘故——中国古代，人们在称谓对方时，就很注意年龄问题。于是，我决定将老师改称教授——教授是高等学府的最高专业职称，另外还有社会身份的含义。我注意了一下，山西的另外几位朋友，也都是这么称呼的。这样，就避免了年龄的干扰。

2019年4月16日，文友苏华到朔州来访，给我带来葛教授新出版的《天人之际》《今古之变》《读万卷书》等三部新作。他告诉我，葛教授前两天在太原讲学，托我将他送您的新书带来。他说一个月前您给他家打过电话，他没在，让我代问您好。我一边说"谢谢"，一边就赶紧翻看新书——这里的"谢

葛剑雄给黄树芳的赠书

谢"，是个两用词：既是谢送书给我的葛教授，也是谢捎书的苏华。书的扉页上，葛教授那流畅潇洒的字迹映入眼帘。看后，让我实感不安的是他竟用了"黄树芳前辈"这几个字。他的身份，他的学识，他的名望，他的视野，他的成就……从哪方面讲，我都不敢承担前辈这个称谓。当时就想打电话解释一下，但考虑到他从不用手机，也只好过几天再说吧。

4月18日晚8点40分，我给葛教授家打电话——此刻，该是最佳通话时间：葛教授应已回家，晚餐已过，尚未休息。果然顺利接通，是葛教授夫人庄大夫的声音。她说：他刚回上海，但还没回家——每天都得10点以后才回来，过会儿再来电话吧。我说：那太晚了，会影响休息呀。她说：不怕的，他太忙，我们每天都很晚才休息。你要是不怕晚，10点半以前都可以。

在和葛教授相识20多年的时间里，接触机会不是很多。他居上海，我在山西，又不在省城，难得相聚。他太忙，大部分时间是在全国或世界各地开会、讲学、访问、报告等等。过一段时间，偶尔通个电话，相互问候，沟通情况，加深了解而已。如果葛教授不在家，每每都是和庄大夫说几句互相问候的话。她会告诉我，葛教授在哪儿公出，大概什么时间回来，要找到他，什么时间来电话为宜⋯⋯庄大夫的声音总是很平静很温和，而且让人感到很真诚。就像今天的电话，一般人听到对方说怕影响休息，放下电话也就完了。有谁还会说"我们每天都休息很晚，10点半以前都可以"。听了这样的回答，我不仅非常满意，甚至很温馨很感动。放下电话，我忽然想到民间的一句俗话："不是一家人，不进一家门。"想到这里，就将这些想法告诉了坐在旁边的老伴儿，她也很感慨地说："这就是文化。这文化呀，有时看不见，摸不着，可是能感悟到，让人舒畅。咱们得好好向人家学习。"

晚上10点钟，我准时拨通了葛教授家的电话，还是庄大夫接的。她说："我去叫他，您等一下。"一分钟后，她告诉我说："他有点儿事儿，正和人谈话。您将家里电话号码告诉我。他说，一会儿给打回去。"

10分钟后，电话来了。我还没来得及说话，葛教授就说："苏华将书给您了吧？"我说："给了，给了——今天给您打电话，就三件事儿：一是我收到书了，太感谢了，已看了几篇，很受教益。特别是《读万卷书》封面上的那两句话，写得真好，和我赶写的下一本书的内容完全符合，准备引用您这两句话呀（那两句话是：外物之味，久则可厌；读书之味，愈久愈深）。还得告诉您一下：我写过一篇短文，题目是《读书永无毕业，要做终生读者》，前半句引用的是您在央视大讲堂讲的一句话，后半句才是我的话。这在一家公众号和《黄河》杂志都发了，以后要有人说我侵权，您可是知道了呀……说到这里，我们都哈哈地笑了。他说："你还在写，这很辛苦的。"我说："想和您说的第二件事，是您称我'前辈'，实在是担当不起。我心里很不安呐——以后可不能再这样称谓了。"我还没说完，他就接过话去，说："称前辈是对的，您不要有什么想法。我清楚该怎么称谓。刚才家有人来，正谈点儿事，耽搁了一会儿。我也是想和您今天通个话。刚从新疆石河子回来，明天得去北京。上次打电话我没在家。听苏华说您还在准备出新书，我很高兴。可是要保重呀！"我说："我要和您说的第三件事儿，就是想提醒您注意休息，也到古稀之年了，得保重身体的呀——我看您太忙，整天山南海北，国内国外，跑东跑西，现在又出版了好几本新书，太忙了——我打电话，您十有八九不在家。"他笑着说："好的，好的，咱们都保重吧。"我们双方似乎都还想继续说下去，但是时间真的是有点儿晚了。这电话也真的该结束了。最后他还说了句："你家的电话号码今天也记下了，挤时间，多通话吧。"

打完电话，我看了看表，说话时间大约 5 分钟——不算长，想说的话也都说了。乍一想，这电话也没谈什么大事儿，很平常，很普通，就是两位多时不见的朋友，说了说想说的心里话，聊了聊该聊的日常事儿。但细一琢磨，却内涵颇丰，意境深邃，味美悠长——更深夜静，有一种思绪在脑海飘飞，有一种感动在周身体味。那些爽快的话语，那些难忘的往事，那些浓浓的情谊，还有阅读赠书中那暖暖的回忆，就像飘飘洒洒的柳絮在脑海里滚来滚去滚在了一起，让人心潮涌动，温馨恬静，畅爽欣喜——看来，今夜难以入眠……

在脑海里飘来飘去的思绪，终于落下深刻印记的还是曾经折磨过我的"称谓"那两个字。葛教授说，他称我前辈是对的，让我不要有什么想法和不安。对这事，他说得就这么简单。可在我脑海里，这事的分量确实很重。记得他那次送我《悠悠长水》《往事和近事》《走近太阳 ——阿里考察记》等书时都称的是"先生"。到 2004 年，他送我的南极日记《千年之交在天地之极》时，第一次写了"前辈"。那时，感觉就很复杂很不安，本想提出请葛教授不要再这样称谓，但又考虑只是这么一次，而且一直没有合适的机会，也就拖拉过去了。这次又在三本赠书中用了这个称谓。这使我下了决心，要跟葛教授说说自己的心里话，于是就有了这次电话。说实话，葛教授在我心中的分量很重，开始看到他对我用"先生"的称谓，都使我有些压力，何况现在用的是"前辈"。

这时忽然想到，他的《天人之际》中有一篇叫《姓名与称谓》的文章。其中对"解决同姓名之难，传统与现代，文化与管理"和"称谓的困惑"等议题，均从历史的演变到现实的困惑做了较为详尽的论述。于是，便兴奋起来：反正今夜无眠，便披上衣服下床，找到他的这本书，翻阅起来。很快便找到了这篇文章。"称谓的困惑"一章，从旧时子给父写信抬头敬语"父亲大人膝下敬禀者不孝男某某"说起，谈到了家族和社会中各类人员各个时期称谓的演变，并就当前人们常遇到的一些困惑，诸如对先生、小姐、女士、同志、老师、同学甚至叔叔、阿姨，这些常用，但又常遇到疑惑的称谓，都举例做了介绍和分析。同时，还将男性和女性常用的先生、小姐、女士和太太等词语，与英语和日语的称呼做了比较。他在文章中对称谓的介绍和分析，既有清晰的历史叙说，又有浓郁的社会现实景象，有时还带有鲜明的地域气氛。读了葛教授的这些文字，使我受了不少启发和教育。无论从历史角度说，还是从当前现状看，称谓问题都体现的是文化，是礼仪和社会文明。当然，我们在考虑人际间的称谓时，不能离开具体环境，不能离开具体的人和事。特别是在日常生活中，应该注意到这个往往被忽视的"小节"。我在葛教授对我的称谓中感悟到，无论是称先生，还是前辈，他都是认真考虑过的。这就不单是称谓，更是友谊和情感，文化和知识。这样考虑，怎么称谓都该宽慰，都该高兴。就像葛教授在电话中说的，不要有什么想法，也不该有什么不安。

看懂了，想通了，爽快了，精神了，忽地就想到小说家刘庆邦于2017年8月28日在《文艺报》发表的《满树芳华情未尽》一文。这篇文章用了200多个字，占了一个段落，也是写了我们之间的称谓问题，最后他选定了一个"兄"字。读了葛教授的文章，觉得庆邦的确是选对了。我也很慎重，一直没称他为弟。葛教授在文章中指出："本来称'先生'或'兄'最方便。但有的回信纠正，'我年龄比你小，您太客气了，应该称我弟才是'……但如果遇上一位懂旧规矩的人，他必定知道'弟'只能用于亲兄弟，结拜兄弟或学生。"这就更使我认识到，称谓，的确是一种文化，文化人一般都考虑得比较周到。我在作家阎晶明、周宗奇、钟道新等名家的赠书中，同样感悟到在这方面他们也似都用心考虑过。自己虽够不上文化人，该怎么理解怎么对待，心里好像也有了些底码。

时间已到午夜，该休息了——盖好被，合上眼，嘱咐自己：别乱想，好好睡。但思想有时候也耍脾气，它不但不睡，却越来越清醒——这问题本人主宰不了。我多次受过失眠的折磨，今天干脆随行就市，就让它在脑海里自由行动——愿怎么飞就怎么飞，愿到哪儿就到哪儿吧。

终于还是又想到了葛教授。平常打电话，庄大夫的回话经常是：到北京开会了，去广州讲课了，到欧洲了，去美国了……上海的刘绪源，山西的苏华也常和我说："找到他很难——他太忙。""太忙"这两个字和刚刚在脑海里平静下来的"称谓"两个字一样，被这两天的所听、所见、所闻，验证了它的真实和准确，也揭示了它的文化内涵和精神风貌。

晚间与葛教授通电话，他说："有个客人谈点儿事，才完；刚从新疆石河子回来，明天得去北京——我也是想今天咱们俩最好能通通话……"其实，我完全能听清，这话的内涵有两点：一是在解释为什么要推迟 10 分钟才来接电话；二是说，如果今天不通话，说不定又要推到哪天呢。但他不一定能想到，这些解释，客观上就让我进一步了解了他的工作状况和紧张气氛，也就越发感到他的的确确是"太忙"了。

在"太忙"中，我看到的是一位热情昂扬的历史地理学家，在辽阔的天地间，日复一日年复一年地扑下身子，不怕地广人稀，不惧山高水急，以学者的眼光踏勘实情，并以一部接一部的专著不断为学界增光添彩的形象。他说，刚从新疆回来。他去过多少次新疆，我没问过。我看过他的一篇叫《"新疆"不新，"新疆"常新》的地名解析的文章。此文从清朝光绪九年设置行省时，给"新疆"命名说起，追述了起于新石器时代，中国内地与新疆在方方面面的交往和演变，直到近代，新疆又一次向世人展示出常新的风姿："'新疆'不新，她早已是中国不可分割的一部分。'新疆'常新，她在各族人民不断的滋润下永葆青春。"能写出这样的美文佳作来，就充分说明，他不仅对新疆已经做过详尽的考察，而且查阅过大量的资料，进行过认真的分析。可他为什么刚在太原忙碌完，又马不停蹄，人不下鞍，赶往新疆？不管是应邀而去，还是事业所需而往，都让我们看到的是这位专家爱国为民的情怀和孜孜不倦的工作精神——这让我又想起他的这种精神的另一次生动写照。

　　在20世纪的最后一年，他出版了一本纪实随笔《走近太阳——阿里考察记》。里面有两句话深刻而永久地记在了我的脑海。"凡是没有去过的地方我

《走近太阳——阿里考察记》

都想去，越是难去的地方我越想去。"这就是作为历史地理学家的葛教授的胸怀、性格、气势和豪情。接下来的文字是："阿里当然是没有去过的，更是非常难去的。就是到了拉萨再去阿里，那段路程就是越野车还得跑四五天，遇到洪水、塌方、雪崩、泥石流、流沙、大雪、大风，被困上 10 天半月还是小事，连生命安全也没保障。而且，沿途多数地方是无人区，居民点稀少，食宿基本靠自己，很难获得补给，有了伤病，遇到意外或车辆故障也得靠自救……"

后来，我在阅读中慢慢体悟到，阿里这块神奇之地，对阿里以外的人来说，简直就是可望而不可即的地方，葛教授为什么有这么强烈的愿望一定要去一趟？这不能单纯地理解他是因为没有去过和难去而产生的好奇心。我看，主要还是这块身居世界屋脊、神奇而奥妙的土地本身，对这位历史地理学家有一种不可抗拒的魅力。

阿里，这是一片离太阳最近的地方，又称"世界屋脊"的屋脊。这或许就是这本随笔集起名为《走近太阳——阿里考察记》的缘故吧。此地平均海拔 4000 米，不少地方是 5000 米。这里有高耸入云的雪峰，有亘古不化的冰川，有千姿百态的土林，有宁静纯洁的湖泊……这里的人类及生物都有特别顽强的生命力，而且绚丽诱人。

葛教授想去阿里的心愿越来越迫切，他急切地想赶快找到一个合适的机会，去亲吻那片向往已久的土地，去呼吸那里的新鲜而纯净的空气，去感受属于那片土地的还让人有些陌生的文化。然而，这个机会又难等又难找。一直过了 9 个年头，它才姗姗来迟——一位对西藏文化极有兴趣的外国人 T 将要去阿里考察，而且他已经做了多方面的考虑和准备。经朋友介绍，T 了解了葛教授历史地理专业的背景，知道他能做很好的英语翻译、身体状况以及迫切想去考察阿里的心愿，便邀请他为考察队的一员。这次考察，从葛教授 1996 年 6 月 16 日离开上海算起，到 7 月 17 日离开拉萨回上海为止，他在阿里那个最接近太阳的奇妙之地，经历了近一个月的时间，在那里遇上了多少艰险，付出了多少辛苦，取得了多少科考成果，这里不必也不可能细说。不过，那本《走近太阳——阿里考察记》的随笔，应该是能向读者交代的一个很有味道的读本。我记忆深刻的是，葛教授在飞机上向西藏告别之时，那情深意浓的话语："我不希望给西藏之旅画上句号，因为我的地图上还有太多的空白点。"

说这话时，葛教授已经是知天命的岁数了。

无论是作为历史地理学家还是复旦大学的部聘教授和博导，他每去考察一个没有去过的地方，就是在他自己的地图上减少了一个空白点。更确切地说，是他在攀登事业高峰的征程上又前行了一步。阿里后的下一步，他又去了哪儿呢？那是一个人们都耳熟能详，但除专业考察队之外又很少有人去过的地方——南极。这次他是以第十七次南极考察队的一员和人文学者的身份，于 2000 年 12 月 7 日离开北京，到 2001 年 2 月 13 日回到北京的——考察期两个月。这次考察，他以日记体出版了一本 26 万多字的《千年之交在天地之极——南极考察日记》。此书，对这次考察做了翔实而精细的记录。这可作为他的考察

《千年之交在天地之极——南极考察日记》

总结去读——因读者的具体身份、阅历、文化等情况不同，读后的感悟和体会，会有所不同。我在阅读中，有两个细节最受感动，有的地方甚至情不自禁落泪。

一是：葛剑雄、唐师曾、周国平、邵滨鸿、何怀宏，还有一个被称为 Z 的人，六位人文学者竟在南极考察时，给当时的联合国秘书长安南写了一封呼吁书。呼吁书的最后几句是："从切身经历和学术理念出发，我们深感和平、环保的重要，坚信这是 21 世纪全人类的主题。为此，我们向尊敬的秘书长阁下，并通过您向所有地球公民呼吁：珍惜生命，保护环境，结束战争，维护和平，全球一家，共同繁荣……"我理解，这个呼吁书就是这六位人文学者南极考察的感悟和收获，心得和体会，更是他们向祖国乃至世界人民的汇报。毫不含糊，这呼吁也代表了祖国人民和世界人民的共同心愿和呼声。

二是：得知葛教授要去南极的消息，复旦大学历史系退休教授陶松云先生，托人给葛教授带来一面小国旗，这位 77 岁的独身老人表示她的意愿——在患癌症七年间，她已经一次次超越了医生预测的生命极限，希望能将这面国旗送到南极长城站，代表祖国，代表 65 岁以上老人，也代表她自己，飘扬在南极。葛教授深知这位前辈教授的心愿。不管是考察队在天安门广场参加升旗和宣誓仪式时，还是媒体采访时，他都手持这面红旗，让其将陶教授那颗代表 65 岁以上老年的心，告诉天安门广场，告诉祖国，告诉所有关注这位老教授的人们。当到达南极长城站，在升国旗仪式后，葛教授又将这面红旗固定在写有长城名牌的架子上，并摄影留念，以便带回祖国转交给陶松云先生。然后，他立正站在红旗旁，遥望着 16000 公里外的上海，庄重地告诉陶教授，她的心愿实现了，祝她身体健康。

一次电话后的不眠之夜，这么自由而放肆地想入非非，在我到耄耋之年以前，不算长也不算短的历程中，还没有出现过。看来，今夜真的是又要失眠了——想了些什么呢？其实，想来想去，始终也没离开葛教授。

1977 年，高校恢复招生。葛教授一心要上大学，便挤进了报名队伍。但因超了规定年龄 31 周岁几个月而被拒。1978 年春，首次研究生招生，年龄放宽到 40 岁，而且不问学历。那时他正在古田中学任教并担任校团委书记，不久前还当选了上海市劳模和市人大代表。因此有些担心，怕不被校方批准。但当时国家的大形势是不拘一格选拔人才，上海市教育局和学校虽然是忍痛割爱，大家都还是支持了他的报考。结果，以总分第一的优异成绩，被录取为复旦大学历史系历史地理专业研究生，导师是著名的历史地理学家谭其骧教授。

入学一年后，校、系领导和导师就安排他担任了谭其骧教授的助手。在谭教授精心培养和他自己刻苦学习、辛勤工作的 10 多年间，充分证明了他为国为民的宏图大志和踏实勤奋一步一个脚印的工作作风。1983年6月，学校破格批准他提前毕业。当年8月，由七名著名教授组成的答辩委员会一致通过了他的博士论文，从而成为全国首批文科博士。1985—1993年先后晋升为副教授、教授和博导。想到这些，再看看他现在——那在"太忙"中而又忙而不乱的工作风貌，翻翻他那一部接一部深刻而又朴实的论著，听听他那一次接一次的生动的演讲和在全国政协及各种座谈会的发言，想想他那"越是难去的地方我越想去"的精神和豪情……这时，我心里突然就提出了一个问题：这个靠自学直接考入研究生的葛教授，为什么能在工作中取得那么大的成绩，做出那么多的贡献？为什么已到古稀之年，还整天在"太忙"中贪黑起早地奔波前行？

想来想去，要回答这些问题，大概少不了这三条：一是个人的勤奋努力——这应该是首要的，也是公认的一条。任何一个成功的人，或者在哪方面取得优异成绩的人，这一条都是领头的。同时，"天分"这两个字也是很重要的因素，葛教授的工作热情和有目共睹的业绩，让我们很具体很形象地认识到这一点。二是正如葛教授"在首批获文科博士学位二十周年感言"中所说："我是'不拘一格'的受益者。""文革"以后，改革开放初期，国家很明确地提出了"不拘一格"选拔人才的战略。如果不是那时国家急需人才和"不拘一格"选拔人才的形势，葛教授这个人才，也不一定能脱颖而出。三是当想到和谈到葛教授这位优秀的社会学家时，不应该不想到和谈到他的导师谭其骧。

人们一般只知道谭其骧是复旦大学教授，全国著名的历史地理学家。其他方面，似知之不多。他的经历很简单，从6岁到82岁都没离开过学校。他的工作也很简单，从20岁开始登上讲台，不是上课，就是做历史地理研究。当他已经躺在华东医院病房里的时候，于1992年3月，葛教授在整理他的来信时，见到了一封来自美国传记研究所的信件，通知谭先生已入选该所为庆祝成立25周年，收录四分之一世纪间对国际社会产生重大影响的精英人物录——《500名具有重大影响的领袖人物》即将出版。当葛教授将信件拿到病房，大声告诉他这一消息时，老人已经似懂非懂，发出的声音已无法听清。

谈到谭其骧教授，有两项重大的工作和业绩，世人是不该忘记也忘记不了的：一是他花费了20多年时间的心血，主持编绘的《中国历史地图集》早已正式出版。二是在《中国历史地图集》收尾工作还没完全结束时，有一项重大任务又摆在他面前：国家决定要编绘《中华人民共和国国家地图集》，由他任主编。当时，他已年过古稀且半身不遂，但他不仅接受了这件具有历史性的艰巨任务，而且在众多专家学者的共同努力下，坚持在病中圆满完成了这项重任。

葛教授对他的恩师谭其骧曾有这样的记述："我多次听他早年的友人、同事谈过他勤奋工作的例子，在跟随他的10多年间，我也亲身感受到他忘我的工作热忱。在我随他数十次的外出期间，从未有过一天他是在12点以前入睡的。在最后一次发病的前几天，他都是在后半夜才结束当天（实际已是前一天）工作的。如果他把这些精力花在自己的论著上，他晚年的产量完全可以是现在的数倍。"（《往事和近事》第235页）

葛教授在协助先师谭其骧编辑《长水集》后，曾谈到对"长水"两个字的联想："半个多世纪以来，先生在历史地理这块处女地中经过辛勤耕耘，取得了丰硕成果；今天先生虽已年逾古稀，还是孜孜不倦，夜以继日，为祖国，为学术，为下一代无私地贡献出余年，正像长年流水，始终在滋润大地，催人奋进！"（葛剑雄《悠悠长水——谭其骧前传》第1页）我注意到在葛教授帮助他恩师出版的《长水集》和《长水集续编》以及后来写的传记《悠悠长水——谭其骧前传》都没有离开"水"字。只是在写传记时，将"长水"明明确确地写成了"悠悠长水"。以前他们师生以及一些其他朋友谈到"长水"，都谈的是"细水长流"，意思是人生为社会要像流水一样长流不息。谭其骧的座右铭"锲而不舍，终身以之"，也体现的是这个意思，就是在生命的后期，面对一次次袭来的病魔，他也是依旧不倦地工作着。学生和友人劝他注意休息，保证身体。他也还是锲而不舍，似水长流。

　　在中国的文化中，这个"水"字是很受尊重的。实际上，有不少人已将"水"字，看成了人生哲学：利万物而不争，处低位而不怨。对人，君子之交淡如水；对国，鞠躬尽瘁，锲而不舍。一个人能这样细水长流地度过一生，我们的祖先就称其为君子了。葛教授在为他恩师立传时，将细水长流，改成了"悠悠长水"，并以此定为书名，改得实在是好——改出了方向和力量，改出了气势和水平。既体现了传主锲而不舍的精神，也反映出既要水长流，又要有"奔流到海不复回"的气势。细细想来，悠悠长水，实际这就是葛教授和他的恩师，10多年间，亲密无间相濡以沫的深情厚谊，也让我们看到了葛教授，刻苦学习、严于律己的文化环境和气氛，以及在攀登学术高峰中不断前行的步履。也许我们不能绝对地说，他在其恩师离世后的几十年中的表现和成绩，就是体现了悠悠长水的精神，但绝对不能说没有关系。年年月月，他都是"太忙"，越是难去的地方，他越是要去，他的论著一部接一部地和读者见面，他一次接一次地在各地讲学和做学术报告，还有那些各种规模的会议、研讨和考察活动，不都是像悠悠长水一样，长流不息、滚滚向前的形象体现吗？

这一夜，果真是没能入眠，新的一天很快就要来了，我仍然兴奋不已，想象万千——在新的一天里，葛教授又要忙什么？去北京开会？到中央文史馆参政议政？去国外讲学？或是又要去一个还没有去过的地方——虽然很难去，但他是一定要去考察一番的，也可能得马上整理一部等着出版的书稿……反正他整天都是"太忙""太忙"了。就像悠悠长水，长流不息——水势，平稳静美，悦目宽怀；气势，汹涌澎湃，滚滚向前……

2019 年 6 月

我与刘庆邦

　　说到和刘庆邦的关系，不能不提到煤炭部于 1983 年夏在大同矿务局举办的中学生夏令营活动。那次活动由煤炭部主管文化的副部长张超坐镇指挥，近百名北京的中学生，30 多名包括萧军、娄师白、柳倩、陈建功等著名作家、画家、书法家和多家媒体记者都云集同煤，开展了长达半月之久的档次较高、形式多样的活动。在这次活动中，有两个人给我留下了深刻印象，而且在我以后的文学创作中，都起了不小的鼓舞和帮助作用。第一位是萧军。这位前辈著名作家，吸引我的地方有三：他去过延安，毛主席给他写过信；他写过不少关于煤矿的作品，我读过一些；还有就是他和萧红的关系，我也听过不少有关传说。在这个活动期间，我单独拜访过萧军先生三次，最大的收获是他给我题写了"与人为善，乐在其中"的墨宝。这句话，在我以后的生活、工作、学习乃至创作中都像是座右铭一样经常在眼前显现，真的是起了人生宝典的作用。

喜获萧军题词的第二天，在一次座谈会上，我见到了刘庆邦。主持人在介绍与会者的时候说："刘庆邦——《中国煤炭报·太阳石》副刊部记者。"这时，一位个头不高、面色谦和的年轻人，从后排的边角处站起来，向大家微微地点了点头。看上去，他的动作很平常，而且表情平和，神态平静——我相信，在这个有众多著名作家艺术家参加的会议上，这个普普通通的记者，不会引起多少人的注意，但我除外：就是在这次会上，刘庆邦的形象在我脑海里留下了很深的印象和很重的分量。这大概有三个原因：一是他是《中国煤炭报》的记者——煤炭报是在当时的高扬文部长直接倡导和关心下，刚创办不久、对全国煤矿有着重要作用的行业大报，各级领导和广大职工都很重视。我当时在大同这个全国有名的大型煤炭企业从事宣传工作，这份报纸在我心目中的地位可想而知；二是他是"太阳石"副刊部的记者，也许是因为个人爱好，我对报纸副刊总有一些特殊的感情和偏爱，对在副刊部的工作编辑记者也就有些特殊的亲近感；三是刘庆邦的名字以前在报刊上见过，他在一家叫《他们特别能战斗》的杂志编辑部工作过，那是一份专为宣传煤矿工人"特别能战斗"的杂志。我认识这家杂志的负责人，在交谈中提到过刘庆邦，说他在河南的刊物上早就发表过小说，还得过奖。所以，今天的见面，就有一种豁然眼亮甚至是欣喜相识的感觉。在这次活动中，我本想找机会和他聊聊天儿，谈谈心，可惜那些天，我的事务性工作太多，记得只有两次单独见面的机会，而且只是礼节性地握手寒暄——都没有谈到内心想要说的"知心"话。后来想，这次与庆邦的相见，对我们以后的相交、相处、相助……都是一次令人难忘的良好开端。

这以后，我每次到北京，都要到煤炭报副刊部看看。有时候，是为稿件；有时候，就是想和朋友聊聊天儿，谈谈心。当然，所谈内容多是新闻报道和文学创作之类。这里的朋友，一位是部主任，叫程豁，她对所有作者都很亲切，很真诚。全煤系统的基层作者，几乎都称她为老大姐。我们俩都退休多年，她还将一部记述她家族百年亲情的大散文赠我。扉页上题写着清澈的字样："树芳老友留念。"她这书是 2007 年出版的，一直等了好几年时间，才对机会亲手赠我。她说："找人捎或送邮局都怕丢了，就一直等见面的机会。可心里总是装着这事。"——这是一种感情，一种朋友之间永驻心间的感情。其实这种感情已经融入副刊部每个编辑与作者的交往之中。在这个部工作的刘庆邦和郑宝生不仅在看稿改稿时，每每给人这样一种深情厚谊的感觉，而且在和他们接触的过程，也都让人感到的是亲切、是友情、是温馨……进门后的那种带着情感的握手、倒水、问候自不必细说；离开的时候，一般情况下，都是程豁送到门口，庆邦和宝生还要在走廊里与我相随着边走边聊，一直到楼道口，庆邦才和我握手，然后目送我下楼，直到我在楼梯拐弯处，才转身而回；宝生和我曾在一个煤矿工作过，每次都硬是要送到大楼门外，一直看我上车，才依依不舍地离开。这样的朋友们，我肯定是终生都不会忘的。

在这个副刊部工作的几位既是作家又是编辑和记者的文人身上，我看到和感悟到的是那种朴实无华又情真意切，推心置腹又直面现实,谈古论今又不离文学和矿山,繁忙无比又不虚饰应付的暖人身心的氛围。这大概就是他们工作的风格,也是他们的人品本色。我常常用春风扑面来形容自己和他们相处的欢愉和舒爽。后来,随着离开工作岗位,离他们也渐行渐远,但那种心心相印的情意却一直没有淡去。说起这些,不能不提到我和刘庆邦 30 多年的并不超凡,却令人心神通达,温馨超拔的交往。

过了 30 多年,为什么今天想起来要写写和刘庆邦的关系呢?

2017 年 7 月,由朔州市委宣传部、中国煤矿文联和中煤平朔集团公司等单位共同主办了我的"新书首发式和文化名家到基层倡导读书座谈会"。刘庆邦作为著名作家和中国煤矿作家协会主席的身份出席会议并发了言。他在发言的开始就提到

刘庆邦和黄树芳在平朔安太堡矿

一件事：2002年春节期间，他母亲病重刚做完大手术，住在北京。老人家说一辈子没看过大海，提出来想看看海。当时正值严冬，一般宾馆饭店都还在关门期间，于是庆邦就给我打了个电话。我立刻和南戴河联系，做了安排。第二年，老人家就去世了。庆邦说，是我帮他圆了他母亲的看海之梦。这件事已经过去15年，我真的是早就忘得无影无踪了。今天，在这么隆重的会议上，他竟然很郑重地提出这件事来，这是我万万没想到的。但当时也未及细想，得赶紧开会呀。会后，市里一位青年作家悄声对我说："庆邦的发言，很受欢迎。可他不该谈他母亲看大海的事。在100多人的会上，特别是你们单位的领导，还有市委领导都有人在场，会不会有人把你们很纯洁的作家关系，掺杂上一些别的想法。"我说："我听了这事，也觉得突然。还没来得及细想。庆邦也是好意，表达的是感谢心情。谁爱怎么想就怎么想吧。"过了没几天，朔州市里两家报纸，在刊发庆邦的发言稿时，不约而同地都删掉了"看大海"那一段。我想，这大概是当地编辑和那位青年作家想到了一起。说内心话，我是感谢他们的。这么一来，我还真的是对这事重视起来了。于是，便冷静地全面地回想了一遍那件已经远去的旧事。

那年，接庆邦电话的时候，我刚刚办完退休手续。但是，我还是立刻就答应了。并且，电话的耳机都没放下，就拨到了我们在南戴河的疗养院。大约也就是五六分钟吧，此事就办妥了。就这么简单，难道这还算个事儿吗？

平朔煤矿公司南戴河疗养院开业前后，我曾经在那里忙活过一个多月，住在与我们疗养院对门的大同矿务局疗养院。那里的院长是局原文艺宣传队队长，管生活的副院长也是骨干宣传队员。还有一些工作人员，都是从大同调去的，他们不少人已在那里安家定居。我当时在局党委宣传部工作，和他们都是朋友。另外，通过工作来往，和南戴河当地干部有的也已熟悉。何况我们单位疗养院也有人在那里常住值班。在这样的大背景下，不管我退休不退休，安排两个人，住一两天，看看大海，还有什么要考虑的吗？所以当时我什么也没想，只用了5分钟就把事办了。现在回想，当时找的谁，实在是想不起来了。这也说明，这个事儿，实在是太小——小得不值一记。可现在，因为庆邦在会上提到了这事儿，加上参会的人很多，想法也可能会很多——小事也许就不小了。所以，我也真该思考一下这事儿。

只用了5分钟就办成的事儿，刘庆邦却在心里记了15年，而且是在一个很正式的场合表达了他的谢意之心和感恩之情，我实在是受之有愧，又感奋不已。过了没几天，《文艺报》《中国煤炭报》《阳光》杂志以及中国作家网等媒体刊发的这篇稿件，"看大海"那一段，一个字也没删。这当然是对中华传统文化孝为先的彰显，同时也是对庆邦这位著名作家高尚人格的肯定和褒奖。这对我的启发和教育深刻而难忘。

我和庆邦相识至今，30多年间，一直来往不断，相互关心，相互帮助。对庆邦的家庭和经历、人品和性格、爱好和创作等各方面情况多少都了解一些。1951年出生在河南农村的刘庆邦，小时候，家境不是太好。1960年父亲去世，母亲为养活六个孩子（存活的有五个），吃了太多的苦。她得和男人一样下地劳动挣工分，让孩子们吃饱。风来了，她得挡；雨来了，她得遮。四季的衣服，上学的费用，生病后的打针吃药……哪样都得靠母亲。在我们的接触中，庆邦很少提及这些，但我从各种渠道还是了解了不少，同时也听到一些有关他对母亲的孝顺之举。孩子们都长大以后，出嫁的出嫁了，在外工作的也相继离家，村里只剩了老母亲一人。庆邦到北京工作后，曾将老人接到北京去住，但故土难离，住了不久，老人便回了老家。弟弟也曾将老人接到郑州，但时间不长，还是一个人回村住在祖祖辈辈传下来的老宅去了。中国传统的礼仪，讲究每天向母亲请安，刘庆邦为和母亲联系，就给农村老宅专门安了一部电话。从此，他几乎每天都要抽时间给母亲打个电话。母亲曾说，她就盼着接电话，听听庆邦的声音，就吃得下，睡得好。电话能沟通两头的信息，母亲听了儿子的电话，心里高兴；儿子了解了母亲的情况，心里踏实。这当然不是传统中的"请安"，但确实是给老人送去了一份儿温馨和愉悦。突然有一天，电话怎么也打不通。庆邦很担心，很着急，没办法，只好给村里支部书记拨通了电话。支部书记说他母亲生病了，已由他弟弟接到了开封。庆邦心乱如麻，又打若干电话，都没得到准确消息，便马上请假赶到开封。从此，他便陪护母亲住院一个半月。庆邦有做笔记的习惯，自陪护母亲的第一天起，他就将写笔记改成了日记。这一个半月的日记，发表在《十月》杂志2007年第4期。

开始，我不了解庆邦陪护母亲的这些情况，曾按常规给他打过电话，虽然电话里没有细说，但也从话音里知道了他母亲的病情。后来我想，这大概也是我听到他母亲想看看大海的心愿后，便立刻做了安排的一个重要原因。

在刘庆邦的朋友中，不少人都知道他是个孝子；在刘庆邦的作品中，不少读者都感到了孝道的分量。我现在已是耄耋老人，也是庆邦多年的朋友和忠实读者，我的经历和阅历告诉我，孝道是一个人精神世界的基本反应，也是一个人灵魂本质的具体体现。孝道和厚道同血和肉一样，紧密连在一起，难以分割。一个连孝道都做不到的人，对人、对事、对社会……能厚道吗？一个不厚道的人，能公道吗？能掏心相处吗？所以，我对孝道是很看重的。因为刘庆邦很讲孝道，所以我对他就很尊重，很真心。我们的相交，没有任何私利。有的只是尊重，只是友情，再加上他的才气和作品，就成了尊崇。孔子说："益者三友。"这三友是：友直、友谅、友多闻。直，就是正直；谅，信也，说白了就是诚实厚道；多闻，现在理解就是读书学习，见多识广，知识面宽。我在实践中体会到，庆邦就是我心中的一个够格的理想的挚友，因为我从内心里看重他的为人，尊重他的孝道。

人们常说，君子之交淡如水。我心里清楚，自己远远不够君子资格，也没有净水那么纯洁，但我亲身体会到，用这句话来形容庆邦，那是恰如其分的。

80 年代初，在煤炭部西郊宾馆开完文学会议走出会场的时候，几位作者议论到我"文革"前的作品时，庆邦插话说："我们和树芳兄无法相比，咱们努力赶吧。"他那时还很年轻，说话的态度，很自然很真诚。我说："我那些作品都过时了，还受过批判。正是我该努力赶呀。"当时，是你一言我一语，随走随聊而已，事后，很快就忘记了，自然也就没人去想了。

2001 年，庆邦的短篇小说《鞋》获第二届鲁迅文学奖。鲁奖颁发后，煤炭系统也举行了一次颁奖仪式，我也有幸参加了。会上，讲话、发言、祝贺……应有尽有，庆邦忙于应酬。我没有上前添乱，只是散会时和庆邦握了握手，我俩一共说了四个字，我说："祝贺！"他说："谢谢。"出门后，他又赶了两步问我："今天回不？"我说："回——票也买好了。"他说："对机会，我们再好好谈。"我明白，我们心里都有不少话要谈，但真的是得对机会。但这机会也不好对。

就在这年 11 月，庆邦调到北京市作家协会从事专业创作。不久，又当选北京市作协副主席和北京市政协委员。大约也是这期间，在煤炭系统的一次文化工作座谈会上，德高望重的《人民文学》常务副主编崔道怡在谈短篇小说创作的时候，提到了庆邦的短篇小说《鞋》。他说："现在已经有些人称刘庆邦为'短篇小说之王'了。"对这个称呼，我耳东耳西也听过，但从崔老师口里传出来，就觉得权威了，属实了，所以感到很高兴，也为煤炭系统出了这样一个人才，自己有这样一个朋友而欣慰。这时候，又想到庆邦说的那句话："对机会我们再好好谈。"如果有机会和他好好谈，我肯定是要好好表达表达对他的真心祝贺。当然，也想听听他的创作经验。不知为什么，我又想到在西郊宾馆门口几个人随便聊的那些话。现在庆邦的创作，已经远远地超过了自己。确切地说，已经不再是一个档次——这时候，我似乎才体会到什么叫可望而不可即了。

现在，庆邦肯定也不轻松。工作的任务更多了，创作的担子更重了，读者的渴望更高了，自己的要求绝对是更严了。在这样的形势下，我不能去找什么机会和他"再好好谈"——多给他点时间，多给他点空间，也许这才是一个朋友对他该尽的一点儿心意。

这一年的12月，中国作协第六次全国代表大会在北京召开。作为代表，我也进京出席了大会。我想，这次大概能对机会和庆邦"好好谈"了。不料，会议安排很紧，我们虽住同一宾馆，但能坐下来"好好谈"的机会，还真难对。庆邦是组长，更忙。不过，有一天，是小组讨论。我俩在走廊并肩往会议室走，还真谈了谈。他说："我调北京作协后，煤矿作协主席由谁来干，我反复考虑，想到了你，也和有的领导商量过，不知你怎么考虑。"这个话题来得很突然，我根本没想过——边走边想，快进会议室的时候，停住步，才说："我考虑不太合适。一是我创作水平现在落后得太远，总想和你谈谈，就是要谈这个问题，想讨点儿经验；二是我工作在基层，不方便；如果你不能兼任，最好还是在北京考虑人选。"他说："也对。完了再征求方方面面的意见吧。"这时候，会议时间已经到了。我们赶紧进了会议室。

这次谈话很简单，和我想象中"好好谈"的内容完全不一样。不过对我还是很有意义的。庆邦创作水平的迅猛提高，工作岗位的变化以及个人名望的不断升华，这些接踵而来的让人振奋和心悦的好事，对一个青年作家来说，当然是鼓舞是鞭策是动力。在这种情况下，会不会对我这样一个远远落后在他身后的老朋友产生些淡漠和轻忽呢？这个想法，就像一个小小的阴影，曾经在脑海里闪现过，但从来没有说出过。我对在走廊里的简单谈话，并不看重其内容，它的实际意义，是解除了我思想深处的那点儿疑惑，那点儿阴影。庆邦还是原来的庆邦，他对老朋友没有淡漠，更没有轻视。庆邦不仅是个孝道人，同时也是忠诚的厚道人和正直的文化人。这种人，不管在什么情况下，也不会飘飘然。这一点，时间越长，看得越清。

我和庆邦见面机会并不很多。日常联系，除了电话、短信外，书来书往也是一条重要渠道。刘庆邦的第一部小说集，也是他的成名作《走窑汉》，1991 年 9 月出版。我收到赠书的时间是 1992 年初。经验告诉我：书，印成以后，得几经周转，才能到作者手中，作者再题签并邮寄给外地朋友，一般都得三四个月到半年多的时间。这样看，我收到的赠书时间还是比较早的。2015 年 6 月上海文艺出版社出版的他的长篇小说《黑白男女》，是 2016 年 1 月由煤矿文联的朋友出差时，送到家里来的。朋友告诉我，庆邦一再嘱咐，一定要把书送到树芳兄手中。2017 年 6 月出版的短篇小说集《幸福票》和 7 月出版的散文集《在夜晚的麦田里独行》，正赶上庆邦在山西公出，便近水楼台先得月，亲自赠送于我了。多年来，从多次的赠书时间中，我深切地感悟到了庆邦对我那始终如一的深厚情感。当然，我的那些新著，也都或送，或寄，或请人转交，尽量抓紧时间，赠送庆邦，希望得到他的指教。这些书来书往，可以帮我们不断了解对方的创作情况，交流感情，彼此启发，共同提高。每当我捧起庆邦的所赠之书，翻开扉页，看到他那大气而厚实的题签时，总有一股温馨而惬意的暖流在周身涌动。庆邦的稳重厚道而又平和虔诚的形象也随之呈现在眼前。这大概都与他对我的称呼有关。他在《走窑汉》的题签是"黄树芳兄指正"；在《黑白男女》的题签是"树芳兄长教正，并祝新春快乐阖家安康"；在小说集《幸福票》的题签则是"树芳大兄教正"。还有两本写的是"树芳仁兄正之"……从这些近似相同而又不尽相同的称呼中，可以看出，他每次题签不是随便一写了之，一般都是用过一番心思的。这个细节使我感悟到了他对朋友的真诚情感和厚道的心意。后来，他看了我的《往事札记》，写了一篇题为《满树芳华情未尽》的评价文章（《文艺报》2017 年 8 月 28 日）。其中有一段就谈到了这件事，使我的分析和感悟都得到了验证。

那篇文章的第三段是这样写的："我听见有人把黄树芳叫黄主席，我叫不出来，我觉得这样叫有些生分。我见有人在文章里把黄树芳称为黄树芳先生，这样的称谓尊重是尊重了，只是觉得不够亲切，至少我自己的感觉是这样。我自己没有哥，每次见到黄树芳，我都想叫他一声大哥。叫大哥会觉得突兀，我只好叫他树芳兄。是的，多少年来，不管是见面，还是电话里，我都是叫他树芳兄。江湖上称兄道弟也是一种普遍现象，但这兄不是那兄，树芳兄真是一位人品完美人格高尚的好兄长啊！"我读了庆邦的这段文字不久，又在他的《陪护母亲日记》看到这样的文字："早晨五点多，母亲就醒了，说肚子疼，我起来给她冲了半碗莲子羹，趁热吃了……山西露天煤矿作家黄树芳打来电话，说他看了不少我的小说……看来今天是个好

日子。"（《陪护母亲日记》2000 年 4 月 26 日）

在上述两段文字中，有两句话，我特别在意，也特别动心、特别动情。一句是："我自己没有哥，每次见到黄树芳，我都想叫他一声大哥。"另一句是在日记中介绍了他母亲吃了莲子糕还有她妹妹的家事和我俩通电话后所写的："看来今天是个好日子。"这些话，说得朴实无华而又情真意切，感人肺腑。我们是挚友，我们的友情深厚而真诚，但深挚的情怀，幽微的情感，都随着历史的寸寸沧桑而涌进，似乎只用友情已经表达不了我们内心的真实情谊。庆邦的那些实实在在的话语，明确无误地已经将我们的"友情"提格为"亲情"了。这，使我感动不已，而且会永远地铭记心间。

对一般人来说，人和人的关系，主要有两个方面联系着。一是友情，二是亲情，二者合起来，就是真情。不能是虚情，更不能是假情。虚假之情必定是有私和利掺和着，那种关系可能就长久不了了。我和庆邦 30 多年的交往，一直是由"真情"这两个字连接在一起的。这大概就是"君子之交淡如水"中那股清澈晶亮而又永流不息的水源。

庆邦在一篇题为《学会守时》的文章中（《文汇报》2017年 6 月 4 日）说："人有三守：守时，守信，守己。三者相辅相成，缺一不可。"我觉得这三者中，"守己"是关键是核心，也是做人的底线。在我看来，庆邦就是这"三守"的标杆儿。他的孝道，他的厚道，他的情感，他的为人以及他的作品等，都是这"三守"的具体表现。

据我所知，在庆邦的众多朋友中，大家都众口一词，无论是随笔行文，无论是随时漫谈，庆邦都是个老实人，是忠厚人。在我心目中，他更是一个有才情有灵气肯做辛苦之事的人，所以，他才有那么多的朋友相知、相处、相学、相助，才有那么多的作品面世流传，感人肺腑；才有那么多的读者点赞连连，好评如潮。我在回望与庆邦的关系时，给自己的定位就是那么多的朋友，那么多的读者中的普通一员。这种关系，用文字似乎难以说清，但又活灵活现于心中，所以我们俩都心知肚明。

我比庆邦大 10 多岁，他现在还是耳顺之年，对一位作家来说，正是文学创作的黄金时段。他的创作正在宽敞的阳光路上阔步前行，我相信他，也预祝他源源不断地为读者奉献出更多更好的作品来。

2017 年 11 月

怀念李国涛老师

　　2017 年 9 月 13 日，好友苏华从太原来电话，告诉了我一个十分震惊的消息——李国涛老师走了。我又是惊讶又是疑惑地"啊——"了一声，竟不知道再说什么，努力镇静了一下，才问了句很不该问的话："真的呀？"苏华很干脆地回答："这还能说假吗？"我再也没问什么。这电话，就这样在双方的无言中悄然结束。

　　李国涛老师去世了，这真有点难以置信。我记得很清楚：8 月 6 日，我俩还通了电话。这电话是李老师打给我的，好像是上午 10 点多吧，电话传来了他那浑厚但还能听清楚的声音："你是老黄吗？"他话音未落，我就以高嗓门儿的兴奋语调，表达了激动的心情："李老师——您好哇！"李老师在平稳的声调中，含着欣喜和激奋说："树芳啊，你捎来的新作，我收到了，谢谢你；这本书，比以前做得更精致了，挺好，看了很高兴，祝贺你；我好像比你大 8 岁——你也 80 了吧？还是很勤奋，又出了新作——好，继续努力吧！可也要注意身体呀……"电话中的声音，说不上清脆，但条理清晰，情真意切。没等他说完，我就说话了："李老师，听到您的声音，我心里特高兴、很振奋。"他又说："一天不如一天了，腿也不行了。收到你的书，高兴——得回话，得谢谢呀……"不知道是线路不畅，还是老人家气虚力弱，他的话语虽说还旷亮深沉，但也时有中断，还夹杂了两声干咳。但我完全能听懂他的语意，明白他的意思。我说："李老师，是我应该感谢您——好几十年了，您给了我们业余作者太多的帮助。我们好多作者都感谢您。都说您是我们的贴心老师——永远都感谢您。别太累了！好好保重身体呀！"他又回话说："好的。"好像后面又说了句"谢谢"。我怕他太累，就打断了他的话："李老师，您休息吧——过些天，我再给您打电话。"

放下电话，我心情并没有平静。李老师来电话，我首先是高兴，甚至是激动。因为这个电话，是我心中所想，所盼。这年 7 月，拙作《往事札记》与读者见面，书中收录了一篇《业余作者的贴心老师——李国涛》。当时杂事很多，过了半个多月，才请一位去太原的朋友给李老师把书捎去了。

算了一下，李国涛老师的电话，应该是收到书的第二或第三天打来的。记得那次是给 10 位朋友捎去了书，李老师是其中的年长者。他的电话，也是捎书后的第一个回音。说起来，收到本赠书，回不回话，都属正常。我收到朋友的赠书，也有忘了回话的时候。但从赠书者来说，凡是给远路朋友的赠书，总还是想收到个回音。所以接到李老师这个电话，就感到特别欣喜，特别激奋。因为李老师的人格魅力，文学成就，特别是对业余作者的关心、帮助和教诲，在我心中有很重的分量——从古至今，走到任何岁月，真挚的感情都会是永恒的。

我和李老师接触，不能说是很多，但也经常不断。前些年，他编辑刊物，主要是文字之交；近些年，我们都已退休，多是电话联系。除了我请教创作上的事，就是互相问候、随便聊聊，这也挺开心。

前些年，就听说李老师的视力明显下降，这两年腿脚也不便，下楼都难了。在这种情况下，这位88岁高龄的老师，收到一个业余作者的赠书，还立刻回电话，祝贺，感谢，鼓励……虽然，这是李老师的一贯礼数，但听起来，还是让人心里热乎乎地感到温暖。

1980年春（哪一天，记不起来了）。单位办公室蔡主任告诉我，接到《汾水》编辑部一个电话，要我去改一篇小说。第二天，我就赶到太原南华门东四条《汾水》编辑部。要改的小说叫《房科长其人》，其实，改动不大，按要求，用了一个多小时就改完了。我去交稿的时候，见到了李国涛老师。他在淡淡的微笑中，问了我几句第一次见面常问的话，然后说："你下午要没别的事，我可能去住处看看你。"我说："谢谢李老师，我等您。"

李老师的名字，我早有所闻。知道他是著名的文学评论家，50年代的《火花》杂志，就常见他的大名。《读〈伤疤的故事〉》（《火花》1958年第6期），用很简洁的文笔，介绍和点评了著名电影剧作家、小说家、"山药蛋派"主将孙谦老师的小说《伤疤的故事》。因为以前就看过小说，所以看这篇评论的时候，就特别上心，还立刻找出小说来，又看了一遍——小说的精彩、生动和幽默；评论的精准、深刻和清丽，都让人印象深刻，感动不已。掩卷深思，脑海里相继跳出来两个词：叹为观止，受益匪浅。从此，李国涛的名字，就和赵树理、马烽、孙谦等大作家一起，深深扎根于我这个业余作者的心田。

1982 年 9 月 21 日，山西省原作家协会副主席、文学评论家李国涛（第二排左六）

当时，李老师是《汾水》杂志负责人。前些天，看过他一篇在全国很有影响的论文《且说山药蛋派》，发在《光明日报》上（1979 年 11 月 28 日）。我感到，自这篇文章以后，"山药蛋派"这个通俗易懂而又实力强大的文学流派，一时可谓叫响了山河万里。不仅是文学界，就是在全国的普通读者中，"山药蛋派"的影响也是越来越大。这也使李国涛老师在我心中的分量越来越重。今天，李老师说要到住处来看看我。这句听起来既简单又平常的话，在我心中产生了很不平凡的反响——是喜悦，是兴奋，是激动，是感激……只觉得有一股暖暖的热流在周身涌动，心情也久久不能平静。这时，我开始意识到，自己正在亲历和感受李老师这位低调做人、平和待人和礼贤下士的人格魅力。

我就住在省作协旁边，被人们称为临时招待所的小楼里。虽然举步可到，也该是我去看望老师。但老师说要来，我也就不能贸然行动。等人的滋味，各不相同。李老师在我心中，是可望而不可即的重量级人物，对我的文学之路，也至关重要。现在，我不仅是等待，是盼望，更多的是思考：李老师来了，我该如何面对，要答些什么，要请教什么，想学些什么——说心里话，我最想听听李老师谈谈关于小说创作怎么突破的问题。从李老师的身份看，他很可能清楚我的心愿，真有可能在这方面帮帮我……就在我左思右想的时候，大约是三点钟，李老师轻轻敲门，一边进门就座，一边问寒问暖。李老师是个学问家，但谈话不绕弯，开门见山：辛苦你从大同跑太原一趟，是我的意见。你是"文革"前的作者，"文革"后怎么亮相，这有共性。我们编辑，也在想这个问题。你的《在48号汽车上》写得不错，刚推出去，看看效果怎么样吧。还有这篇《房科长其人》，也想发。

听了这些，我心情很快平静下来，谈了一些自己的想法。在交谈时，我拿出本儿和笔，想记。李老师摇了摇头，说用不着记，还是一起谈吧。我便将笔和本儿放下了。心想，集中精力听吧。听，也是学。记得李老师在分析《在48号汽车上》主要人物时，反复强调，作者要写好小说中的人物，一定要用小说家的眼光观察分析这个人的灵魂世界，特别要注意他做事是不是有理、有礼。女司机敢于冒着大雪出车，保证了20多人按时上班，工人们主动提前到山坡上扫雪，又下车帮她推车……个别领导想处理她，但处理不了，群众支持她。因为她有理，懂礼；群众更讲理，更懂礼。

接下来，他谈的还是这方面的内容。其实，不管是谁，都得讲理——道理的理；都得有礼——礼貌的礼。这两个字，在我们的传统文化中，很重要。讲道理，讲礼数，这是基本的人格。古人讲那个仁义的仁，也是讲理和礼的。讲道理，有礼貌。这很浅显，并不难懂，关键是要做到。人和人每天都要打交道，这两个字，就在人们的生活中。作家、作者写人——刻画每一个人物，都得考虑到理和礼这两个字。你写的那个"房科长"，把工亡家属的房，暗地做手脚，分给有靠的人。他没有理，不讲理，对百姓就失了礼，也就失去了基本的人格，这是反面教员。反面人物也得用这两个字分析。怎么做人、看人、写人？这两个字就是两把标尺。这对我们作家、作者自己，也有特殊重要的意义。

与李老师的这次见面和谈话，我将他的稳重谦和与深沉儒雅的形象，深深地记在了脑海里。细一想，他没有具体讲作品怎么突破，更没讲创作乃至编辑工作，人们都很注重的"题材呀""提炼呀""主线呀""故事呀"这些经常遇到的课题；在谈"人物"的时候，也没具体说怎么刻画，只是反复地强调了要用小说家的眼光看人看事，用我小说中的人物为例，反复地分析了理和礼两个字对写好人物的重要性。而且强调说："这对我们作家、作者自己，也有特殊重要的意义。"细细琢磨这句话，才慢慢感到其深厚的内涵。他分析的是作品，讲解的是怎么写人，实际是在谈怎么做人。想到这里，终于明白了——李老师今天所谈，正是创作的根本，突破的关键，也是他对我这样一个业余作者，独具特色地帮助与教诲。这以后，在我的业余创作乃至日常生活中，都经常想到，写人，就是写自己。自己做人、看人、写人，啥时也不能犯糊涂——忘了理和礼。

2000年8月，拙作《他乡随笔》即将出版，我请李老师写了一篇序。我对序中的这些文字印象很深："记得在《中国方域》上读了他的力作《为西伯利亚正名》后，我同该刊主编苏华先生说起，我说，老黄写那位西伯利亚牵狗的妙龄女子，实在是很传神的。那位俄罗斯姑娘，真美，真可爱。不过他从那位俄罗斯姑娘想到安娜·卡列尼娜，也是妙想……我在他的随笔里，能强烈觉出一位小说家的眼光，比如上述俄罗斯姑娘的描写就是，其他还多。我本想就此再说一点什么，我甚至想好了文题，叫《小说家的眼光》。但在读此集清样时，发现阎晶明先生也有一序，所谈正是这些。阎先生是评论家，说得比我想的更透，更好。我还有什么要说的？……好在是老友之间，就算是为以往的文学交往再添一份缘吧。"

在这篇并不算长的序言中，那曾经对我"用小说家眼光看人和事"的教诲，又再次提及。同时，也从他的为人处事中，看到了理和礼这两个字的具体体现。

接到8月6号李老师那个电话，开始也觉得挺平常。细一想，才慢慢体味到：这个电话的理数和礼数——年已88岁，行动也不方便的高龄老人，为收到一本赠书，就那么及时地打来带着深厚情谊的电话。这让我很具体很形象地看到：理和礼这两个字的精神力量和参透生活的鲜活效应，在李国涛老师这位既是文艺评论家、作家，又是编辑家和人文学者的身上，体现得是多么生动而深刻。

后来我发现，就是到这时候，这个电话的真正内涵，我还没有完全体量出来。

在2017年9月19日《文汇读书周报》上，看到苏华一篇纪念李国涛老师的文章——《未及题签的"编辑手稿"》。此文，让我深受感动和教育，再次引起我对李老师打给我的那个电话的深思。

8月14日，李老师在报纸上看到苏华的读书随笔《书边芦苇》的序言后，立刻打电话给予热情的鼓励，还询问出版情况和有关事宜。苏华高兴地做了介绍，还询问老人家的身体情况……李老师说："近来不行了，楼也下不了了，只能在家活动活动。"苏华听到此，赶紧说："您保重，过两天我去看您。"8月18日，苏华去看望李老师——"一进家门，就有些伤感，他老人家何止是不能下楼，即使是在家里也坐上了轮椅，走动还要靠助行器……"就是在这样的情况下，李老师还高兴地和苏华聊了两个小时。老人家一边翻看苏华的新著《书边芦苇》，一边说："这书做得好，真是漂亮……"在问了苏华的写作情况后，又认真严肃地说："你该早写李方桂！昔阳已经有了一个很出名的红色的陈永贵，再让世人知道一个世界级的学术大师李方桂，岂不是两全其美？！李方桂这样的大师，山西没有，全国少见，那是真正世界意义的学人、大师。他母亲不是你写的何家的何兆英吗？你写最合适了。"

看完苏华的文章，最突出的感觉，有两点：一是了解了李老师身体的真实状态。我心情沉重，思绪万千。原来，他给我打电话的时候，已经失去了活动的自由，老人家翻阅赠书，拨打电话……都是坐着轮椅，靠着助行器行动的——就是面对如此步履维艰的人生，李老师对朋友和学生的情感与友谊，对社会交往的理数和礼数，还是那么明白透彻，一清到底，毫不含糊。电话语言的节奏、条理和反应，还是那么敏捷和准确。话语间给人的温馨、鼓舞、智慧和力量，如清泉流水，韵味绵长，隽永周身。中国传统文化的礼仪之礼，其核心是自谦与敬人。李老师的所有言行都生动而深刻地体现了这个核心。二是他和苏华的谈话中，让我们看到李老师对苏华这位被称为"山西文化世家写作第一人"的作家，真是一往情深、满腔热情地提出，要他写李方桂——这个"山西没有，全国少见，那是真正世界意义的学人、大师"。而且，对苏华寄予了真诚的厚望："你写最合适了。"这种金针度人的点拨，让我们更深刻更具体地看到，李老师"做人、看人、写人"的一贯思想和对中华优秀文化的深情厚谊。

人，老到一定程度，就会产生一种特殊的美，这大概就是人们常说的夕阳之美：历经沧桑，是非明了；心静眼亮，再无他求；无欲则刚，胸怀坦荡，对人对事，情真意笃……说不清是在什么时候，什么地方，看过季羡林的一篇文章。其内容，记不清了，但有两句话却深深地记在了脑海："黄昏真像一首诗，一支歌，一篇童话……"诗化之美，音乐之美，再加上童话的生动之美，都集中蕴含到了黄昏之美。这种美，需要以文化和情感，去发现，去感悟；这种美，不仅闪烁在眼前，而且涌动在肺腑……并将慢慢地化为心智和力量。

我呆呆地坐在靠背椅上，眯眼深思。在含悲的追思和缅怀中，这位知识渊博，德高望重，而又拳拳慈心，平等待人的老师和朋友，对我这个业余作者的真爱和深情，都久久地在胸中回荡……

可谁能想到，那次电话后 20 多天，这位可亲可敬的贴心老师，就驾鹤仙去，给我留下了无尽的思念和悲伤。当此含悲缅怀故人之际，我抹泪深鞠，敬祝李国涛老师在天国安息。

2017 年 10 月

周宗奇和朔州的朋友

大约是 2013 年的夏末秋初，我正在写一点读马烽作品的体会，为找参考资料，就翻开马烽口述、周宗奇编著的马烽自传《栎树年轮》，本来是想找几个章节看看，没想到这书写得很朴实又很生动，对我很有启发和帮助，越看越想看。一天，正看第三章"延安学艺"，突然接了一个电话，打来的不是别人，正是周宗奇。我又惊又喜，忙问："你在哪儿？"他说："我在朔州，刚住下，第一个就给你打电话。"我问清他住处后，马上去看这位好几年未曾见面的老朋友。老朋友，这是我们日常的称呼，内心里，我一直将他看作是我文学创作的老师，因为他不仅当过多年的文学刊物编辑，而且才情过人，作品多，质量高，出手快，让我赞叹不已。

周宗奇在山西乃至全国都算是很有资历和实力的作家。他曾任山西作家协会副主席，担任过《山西文学》主编。更主要的是他的作品就像长河流水，源源不断地流向读者。这些作品往往都是长篇著作，诸如受到不少名家和读者好评的《文字狱纪实》，1993年中国友谊出版公司就出版了这部上、中、下三册共80万字的作品。2010年人民文学出版社又出版了该书的修订版《清代文字狱》。最近这几年，我见到他的大作还有《大聋林鹏》《孔祥熙》《盐盐传》《范仲淹传》。我正在阅读的《栎树年轮》以及他和杨品共同主编的《马烽研究丛书》等，多数都在五六十万字，至少也在三十五六万字以上。每拿到他的赠书，的的确确都是沉甸甸的。这个沉甸甸的含义，当然首先是说作品的质量，同时也是说这书本身的重量。所以，我说他的这些著作都是大作、大著，这绝没有虚夸吹捧之意。不信，读者都可以拿起书来掂量一下，如能再读读，我想就会和我有同样的感觉。

我很快在一家宾馆与他见面——我们都很高兴，很激动。我问他咋没提前打个招呼？他说，这次来住的时间要长一些，所以由太原的一位朋友已经安排好了，准备在这里塌下心来写历史文化名人范仲淹的传记。说到这里，我马上就明白了。早就听说，2012年中国作家协会就做出决定，要集中文学界与文化界的精兵强将，创作出版"中国历史文化名人传"大型丛书。毫无疑问，这对继承和发扬中华传统文化，建设社会主义文化强国具有重要而深远的意义。周宗奇当然是这精兵强将中的一员，我说："这太好了，我作为一个您的朋友和读者，大忙帮不上，办点杂事，我会尽力而为。"他笑哈哈地说："你把话说到哪儿去了？"我也笑着说："这绝对是真心话。"

我俩边笑边说边坐下继续聊，聊这两年我们各自的生活、学习、身体情况；聊文化圈儿里的一些趣闻；聊朔州地区的文化和生活习俗；还聊了我们早年间在大同文友张枚同家里吃饭时的美好回忆……老友相聚，总有聊不完的话题，越聊越开心，越聊越兴奋，越聊越亲热。一转眼，两个小时就过去了。我说："晚饭，咱俩找个小馆，边吃边继续聊。"他说："更简单点儿，你和我就在这儿吃自助餐——门也不出，继续聊。"我又冷静地想了想，说："你刚来，先安顿下，好好休息休息。改天，我找两个朋友，再聚。你看呢？"他说："那也好，就按老兄的办。"就这样，我高兴而来，兴奋而去。他来朔州和我第一次的见面，就此结束。

我和宗奇，名正言顺是朋友，也是文友，在文学这块田地里，他是我理所当然的老师。

文学界的朋友都知道，"文革"中将省文联早就砸烂了；"文革"后期，将马烽等几位老作家又调回省里做这方面的工作，成立了省文艺工作办公室。就在那时，周宗奇调到了这个办公室工作。20世纪50年代，山西作协所办的文学杂志《火花》，在全国的声望很高，但"文革"后期的1976年1月，恢复山西的文学刊物时，不敢再叫《火花》，改名为《汾水》出版。周宗奇曾在这个刊物任编辑、编辑部主任、副主编、主编等。就在这期间，我们相知、相往、相交，慢慢地也就视对方为文友、为朋友，对周宗奇的为人以及脾气秉性等各方面的情况也逐步有了一些了解。应该说，这是处人处事交友的基础，在这样的基础上，我们的友情在不知不觉中建立起来，而且日益加深了。

周宗奇给黄树芳的一些赠书

　　宗奇和我平日接触并不算多，无非是他出版了新书赠我一本，我有了新作，自然也要赠他做个纪念；时间长了，打个电话通通气，问候问候；或者有机会见了面，一块儿坐一坐，聊一聊……就这么简单，但互相都在心窝里装着对方，所以，谁都忘不了谁。今日，他刚到朔州，第一个就给我打电话，我心里真的很高兴。

　　宗奇开始也是写小说的。"文革"后的《汾水》文学月刊第一次评奖是 1979 年。听编辑部的一位先生和我说，那时候评奖倒也简单，主要是看读者来信和投票。很巧，那次宗奇和我都有一个短篇获奖。发奖会和作代会是一起开的。会上，和文学界的朋友见面（当然宗奇也在内），谈的主要内容是文学创作的事。我感到主要的收获，是加深了对文学就是人学的认识：文学艺术要以情为重，文学的实质，就是情学。作家对人对事，要感情充沛，多情善感，爱憎分明，不然是写不出感人作品的。我想，周宗奇理解这情字，肯定比我要深刻得多，所以他写出了那么多感人的好作品。其实，宗奇更感人的地方，是他把那个情字，融在了日常工作和生活之中，对那些不公正的应该反对的，他都能亮明态度，毫不含糊地扶正祛邪。很明显，没有一种爱憎分明的激情，是不会有这样的态度和行为的。作家带着感情写出的作品，能让读者同作品一起喜怒哀乐，或跟着作品激奋、拼搏；作家带着真情实感交朋友，那个情字就会像清泉的潺潺流水一样，使双方的友谊更纯美更流长。我想，古人所说"君子之交淡如水"的水，也许和这个情字是有缘吧。写作品讲细节，细节是作品的血肉和珍珠。这个情字，往往是在生活的细节中体现出来的。宗奇和我的交往中，就有一个细节让我久久难忘。

宗奇的《文字狱纪实》是1993年11月出版的。我平时很少去省城，他到基层的机会也不多。1996年9月，我去省作协开会，我俩在去宾馆的路上，他递给我一个塑料提兜，里边装的是那套《文字狱纪实》，他边走边说："这书送得有点儿晚了，原谅呀。"我说："这营生有早有晚，我在基层，给朋友晚送书的情况更多。还有的该送，但没有送，种种原因吧。这些情况都能理解。"当时，在路上走着，也没拆开兜兜看，直到回家，才翻开书。不料，书中还夹着一张字条。这个字条，很小。文字不多，但朴实无华，情真意切。现将字条复抄如下：

黄兄：

拙书迟送为歉。我赠书又不留名字，也不知道给

048

谁没给谁，请原谅。

拙著由于我未能亲自校对，致使错讹达1700多
处，令人笑话，也请包涵了。

致

礼!

周宗奇

一九九六年九月九日

面对这个小小的字条，我看了又看，想了又想。心中先是温馨进而赞叹，后又慢慢感到了歉疚不安。自己已经记不清有多少该送书的朋友，晚送甚至没送。时间过去了，事情也就过去了，真的是记不清了。而这张小字条却让我想了很多。在交朋友和怎么交朋友，赠书和怎么赠书等问题上，无疑，宗奇成了我心中的榜样。

周宗奇这次到朔州来写书，我说自己应该做点儿"打杂落卯"的事，不是虚话假话，也不是玩笑话。这要以真心真情的态度，在行动中落实。怎么落实呢？想来想去，考虑了这么几条：

第一，周宗奇是作家，到朔州来是来写书的。这是很艰苦的劳动，所以既不能影响他工作，又得想法帮他适当放松。对合适的机会去看望他，说说话，聊聊天儿，调节调节精神，是必要的。但也不能去得太勤，以防干扰他、打搅他。

第二，实践证明，那张纸条进一步说明，宗奇在工作和生

049

活中爱交朋友，广交朋友，和朋友都是真情实意，互帮互学。这些，就连我们基层的作者，几乎也是人人皆知。这次来朔州帮他交几个朋友也许是应该的。从作家角度讲，这也是到基层深入生活的一点儿内容吧。第一个和我一起去看望宗奇的是业余作者史振海。他是当地煤运公司的宣传部部长，已经出版过两本散文集。在和他多年的相处相交中，感到其人品也挺好。第一次去小餐馆，就我们三人，要了点地方特色的饭菜，但吃得挺热乎，聊得也挺热乎，三个人的关系自然也就热乎了。后来宗奇在这里交下的朋友，多是由振海引荐的。

第三，有些著名作家到基层，身后往往会跟一群业余作者。一般说，这是好事。但有时也会有闲杂人员掺和其中，给人家添麻烦。所以宗奇到朔州来，我没有多声张。因为他这次来是经太原的朋友和朔州的有关单位接洽的。我作为宗奇在此地的一个朋友，肯定是要尽情尽责，但一切行径要适度，不能给他添乱，影响他的写作。

宗奇在朔州期间，我们就是这么过的。我感觉气氛还不错，隔三岔五，也就是十天半个月吧，我和史振海（有时我夫人也去，在大同时，他们就相识），去他那里坐坐，聊聊——山南海北，天上地下；文学创作，社会传闻；家长里短，吃喝健身……聊的范围很广泛，也很随意：有时推心置腹，细言慢语；有时激情满怀，谈笑风生，反正是大家开心就好。记得有一次我们正聊着，又有一客人进屋，我在介绍我夫人时，说："这是我'家属'。"宗奇立刻高声批评道："老黄，你太不像话了！一点儿礼貌都不讲，人家是医生，是画家，是夫人，你怎么能说是'家属'？"我说："我称'夫人'不习惯。"他说："至少也得称'老伴儿'吧。"接下来，你一言，我一语，就把矛头对准我，笑语连篇地进行了严肃而活泼的批评。自然，我得低头认错，连声说："改，改，今后一定改。"大家仰头大笑，甚是开心。打那以后，我还真的改掉了称"夫人"为"家属"这个不妥的称谓。

有一次，由史振海和煤运公司已经退休的经理王茂福牵头，组织十几名朋友，乘车去平鲁旅游，一路上，古今中外，男女轶事，当地故事，花边新闻，英雄传说，景点文化……你没说完，他又开口，红火热闹，笑声不断。几个人共同推出了当地一位女老板闯荡四方发财致富的故事。大家都说一定要推荐给周老师，让他们相认相识，说不定这女老板会成了哪本书的主角。还有人高喊，说不定会成了周老师的朋友呀——车内一片欢笑声。宗奇也笑哈哈地和大家对喊："我一定要认识这个人——你们可得给我介绍呀！不能光说不做。"大家在无拘无束的笑声中都打内心感到愉悦、轻松和振奋……第二次去旅游，不知怎么又提起了这事，有人问宗奇："周老师，你见女老板了吗？"宗奇说："他们光说不做，到现在也没人给我介绍呀！"大家说，今天一定要落实呀！这次得明确：王总（王茂福）要具体负责呀！于是，又是一片笑声……

我们先后出游过两次，都是去平鲁。第一次是由王茂福带领，看了李林烈士陵园、区博物馆、安架山奇树、北固山（又叫凤凰城），还转弯抹角地到了与内蒙古交界的二道梁长城，看了山西与之交界的界碑。这一天跑的路很远，爬的山不少，听的故事也多。虽然有的山我并没有爬上去，但还是觉得有些累。按说，宗奇那时也已是古稀之年，可他身体棒，精神好，一点也没有疲倦之意，还是说说笑笑，问这问那，不时还和大家一起讲古论今，穿插些典故——始终给大家的是一种轻松之感和精神力量。我想这也许和他的学识与性格有关。虽然我们是多年的老朋友，但这次相处，明显地又对他有了新的认识，增添了新的敬佩。

第二次是到平鲁专程游览了新修复的乌龙洞。在这两次出游平鲁过程中，同行的新老朋友有：王茂福、史振海、刘文虎、王俊、范和平、焦维斌等。这些朋友有一个共同点，就是都喜欢书，爱看书，还常常在一起谈论书，说些书中的故事，谈些读书的体会。宗奇的身份，来朔州的目的，大家都了解。虽然都不轻易单独去打扰，但借出游的机会，大家都无甚顾忌地谈论文化，交流思想，从而加深了认识，增进了情谊。人们似乎都有些亲切、欣慰、舒爽和心满意足的感觉。

这两次出游，给大家印象最深的是北固山和乌龙洞。

听朋友介绍说，很早很早以前，北固山曾经是一片寺庙密布、亭台楼阁、香烟缭绕的圣地，但随着历史的变迁，特别是连年战火的摧毁，到刚解放的时候，呈现在人们眼前的已经是断壁残垣、碎石满地，一片狼藉。现在看，真是旧貌换新颜了！我们的车子是在一片宽阔平坦的广场停下来的，举目看去，正面是随山坡而直往山顶的台阶，整齐而开阔。上有两处宏伟鲜亮的庙宇殿堂，周围彩旗飘飘，白云朵朵。这美丽的风光，怡人的气候，让人在这里一站就心旷神怡。一起来的朋友都跟着爬上去了——宗奇走在当中，他精神抖擞，步履昂健，看上去和年轻人没有两样。我真为他高兴。相信他在这里写出的作品，一定会很成功，很叫好。大概和年龄有关，我没勇气爬那高高的台阶，只好孤独地站在寥落的广场，仰望着爬向高层台阶的朋友们那愈来愈小的身影……

史载，乌龙洞始建于明朝初期。但覆巢之下，安有完卵。几经天灾人祸，特别是1944年日寇为修筑据点，完全摧毁了具有五六百年历史的塞外名刹。

风雨过后是彩虹，重新修复后的乌龙洞，新祠规模宏大，设计合理；正殿配房，布局严整，开阔靓丽；游人不断，香烟袅袅，似在高山丛中熠熠闪光，好一派兴旺向上的景象。

我们这两次出游都秋日高照，秋风怡人，韵味深沉，触目兴怀，回味无穷。宗奇始终精神饱满，兴致盎然，看景点很认真，听介绍很细心，还不时谈笑风生地插话、昂头弯腰地拍照……我没有问过他的感受，但我相信他没有白跑。

宗奇在朔州住的时间是短暂的，在这段友好地相处中，我的感觉是舒爽的愉快的，并且从他身上又看到了不少新的闪光点，学到了文学、社会、历史乃至生活与保健等方面的不少知识。我想，这次相处中的新老朋友都会用心守护这珍爱，留住这美好，将短暂变永久……

周宗奇（左三）和朔州的朋友们

和宗奇的这段感触和想法，我们没有谈过。后来我在网上看到他写于2014年3月9日的一篇短文，正好回答了这个问题，也正好作为这篇散记的结尾，其文如下：

朔州那些朋友

前天上午在咸阳机场候机，忽有飘鸿百味涌上心头，遂胡诌几句曰："又在旅途，总在旅途，人生就是一旅途；今也孤独，昨也孤独，算来到死真孤独。"

这种消极的心态，在朔州百日少有出露，想了想原因，是那里有一帮新老朋友在。我借早年一位矿友先生的光，得以在朔州地面觅得一处清静空间，顺利完成了《范仲淹传》的写作，30万言，没觉怎么疲劳。从前每完成一部长东西，不病一场，也得掉膘损肉，身心两败。这一回照照镜子，里边那个家伙还油光水滑的像个"官富二代"哈。

这就全凭了朔州朋友。

那里的老朋友，原先只有一个黄树芳先生，我们都是煤矿出身的写手，论交情几十年了。这老兄慈眉善目，老佛爷似的，敦厚仁义得天高地阔。由于他的缘故，又依次结识了史振海、王茂福、赵保家、王治邦、王与甘、范和平、王俊、王宝国……可惜没个女的。这些新朋友年龄有别，职业各异，性格不同，最相同的一点是，都爱看书。你说都到什么年代了，钱都把人忽悠得七死八活了，可这些人还在求书、读书、爱书，他们对来这里写书的我大加关爱，一种文人惺惺相惜的关爱，一种从骨子里透出来的文人之爱，似乎早就相识，只是多时未见罢了，忽又重逢，快乐得雀跃屁颠。这里是尉迟敬德的故乡，此公的历史形象就叫"豪爽忠义勇"，敢情是这一方北土的造化？我这一批朔州新老朋友都带点尉迟恭的劲头儿。

百日之合，总有一离。临分别还真有点依依不舍。这种情绪在我已是长久不见，浮华世界浮华之交浮华之别已是常态，君子古风谁去求？前脚离开上一个人生旅店，后脚就把它踩死在遗忘之中了。

先是，黄树芳、周秀芝夫妇为我饯行，设宴于昆仑饭店；犹觉不尽意，由王茂福牵头，再设宴于万通源，临别欢聚。文人下馆子，自己买单，不怕有人，拍小照去汇报，只顾自个儿痛快哈。

黄树芳夫人周秀芝，是个医生，退休后自学成才当了画家，特地为我作画题赠，而且裱好装框送上门来，我感动得没话说。这一对夫妇的为人，于此可见一斑。

难忘朔州。再去朔州。

2018 年 9 月 26 日

一书赠三杰和一杰赠三书

　　我读过陈子善先生的一篇短文，题曰《一书赠三杰》(《文汇报》2016 年 11 月 13 日)。作者说，日前网上拍卖了现代作家、诗人聂绀弩的《二鸦杂文》签名本。由此想到自己收藏的聂绀弩另一部签名本，一本书竟赠送了三个人。此书是四幕话剧《小鬼风儿》，1949 年 12 月上海新群出版社初版。书的封面左上角，有聂绀弩潇洒的钢笔题字：

　　　　承勋　高郎　永玉三兄指教

　　　　　　　　　　绀弩敬赠

　　看了这段文字，我觉得实在是长了见识：一、一书赠三人，这是从未见过的奇事；二、将题签写在封面上，这也是第一次见到；三、三位受赠者与赠书人的关系，绝非一般。否则，怎么能有这样的雅趣妙事！这是内涵，但细细琢磨起来，却很有味道。

据此文介绍，将题签书于封面，是"五四"时期新文学的一个传统。胡适、丰子恺、陈白尘等都这样写过。聂绀弩也如此，写过不少。这次他把一本新书赠送了三个人，倒是特例。那三位受赠者是罗承勋、高浪和黄永玉。三位都大名鼎鼎，罗承勋即罗孚，报人、作家。高郎即高旅，历史小说家。永玉即黄永玉，画家、作家。当时，他们四人，都在香港。罗孚在大公报社。高旅受聘于文汇报社。聂、罗、高、黄四人，谈得来，合得拢，相知相助，惺惺相惜。大概只有在这种关系中，才可能有聂绀弩将一书赠三杰的罕见奇文。这四位中，唯独黄永玉还健在，还在创作长篇小说《无愁河的流浪汉子》，可谓老当益壮，令人敬佩。

不管怎么说，《一书赠三杰》也是奇事妙闻。故，我印象极深，久久难忘。一年后，2018年2月3日，当自己亲临一场真情感人的赠书场景时，就自然而然地想到了《一书赠三杰》那文，那事。

2月2日晚，忘年交苏华打电话给我，说："明天，我去平鲁，大约下午四点多钟，到您那里小聚。这次将给您带去三个惊喜。"我说："明天，我啥也不干，就等你这三个惊喜了!"

3日下午4点，我

黄树芳、苏华在一起

们准时相遇。这次来，因为苏华感冒刚好，由夫人相陪；还有一名中年男士，没见过。刚进门，他们没顾上喝水。苏华和那男士，就提过来重重的两大包书，放在屋里。我说："别忙，你们先喝口水，缓一缓。"苏华说："您先看书吧。"说着，他从装书的一个环保布袋里取出两本书，递到我手中。还没来得及翻开，那男士也取出来一书。苏华忙介绍说："这位叫薛保平，是记者，也是专栏作家。他也有书送您。"我和薛保平一边握手，苏华一边继续解释："我们来的时候，就商量好，今天要送您三本书：一本是阎晶明的《文字的微光》——咱们和晶明的关系不提，就说这本书，和他以往的著作，大有不同：文体新颖，文字精准，就像箴言名句，句句闪光耀眼，字里行间都是智慧的哲理，人生的导言。这书出版还不到一个月，就听到不少叫好声。您在第一时间，就得到这样的好书，应该算是今天给您带来的第一喜。第二本……"

《钟道新文集》

这时，我打断他的话，说："快，咱们都坐下吧，坐下慢慢说。"我们坐在沙发上，苏华把书翻开，给我解释："第二本，是《钟道新文集》，全套10册，昨天下午，我从印刷厂特意取了一套，给您带来——宋宇明（道新夫人）现在手中还没有，您是第一个见到这套文集的人。我知道您和道新的关系。这对您来说，还不是一个惊喜吗？"我说："等了整整10年呀！这太让人高兴啦！"说着，我递给苏华一杯水："你喝口水吧，润润嗓子。"苏华喝了口水，对薛保平说："保平呀，你说吧。今天，你来认识了黄主席，还有赠书，这也是一个惊喜呀。"薛保平双手将他刚签名盖章的《桃园书情》送到我手。他说："今天认识黄老师，很高兴。这是我写的读书随笔的一本结集，请指教。"我说："我也正想写点读书方面的短文，你这是雪中送炭呀！太感谢了。"苏华说："保平在《太原晚报》开辟专栏，

闫晶明在黄树芳作品研讨会上发言

059

'书及其他'，他长期供稿。"我说："结识新朋友，又获赠新书。今天真是喜事连连呐。"这时候，我老伴儿赶来，她和苏夫人的热情交谈，也为我们的赠书场景增加了几分喜庆气氛。大家问长问短，说西道东，谈得很投入，笑得很灿烂，而这一切都充溢着浓郁的书情、书缘和书香——不仅让人温馨，而且让人感奋和激动。

一般情况下，我睡觉还好。但，那天失眠了。

《一书赠三杰》的作者，陈子善先生，是华东师范大学中国现代文学资料与研究中心主任、博士生导师，有丰富的藏书与读书经验。他对一书赠三杰之事，感到"十分有趣"，而且说这是值得注意的事。我读后，也有同感，觉得那的确是值得认真思考和用心琢磨的奇特雅文。今天，苏华同时将三位作家的大作、新作赠我，作为受赠者，我心情激动，兴奋不已，欣喜莫名。此时此景，此情此意，集中于一个字，就是"喜"。朋友们说得很对："这是三个惊喜呀！"在这些惊喜中，我想到了"一书赠三杰"的文章。随之，脑海里就闪现出另一个标题："一杰赠三书"。为什么会有这样的联想？一时，也许不能说出什么深刻的理由，但要慢慢想，细细悟，或许会觉得，这很自然，甚至很必然……

先说苏华。

30 年前，我在雁北煤运公司一次有关文化方面的会议上，认识了苏华。那次会议，他大概是工作人员，忙着给大家发文件。到我面前，笑着说："您的文件。"说着，顺手将文件递给我："我叫苏华。"我接过文件，轻轻地说了句"谢谢"。就在这么一次简单的接触中，我们相识了。他给我的第一印象是：年轻、帅气、文雅、大气。人与人的交往中，第一印象是很重要的。以后，在越来越多的相交、相处、相助中，我们便成了互帮互学的文友，心心相连的朋友和有话就说的挚友。他身居省城，见多识广，又办杂志，忙着组名家的稿子，同时搞创作，写评论，还研究出版，广交朋友，在各方面，都硕果累累，成绩喜人。20 世纪 80 年代，他主编的《作家与企业家纪实》杂志，为企业文化建设和作家了解企业，搭建了深受读者欢迎的文化桥梁；后来他主编的《中国方域》也受到全国各地政府部门特别是行政区划和地名及广大勘界工作者的喜爱。时任复旦大学地理历史研究所所长的葛剑雄教授曾多次点赞这个刊物。同时，他的作品，特别是文艺评论，也在读者中引起广泛关注和好评。10 多年前，苏华开始潜心于文化世族灵石两渡何家的研究和写作，并取得了让读者拍手称好的累累硕果。

在他写作何家系列作品的同时，还用很多的精力和热情帮助朋友们制作出版了一本本新书。这些书的设计之精巧，制作之高雅，都毫不含糊地站在了当前书籍出版业的前列，可说是人见人爱，赞叹不已。

我写这些文字，不是也不可能是对苏华业绩的总结和表彰，只是想说明他在文化方面的成绩是很突出很优秀的，是我一直尊重的朋友。在我眼中，他就是文化界的一杰。所以就有了这个《一杰赠三书》的题目。

说了"一杰"，再说"三书"——也就是苏华给我的三个惊喜。

那天，苏华赠我的第一本书，是中国作协副主席阎晶明的随笔新作《文字的微光》。这书给我的第一印象，是制作精巧、大气、雅致、秀美；翻开第一页，晶明在自序中第一句是："这是一本奇异的小书，当我将这些文字从网络上搬到纸面上重读时，自己都有一种陌生感甚至好奇心。"一句话里就有两个奇字，这是在序言中很少见到的。尽管我现在还没有来得及认真详细地通读，但也爱不释手地翻了几遍。这个"奇"字，给我的感悟，也是一个字：新。首先是文体新，类似日记，但不是日记。二是记录了作者对生活中一时一事的清新思考和微妙的联想，好多观点既朴实又亮眼。三是文字极度简洁、深刻，几十个字，几句话，就给读者一个新颖闪光的启迪。几乎每句每段都是箴言、导语。而且，读起来还觉得有些心旷神怡和陶冶心智的感觉……当然，今天不是写读后感，更不是评论，只是翻阅新书的一点感觉。我现在要说的是获赠这么一本好书的激动心情和一连串的联想。

苏华赠我这本书的时候，他只是高兴而激动地说这本书怎么好，我接书后，也没有顾上问什么，只是欣喜而激奋地翻看这本还散发着印墨之香的新书。细看这书，并没有作者的题签。对这事儿，苏华一直没提，我也始终没想。屋里所有人都是沉浸在对新书的欣赏和赠书的欣喜气氛中。赠书没有题签，应该说也不多见，或说也算是一奇。可我作为受赠者和赠书者苏华，怎么就没想到这事呢？这得从阎晶明、苏华与我三人之间的关系说起。

20世纪80年代，阎晶明工作在山西省作家协会，我是在被称为改革开放试验田的中外合资的一座大型煤企工作。他经常来这座煤矿深入生活，于是，我们便得以相识、相处、相助。说是相助，实际主要是他给了我过多的帮助。阎晶明那时还很年轻，学识高深，文思清晰，文笔开阔，真心待人，真诚做事，和他相处，真感到心神愉悦，情投意合。我长期工作在矿山，常年和矿工打交道，所缺乏的正是他身上那种知识型的朝气、锐气和大气。我心里很清楚，在他身上学到的文化知识、写作技能乃至人生哲理，是难以用语言表达的。那时候，苏华正在作家与企业家联谊会主编《作家与企业家纪实》。由于工作需要，又爱好相同，三人就经常在一起选题议题，磋商文稿，插空也聊天侃山。就这样，慢慢便成了人们常说的那种莫逆之交。

1997年8月，山西作家协会和朔州市委宣传部等单位联合主持召开了我的中篇小说《被开发的沃土》研讨会。几十位专家的发言稿，分别由《工人日报》《山西日报》《中国煤矿报》《太原日报》等报刊发表，读者反映还不错。阎晶明、苏华都参加了这次研讨会，有一次我们在一起闲聊时，就议到一个都认同的议题：如果将这些散发在各报刊上的稿件汇集出版，那不就是一本很有分量的评论集吗？而且立马议定了一个书名，叫《文友同行》。为此事，我们三人在北京一连跑了好几家出版社，最后找到昆仑出版社，一位叫卢琳的年轻女编辑，对众多名家共同评论一位业余作者的作品，很感兴趣。于是，由阎晶明和苏华共同作序、汇集了30多名作者的文稿，共15万多字的《文友同行》，两个月后，于1998年12月与读者见面。

《文友同行》出版后，在阎晶明、苏华和郑宝生等挚友的鼓舞下，我创作热情更加高涨，一年后，散文集《他乡随笔》脱稿。阎晶明很快写了"慧眼看世界"的序言。由苏华精心策划、美术评论大家刘淳亲自操刀设计，于2000年8月出版。进入新世纪，在由张继红策划、阎晶明任主编、苏华任执行主编的"人说山西"文化旅游丛书中，我写了以北岳恒山、悬空寺和应县木塔为主要内容的《恒岳神工》。不用说，本书的写作和出版，也离不开阎晶明和苏华多方面的帮助。就在这套丛书出版的同时，阎晶明调到北京中国作协工作，我在这时也办了退休手续。我们三人相聚虽然渐远，但感情并未疏远，苏华和我来往愈来愈密切，退休后我出版的7本书，几乎都没有离开他的辛勤劳动。阎晶明工作太忙，我尽量少干扰他。但也常有联系，他对我的帮助也还是经常不断。2013年6月，中国煤矿文联等单位，就我坚持业余文学创作50年和两本新书出版，在中煤平朔召开座谈会。阎晶明时任《文艺报》总编辑，他提前安排好其他工作，并辞去另外的一个约请，赶来平朔参会，并以"业余作家的分量"为题发言。两年以后，我准备出版散文集《往事札记》，很想请阎晶明写序，但这时他已调中国作协书记处工作，工作很多，任务很重，我自知不应干扰。后来，想到去年研讨会他那篇发言，和本书主题十分吻合，略加改动，便是一篇不错的序言。没想到我和他通话时，他很干脆地说："不要那样，我们也不能那么做——您把书稿发我信箱，重写吧。"两个礼拜后，他就将《有一种挚爱叫文学》的序言发到我信箱。我给他回话时，他正在天津出差。同时，他还问了我有关出版的事宜，并说，如果在省里出版有困难，就在北京联系出版社吧——这意思，我心知肚明。

过了两天，苏华脱开繁忙的工作，专程从太原来朔州，与我相商新书出版事宜。他的意见还是在省城出版更方便。我说："那得和晶明商量一下。"苏华说："我来和他商量。"说着，就和晶明接通了电话。他们三言五语就商定了在省城出版的意见。这部书的出版，很具体地体现了我们三人心心相连真诚相助的挚友关系。阎晶明在刚刚出版的《文字的微光》中也写道："此书得以出版……特别感谢挚友苏华为此书的制作、编校、配图等一系列工作付出的热诚而艰辛的劳动……"可见是"书"将我们三人紧紧地连在一起，也是"书"不顾时间和环境的变迁，不断加深着我们的情感和友谊。所以那天苏华给我带来的第一个惊喜，就是阎晶明的《文字的微光》，这一切都是自然的，也是必然的。那场景，除了惊喜，还能想到什么呢——关于题签的事，在我们三人之间，还有必要多想吗？

现在说苏华赠我的第二本书——第二个惊喜《钟道新文集》。这套书是道新夫人宋宇明和苏华共同编的。钟道新是一位年轻而又独具特色的作家和影视剧创作的大家。《钟道新年谱》里记载着他在1982年，31岁，应邀参加了山西省作协在大同矿务局召开的工业题材创作座谈会。那次会，我是参会者也是会务工作者。一次，我和道新在走廊里相遇，作协一位领导给我们做了介绍。但只是一般性地握手、点头，程序似的寒暄两句而已。第二次见面，他问了我一个怎么也没想到的问题："你平常就坐今天坐的那车吗？"原来，客人坐大轿车去会场的时候，我坐一辆刚进口的日本福田小卧，超过大轿，先进了会场。道新看到了我下车的背影，那辆进口小车便给他留下了深刻的印象。我告诉他："我们用车，都是向车库调度要车。这次给我派的车，大概是考虑到这次会议的分量。"

那次会议不久，我便调到了平朔煤矿，这座中外合资的新建企业，和钟道新所在单位神头电厂，只有一路之隔。我在新单位上班的第一个礼拜天，他就来看我，并赠我一本《超越生命》——美国西方石油公司董事长，石油大亨哈默博士的传记。哈默，是我们这个企业的外方股东。道新说："这本书很好，我看了。在你们这个企业工作，看看，会有好处。"我说："岂止是好处，就是及时雨，太感谢了。"也许是真如人们所说，物以类聚，人以群分。那天，我们从读书到写作，从文学名人，到传统文化，从企业管理，到个人收入，从改革趋势，到世界大事……真是家事国事天下事，事事都聊到了。不管谈什么，道新都是头头是道，甚至是游刃有余，有新意，有味道。在这闲谈慢扯中，我觉得真是开阔了眼界，长了见识，听得简直是入迷了，把时间也忘了。直到中午，还是道新说："我已经打听了，你不喝酒，可我还是要请你——可以喝点儿红的

黄树芳和钟道新

066

么！你调到这儿来，我真的很高兴。"我说："来我这儿，哪能让你请！"我立刻找了一位能喝酒，也爱看书的朋友，跟我一起陪道新边吃边喝，继续聊天。

从那以后，我们来往越发密切，十天半月，总要见一面，坐一坐，或者通个电话，聊一聊。在这经常的交往中，我慢慢发现了钟道新这位很有创作实力的青年作家，是个很有个性很具特色的人。他的智慧，他的聪明，他的知识，他的眼界，他的写作水平和成果，都是我可望而不可即的。我比他年长，性格也不完全相同。但我们处得很投缘，很融洽，很温馨，很开心。后来我想，这大概是因为：第一，我们的交往基础厚实而牢固，这基础就是一个字：书。我们在一起聊的是书，互赠礼物是书，互帮互学也围绕的是书。从他第一次送我的哈默传记《超越生命》开始，除了他自己的作品每本都必赠以外，还以各种途径，包括他建议朋友给我赠的书，不下百本。其中有《中华文明大博览》《王蒙选集》（10卷本）等很有阅读和保存价值，而且都是我很喜爱的好书。在这方面他是真情实意，也肯下功夫，我们每次见面前，他都要到书店转一趟，买一兜他认为适合我看的新书。有时别人到我处来，他还要捎一包书给我。有一次托人给我带来了刘庆邦的长篇小说《红煤》，同时还打来电话说："这本书写得不错，是写煤矿的，很有时代气氛，你该看看。"可见，他不但经常给我赠书，而且还常考虑和帮助我看书。这对一个整天在企业办公室的事务中忙里忙外的业余作者是多么可贵多么重要呀！第二，钟道新爱好广泛，朋友甚多，各行各业，各种身份的好友，数不胜数。他嗜烟酒，爱汽车，玩球、玩牌、下棋、搓麻甚至跆拳道……都不外行，有的还挺精通。对这些，我是短板，一样都不行。但我很喜欢他这种性格和灵气，而且在这些方面，多有交谈，取长补短。那时我们这个企业因工作需要，领导成员都配有一辆尼桑专卧。道新对汽车有特别的兴趣，甚至还有些研究。我俩出门，也常在车上谈车。一次他先说了不少尼桑车的好处，我说："好是好，就是底盘太低。"他很内行地反驳我："人家这车就不是为我们设计的，没考虑到我们这里的路。"（那时候，我们还没有高速路，跑的大都是山路和弯路）我说："奔驰还是比尼桑要好。"他说："不能这么比。有人说奔驰的车标是一个圈儿，套住了一个人字，感到不舒畅，憋气。"钟道新对车的爱好也反映在他的不少作品中，在他的长篇《巅峰对决》中，那段追车的故事，描写的就很具体、生动。后来，我将我们单位一位分管车辆的领导介绍给道新，他们很快就成了很要好的朋友。道新给过他不少书。那位领导和我说："我这个管车的人，也爱看书了，也混到了你们作家圈儿里。"在道新的作家朋友中，有几位和他一样，嗜好烟好酒。每遇到这些朋友，他往往要给我打电话，或者领朋友到我这里来。宾馆一位副经理和我开玩笑："老黄呀，你是烟酒不沾的，可我这里给老外进的好烟好酒，你比他们买得还多。"他说的这话，我相信。老实说，我和钟道新相识后，才知道什么叫"人头马XO"等等……道新说："这位经理，给了我们不少方便，对机会请他吃个饭吧。"我说："这倒不用。你的书，我的书，都给过他。他也挺喜欢书。再说，我们一分钱都不少给呀。"道新说："这也是个朋友。"我很赞赏道新对朋友的那股"朋友"劲儿。他的朋友，当然是文化界最多，有著名作家、编辑、导演和演员；企业里也不少，有厂长、书记、高工，也有工人和警卫等。在他这些朋友里，我也认识了不少，有的也成了朋友。一位陈姓厂长临调走时，还专门买了《国史大辞典》赠我；一位郭姓书记，更是和我经常商讨有关读书和写作方面的议题，在朔州市作协第一次代表大会上，他还当选了副主席。多年后，我们通电话时，他还提醒我："你可别忘了，我给你当过副主席呀！"那时，常跟钟道新到我这里来的还有一位普通工人叫王勇。道新调走后，就是他常来代道新给我送书，也成了挚友。百花出版社的党委书记、高级编辑王俊石，也是由道新介绍我们相识，而且帮我出版了中篇小说集《被开发的沃土》。

钟道新去世后，我一直在惦记着他的全集和年谱，不知什么时候能出版。我知道苏华一直在张罗这事，就经常打电话询问。可这也不是简单的事儿。一年又一年，一直等了10年呀！今天，终于等来了——这对我，不是一般的喜，正如苏华所说，这是惊喜是大喜呀！

这天，苏华赠我的第三本书是薛保平所著随笔集《桃园书情》。这也是我所收获的第三个惊喜。

赠书的情景和前两本有所不同。因为本书作者就在场，而且与我是第一次见面。所以，在苏华介绍书的内容时，薛保平先生就将刚签名盖章的、封面清雅的赠书捧到我面前。我边接书边连声道谢。苏华说："今天这第三个惊喜，可不仅是获赠一本书，还结识了一位新的朋友，这就是双喜！"

从苏华先生的介绍和《桃园书情》的序言与后记中了解到，我和薛保平先生的相识结友，这喜这缘，也是在一个"书"字上。他是《太原日报》的一位优秀记者，写法制通讯独具特色，曾获得中国新闻奖。但他很爱跑书摊，不断淘旧书，而且爱读书会读书，所以一些报纸的副刊常请他写些读书随笔。后来，便相继应约为"天龙悦读"和"书及其他"的专栏作家。《桃园书情》就是他百篇读书随笔的合集。哈佛大学已经过世的教授布利斯•佩里说过："所有文学形式中，最灵活的莫过于随笔，而有一个主题，人类对之有着持久的兴趣，随笔作家更是永远对之情有独钟，总能找到新东西可说，这就是"书"与"读书"的主题。"薛保平这本百篇读书随笔，真个是让读者深切体会到了这位教授的精准而深刻的论断。薛保平从小爱看书爱买书也爱攒书。据说，现在称他为藏书家，已经够格。来我这儿的前一天，他曾到太原南宫旧书市场淘书，转来转去，碰到我的那本散文集《恒岳神功》，便买下了。他们动身前，保平问苏华："我们到朔州先到什么地方？"苏华说："先找黄主席。"保平又问："黄主席是谁？"于是，苏华就把我的情况做了一番介绍。薛保平有点儿惊喜地笑了笑说："不知是巧合还是缘分，我昨天在南宫旧书市场淘来一本《恒岳神功》，就是黄树芳写的呀！"苏华高兴地说："对呀，一点儿都不错。那是'人说山西'丛书的一本，写的是北岳恒山和悬空寺、应县木塔。"保平说："我就是要凑够这套丛书，收藏起来。这书还在我车上，这次正好，请作者签名。"苏华说："这次你和黄主席又交朋友又互相赠书，这是缘分，也是我们这次给黄主席的一个惊喜。太好了！"于是，那天晚上，苏华就打电话，告诉我这次要给我带来三个惊喜。

　　不管是著名作家聂绀弩将一书赠三杰，还是当今的文史学者苏华将三书赠一人，这都源于一个"书"字。书里书外，书来书往，都包含着人与书的深挚情怀，更充满了人与人的惺惺相惜。正如"一书赠三杰"的作者陈子善先生所说："聂、罗、高、黄四人一定是惺惺相惜，很谈得来，否则，聂绀弩不可能一书赠三人。"苏华三书赠一人，而且，赠三书，也就赠送了三个惊喜。这里边的赠书人，受赠人以及三位作者不也都是惺惺相惜的真挚友人吗？人有情，书有情，写书是情，赠书是情，一书赠三杰是情，一杰赠三书也是情。没有情，就没有赠书的奇闻妙趣；没有情，更没有那激奋惊喜的赠书场景。归根到底，对书要有情，没有情，就解不开书的密码。

2019 年 3 月

两位女作家的生活细节

最近，看了冯骥才先生一篇回忆韦君宜的文章《她在我心里有个很神圣的位置》，其中有两个细节给我的印象很深，可说是永生难忘。

先说第一个细节：1977年冯骥才将一部长篇小说的稿件寄到人民文学出版社，出版社把书稿打印成厚厚的上下两册征求意见本，分别在京津两地召开征求意见座谈会。在天津召开座谈会时，负责长江以北作者书稿的组长李景峰和副社长兼副总编的韦君宜，从北京赶到天津，参加了座谈。会后，冯骥才领着北京来的这两位客人去街上吃饭。

1976年的大地震刚过，一些饭店已被摧毁。只好到一家卖锅巴菜的小饭铺去。房间小，人很多，冯骥才去排队，李景峰和韦君宜只好在旁边站着等。等冯将饭买回来，却见一位中年妇女正朝着韦君宜大喊大叫。原来是韦君宜没留意，坐在了那女人占有的一张凳子上。这中年妇女很凶，叫喊时呲着长牙，青筋在太阳穴上直跳，唾沫星子也跟着溅出来……韦君宜躲在一边不语。可那女人还是不依不饶，喊叫不停。韦君宜一直静静地站着，也不解释。冯骥才劝说那女人，也没顶用。旁边的人实在看不惯了，一个汉子朝那怒吼的女人喊道："你的凳子，你干吗不拿着，放在那里谁不能坐？——得讲理嘛！"这汉子高调的天津话，总算将那女人的火气压住了。冯骥才赶紧张罗着换了个地方，但仍然没有凳子。只好站着吃了饭。吃完，北京客人就要回京。临走，韦君宜对冯骥才说："还叫你花了钱。"这句话很短，甚至有点儿吞吐，但却真实表达了诚恳的谢意。

连冯骥才也是后来才知道了韦君宜的名气和令人肃然起敬的经历。

韦君宜，这位 1934 年就考入清华大学哲学系的优秀学生，1935 年参加了"一·二九"运动，1936 年加入中国共产党，1939 年到延安后，从事新闻、文化工作。新中国成立后，任《中国青年》《文艺学习》《人民文学》等刊物的领导。就是这样一位携笔夹枪、万里从征的文化名人，为了组稿，在天津的街头小饭铺，站着吃了一顿热烧饼和锅巴汤。更让人不可思议的是，她还无端地受了那个长牙女人的一顿劈头盖脸的训斥和恶气。

韦君宜

我看到韦君宜在小饭铺站着吃饭，而且在那个蛮不讲理的女人面前，一直不火、不怒、不言、不语的场面儿，真是百感交集。这顿饭和饭前饭后的这些事儿，说起来，都是日常生活的细节，但这细节，内容丰富，形象生动，含蓄深远——越琢磨越觉得意味无穷……

第二个细节很简单：冯骥才借调到出版社改书稿，他每改一个章节就交给责编李景峰，李景峰处理后，再交到韦君宜审阅。所以，他和韦君宜并不多见面。那时候，人们的工资都很低。冯骥才开支后还要将一部分钱给家里。他个子高，吃得多，每天只能在食堂买碗五分钱的炒菠菜。有一天，李景峰高兴地跑来对他说："今天起，出版社给你一个月 15 块钱的饭费补助。"每天五角钱呀！这真是天大的好事。李景峰说："这是老太太（人们背后对韦君宜的称呼）特批的，怕饿垮了你这个大个子。"后来冯骥才回忆说："当时没被几十万字累垮，肯定就有韦君宜的帮助和爱护了。"

虽然韦君宜的大名，我早就如雷贯耳。但她的精神，她的风范，她的威望，她的人格以及她对文学事业的执着和对作家的情感，还是在阅读冯骥才的回忆文章，和反复思考文章中那些细节后才感悟到的，而且这种感悟是真诚的是亲切的。因为自己也是业余作者，出过几本著作，所以在感悟中就夹杂了自己的回忆和追思。这回忆和追思里有甜美有温馨，有情感有激奋。当然，也有不少令我难忘的人和事。最突出的一位就是作家、编辑家段杏绵老师。

杏绵，毕业于中央文学研究所，1944 年参加革命，1949

年开始发表作品。这些，也许并没有多少让人们太注意的地方，她真正给人留下深刻印象的有三点：一是她的形象——漂亮美丽，文静优雅，真诚大气。不少作家和作者乃至读者，在背后提到她时，都异口同声，说她无论是年轻时还是年长后，都给人留下的是久久不能淡去的温馨。二是她的身份，她是山西有名的文学刊物《火花》（"文革"后改成《汾水》）的编辑和编辑部主任，实实在在地掌握着文学作品的发稿权。还有一个人们嘴里不说，文内不写，但心中都清楚的身份——她是马烽的夫人。马烽在当时是很有名望的作家，长篇小说《吕梁英雄传》（合作）、电影文学剧本《我们村里的年轻人》（上下集），以及短篇小说《三年早知道》，特别是写农村题材的作品都是名扬大江南北，叫响山河万里的经典。他还长期担任过山西省文联和省作协的领导。后调到中国作家协会任党组书记、常务副主席。尽管杏绵从来都没有因马烽的身份表现出丝毫的优越

马烽和杏绵

感，但有些人，特别是年轻的作者，在内心里还是多少有一些因对马烽的崇敬，而对她敬重有加。三是她的人品和精神。这一点，我想还是像冯骥才回忆韦君宜一样，用工作和生活中的一些细节来介绍吧。

我的第一篇小说《王林林》是 1963 年国庆节写完寄给《火花》的。很快，12 月号就发表了。第二年春，大约是四五月份吧，单位党委办公室于主任，告诉我："中国青年出版社来了个政审件，说要发表你的一篇小说。我已回了函，说作者没问题，可以发表。"1965 年 1 月，我收到了样书，是中国青年出版社出版的《新人小说选》。从发出稿件，到收到样书，这里边得经过阅稿、审稿、签字发表乃至向上推荐等等许许多多的程序。这每件工作，都得有人操办。那时候，我 20 岁刚出头，还太单纯，不但没有跑过编辑部，甚至连个电话也没打过。当我抱着崭新的样书阅读的时候，当我想象这稿件经过的那些流程的时候，慢慢得出了一个结论：当时国家的文学创作环境真是太好太好了——只要你自己认真读书学习，刻苦努力创作，拿出好作品来，其他什么也不用操心。所以，我从青年业余作者到今天成了耄耋老人，一直怀念当年那种创作的环境。后来，随着年龄和创作经历的增加，便慢慢认识到，那良好的创作环境，都是由许许多多像韦君宜那样的文学前辈给开创的。有时候，我就自己埋怨自己：过去了这么多年，自己怎么就一直没有弄清我那篇小说是谁给出了力帮了忙，创造了那么好的出版条件呀？这就成了装在我内心的一个经常折磨自己的遗憾。"文革"后，有一次我在省城开会，遇到一位从《火花》

编辑部退下来的老同志，在闲聊中，他跟我说了一句实话：你那篇《王林林》，杏绵是出了力的，那时虽然都不注明责编的名字，但她功不可没。

没等散会，我就抽空去看望杏绵老师，想请她吃个饭。她微笑着摇头，说："要请，也该是我们请你，可这也不方便。"我赶紧说："杏绵老师，我真的很感谢您，'文革'前的那份情谊一直还欠着，现在又发了好几篇。我真的是早就想请您。"她说："'文革'前的事，你怎么还提呀！稿子都是大家讨论的，不是哪个人的事。千万不要再提了。"她比韦君宜小10岁，比我大10岁，这年应该是50出头。她的面容依然白净而光洁，她的微笑静雅而真诚，她的声音轻柔而坚定："要说感谢，是我们编辑应该感谢你们作家，你们写了好稿，我们的刊物才能办得好，互相理解吧。希望你常给我们供稿。"我听得出来，她的话都是心里的话，是真诚的话。看得出来，她那平静的微笑流露的完全是实实在在的本意。到这份儿上了，我还能说什么呢？要再说，就成了寡话，只好无奈地道谢告别。

这次与杏绵见面，虽然没能请她吃饭，但是我很愉快，总算将心中那点儿经常折磨自己的遗憾解除了。

更让人高兴的是，过了不到一年，杏绵突然来到了大同煤矿。那时，我在党委宣传部分管接待记者和文化界客人。这真是老天有眼，给了我一个绝好的学习和感恩报恩的机会。当然，我会尽百分之百的力量接待好。但是没想到，当晚第一餐就碰了壁。

我和领导汇报后，立刻在三招（那时不叫宾馆，三招是接待外宾的场所）做了安排。又马不停蹄，立刻去向杏绵汇报。我说："定了：晚餐由副书记和分管文卫的副局长参加，再找俩业余作者作陪。"杏绵听了马上站起来摆着手说："树芳呵，千万不能这么安排。我太不会应付那场面，听我的，就你和我，找个安静的餐桌儿，平平静静地吃点便饭，就是对我最好的接待——在这上头，你可一定得听我的。"我说："那怎么行？领导都定了。"她很着急很认真地说："我是什么人我清楚，用不着那么接待。影响多不好呀！而且我是真的不会应酬那场面。你快去向领导汇报，别影响人家的工作。快去，快去吧——就算是帮我的忙吧。"这位一向贤惠文静的老大姐，这时很着急也很无奈，那口气简直就像求我帮忙似的。她是我心中很受崇敬而且是对我有恩的人，这时候，我该怎么办？在我瞬间的犹豫中，她又说了："你难吗？"我没有再犹豫："不，不难，我马上去汇报。"

我回来刚推门进屋，杏绵大姐就站起来问："怎么样？"我说："您放心，都说好了。"她好像是缓了口气，便坐下来端起了水杯。我赶紧为她添了点儿水。这时，门，忽然被推开了，进来的是运销处的一位同志，他说："我刚听说杏绵老师来了，正好，我有五六个客人，咱们在一起吧！我已经都安排了。"我和杏绵都站起来表示感谢。然后，我就将他推到门外，做了一番解释，他才不太甘心地离去。我回来对杏绵解释："这人也爱好点儿文学，但没写过什么。大姐，您的名气太大呀。我看，到餐厅还会有人招呼您。"杏绵喝了口水，和我商量："咱俩到外边找个小餐馆儿吧，安安静静地吃点儿便饭就行了。"这时，我脑子一亮，说："我想请您到家里坐坐——别人都不在，就我和太太两个人。也不用准备，挺方便。"说着，我心里还有点儿紧张，怕她不给面子。没想到，她高兴地将水杯往桌上一放，说："好——这个办法好，咱们就随便做点儿家常饭。"她同意去家，我当然很高兴："那咱们马上就走吧——要不一会儿又有人来请呀。"

走到半路，她突然问："附近有小卖部吗？——不能空着手去你家呀。"我说："您把话说到哪儿去了！快走吧，几百步就到了。"她说："那可有点儿不好意思了。"

杏绵是我最尊重的，平常想请也请不到的贵客，到我家去，在半路上还想买点儿什么礼品——这是生活中的一个很小的细节，但在我的心中分量却很重。

从招待所到我家，有十几分钟足够。杏绵和我太太刚见面，似乎就成了多年的姐妹。其实，进门时，我就介绍了她的职务和身份，可她们好像都没注意这些，还没说几句话，我太太就"大姐"长"大姐"短的叫得很亲切很自然。我想，这大概也是杏绵的气质和亲和力的体现。我和杏绵的祖籍都在冀中平原，拉起家常来，有很多共同语言。什么白洋淀的水产，什么保定的莲花池，还有铁球、面酱、春不老那三件宝……说到这里，我太太便说："我看今天就给杏绵大姐吃炸酱面吧，再烙几张饼，炒个西红柿鸡蛋……"她话音还没落，杏绵就接话说："好，就炸酱面吧——别的什么也别忙活了。"

我们三人坐着三把木制硬板儿椅，围着一张小圆桌，吃着热乎乎的炸酱面，很是亲切自然。杏绵说："今天这面呀，真有点儿家乡味儿，越嚼越香。"我说："王蒙是南皮人，他说他爱喝稀粥，就是老家的味儿；孙犁是安平人，和大姐您离得不远，他写过一篇散文叫《吃粥有感》，说他爱喝棒子面儿粥。您对河北的作家都很熟悉，我只是看过几篇文章，在您面前说这些，有点儿不自量力了——您可别笑话呀。"杏绵说："你说到哪儿去了？人们说家乡的水喝着甜，家乡的饭吃着香，真不假。其实，还该加一句：家乡的书读着亲。人们说，冀中有三杰：孙犁、梁斌、王林，都是从抗战时期起步，他们的书，我们读着就特别有味儿。就像今天咱们这面，吃着就挺香。"我太太说："这面香不香，主要是拌酱的水平——这可是大姐的手艺呀。"杏绵笑着放下碗筷："可别夸呀，再夸，下回来就不下手了。现在，吃饱了，也吃好了。树芳呀，咱们离开招待所这步棋是走对了——就是给你们添了麻烦。"写到这里，我就又想起韦君宜在天津小饭铺站着吃饭后，对冯骥才说的那句话："还叫你花了钱。"冯骥才说："这话虽然短，却含着一种很恳切的谢意。"韦君宜和杏锦都是谦和质朴，不俨然也不凄然，本本色色，没有任何锋芒和矫饰的女性作家、编辑家，在不同时间不同场合说的这两句朴实无华又都出自内心的话，咋就那么相似！听起来又都真诚感人。

说起来，和杏绵相处的这些事儿，已经过去了好多年，平时也很少提了，不知为什么，当读冯骥才回忆韦君宜的文章时，这些早已远去的往事，忽然又一幕幕地呈现到眼前，而且越想越清晰，越鲜活，越想越意蕴无穷，越心明眼亮，视野开阔。现在才感悟到，像韦君宜和杏绵这些人的这些工作和生活中的细节，我们是永远都不该忘记的。

2018 年 5 月

想到了孟宪英

二月底，塞北的五九天，寒风刺骨。一天，晚8点左右，有人敲门。进来的是我曾经的同事，在露天矿工作的魏丁，是熟人。他大学毕业分配工作的时候，我还在干部处工作，他到家来过几次。但我退休后，已有好长时间没有见面。今日来家，竟觉得这是一位稀客，赶紧招呼他就坐，老伴儿也为他端来茶水。他刚坐下，就从一个小提兜里掏出一本书，是我刚出版的《往事札记》。我问他做啥？他说："这书我看完了，有几篇，看了好几遍。可这是从别人手里要的，今天来，是想请您签个名。"我说："就为这事？"他说："就为这事。"我问他："你现在住哪儿？"他说："振华街。"振华街，距我住处，来回大约有三四里路，天这么冷，他既没开车也没骑车，真也够辛苦了。老伴儿接待客人往往比我热情，她说："孩子多大了？家里都好吧？天冷，跑这么远，快喝口水吧。"他喝了口水，一边拉着家常，一边说他看书的感觉："这书，我看比以前写的更实在更深刻了。我最感兴趣、最对口味的是《业余写作的家庭环境》——看了好几遍。其实啊,每个人都需要有个好的家庭环境。这篇文章很短,我联系想自己,越想越觉得写得好。"我说:"你太夸奖了,这都是说的自己,尽是具体事儿,好写。"他说:"我说的也是自己,不知道对不对。不怕您笑话。"我说:"读者是作者的老师,你说的这些都是我的教材。"他说:"我是来向您请教,求得帮助的。"我说:"谈不上帮助,互相启发吧。"我问他看没看写夏衍那个"请"字的文章。他说看了,但没细想,不像看"家庭环境"那篇认真。"家庭环境",联系自己想,挺受启发。

听了这话,我便多说了几句。告诉他,《夏衍那个"请"字是一盏灯》写得更短,但那个"请"字,对我教育很深。夏衍是中国左翼电影事业的开拓者,是著名电影作家,曾是中国电影家协会主席。他是"左联"的主要领导。后来,在周总理直接领导下,主持大后方的文艺工作。新中国成立后,长期担任着文化部副部长、中国文联副主席以及外交协会的职务。就是这么一位身上有无数光环的老人,在他弥留之际,听到秘书喊赶快去"叫"医生的时候,突然清醒过来,用尽全身的力量喊出:"不是'叫',是'请'。"喊完这句话,老人家就结束了95岁的一生。他入党11年后,我才出生,毫不含糊,他是我们绝对的前辈。1958年,我读了夏衍的《关于写电影剧本的几个问题》,里面就有家庭环境的描写,讲到人物和家庭的关系——我就是从那时开始注意家庭环境和人物关系的。读完这本书,我对夏衍产生了更浓厚的兴趣和崇敬。建议你抽点时间，再看看那篇短文。也好好想想那个"请"字的内涵。如果有时间，看看夏衍的作品就更好。

这时候，老伴儿又像提醒又像批评似的说："你快别嘚嘚了——今天你怎么这么啰唆，你不觉得离题太远了吗？看书，各有爱好。说这么多干啥？快给人家题签吧。"我在给朋友赠书时，有过不少次题签，不知为什么，今天竟觉得这笔，真还有点儿分量。签名后，还很庄重地加盖了朋友为我精心篆刻的印章。

我俩送这位客人出门的时候，湛蓝的天空，星光闪闪；阵阵寒风，嗖嗖吹来。魏丁提着小包，转身走去，小包里装着刚刚题签过的那本书。老伴儿喊住他："快回来戴副手套儿吧——天太冷。"他喊道："我不冷，您老快回吧。"

客人走后，我心情仍然没有平静。刚才，老伴儿批评我嘚嘚得太多了，是对的。在读者面前，作者不应多说，而要多听。魏丁所谈对写"家庭环境"那篇短文的感受，很好，很真实。这可能是他的心里话，家庭环境对任何人都很重要。生活幸福不幸福，老年的健康，青年的成长，甚至如何为人处事，工作搞好搞不好等方方面面，大概都与家庭环境有关系。我谈夏衍那个"请"字是盏灯，说的是人生。人生和家庭环境能分开吗？这时候，老伴儿给我端来一杯茶，她告诉我，这是秦硒红。硒，能增加免疫力。我听了她的话，又反复回想刚才和魏丁谈话的内容，就突然想起来一个人，此人叫孟宪英。

20世纪70年代初，为修改电影剧本《矿灯交给你》，我们写作小组一行三人，在长春电影制片厂整整住了两个半月。制片厂为了接待和帮助我们，由总编室负责，专门成立了一个三

黄树芳与孟宪英（中）在长影留念

人小组，组长就是孟宪英，还有老张和小李，他们都是电影剧本的编辑。孟宪英大我九岁，正是不惑之年。她待人很热情，办事很周到，既有电影人的朝气和爽快，又不失知识分子的深沉和文静。她对写作、电影、戏剧不仅是一般的挚爱，一般的了解，一般的修养和造诣，甚至是有一定程度的研究和成果。她对剧本的主题、人物、冲突、场景乃至文字和语言的要求极其认真，通过和他们一起工作，特别是对剧本的讨论和修改，感到自己真是开阔了眼界，增长了知识，学到了不少写电影剧本的基本功。

时光荏苒，转眼，那两个多月的美好日子已经过去 40 多年，学到的知识，受到的教育，还有那些温馨的相处，新颖的信息，都已经远去了，淡漠，有些甚至忘光了。但是，有一句趣味幽默而又直面生活的顺口溜，我却一直记忆犹新。当魏丁谈了对"家庭环境"的感悟离去以后，这句顺口溜就又活灵活现地在脑海里跳跃起来。我还清楚地记得，那顺口溜，是我们在讨论剧本的空隙间，闲聊天讲笑话的时候，老张和小李当着孟宪英的面儿，为我们讲述她家庭的"秘闻"时顺便说出来的。孟宪英没有否认，她以微笑和举杯喝茶，来应对大家这场似玩笑似夸奖的场面。这句顺口溜说的是孟宪英对她丈夫武兆堤的关爱，很简单，容易记。后来，招待所的负责人和服务员有时呱嗒起来也都以夸奖的口气，提到过孟宪英照顾好家庭，侍奉好武导（武兆堤导演）的故事，这就更加深了我对那句顺口溜的印象，现在张口还能念出来："十年寒窗斯坦尼，忠心侍奉武兆堤。"

孟宪英，北京人，1951年由燕京大学考入文化部电影局电影艺术研究所学习。学习中，她和当时不少青年学子一样，对原苏联著名导演、戏剧教育家、理论家斯坦尼斯拉夫斯基表演体系特感兴趣，下了不少功夫。毕业后，她当过电影演员，在《党的女儿》（饰桂英）《我们村里的年轻人》（饰贵有嫂）《地下尖兵》（饰沙太太）等影片里担任过重要角色。后又到长春电影学院当教员。我们去长影的时候，她是总编室的编辑。无论是当演员还是当教员，她都没有放弃对斯坦尼体系的学习和研究。所以人们说她"十年寒窗斯坦尼"，是有道理的。

孟宪英的丈夫武兆堤，山西襄汾人，出生于美国匹兹堡。5岁回国，19岁去延安，先后在抗大文工团、东北军政大学文工团、中南军政大学文工团担任戏剧队长、导演等。1949年，曾将柳青的长篇小说《铜墙铁壁》改编成了电影剧本《沙家店粮站》。新中国成立后，进入中央电影局剧本创作所。1953年调往长春电影制片厂的前身东北电影制片厂担任导演。他的"半部"成名作是《平原游击队》。这部曾经在全国引起强烈反响并长期在城乡荧幕反复上映的影片，是他和苏里联合导演的，功劳主要应归于苏里和主演郭振清，但武兆堤也功不可没。由此，他在导演界崭露头角。1957 年后，他先后独立导演了《地下尖兵》等多部影片。那些年，武兆堤很忙很累很辛苦，应该说成绩也不小，但真正使他获得声誉的是《冰上姐妹》。这是一部曾在全国，特别是在青年观众中红极一时的影片。既然是冰上姐妹，当然必须找到会滑冰的青年女演员。按剧本的要求，演员的形象、气质、文化、表演和体育知识等都必须样样过硬，条条够格。为挑选女主演，武兆堤走南闯北，到处找寻。最后，竟在一家商店的门口，遇到沈阳体育学院的学生卢桂兰，后又在北京火车站邂逅了中央音乐学院的林盈。在影片的拍摄过程中，更是不分天冷天热，场内场外，吃了很多苦，流了很多汗，电影终于拍成了，但武兆堤担心送审通不过。因为影片中有不少青年男女，自然也有爱情，还有三角恋爱的故事。令人没有想到的是，这部电影竟然顺利通过了审查，并很快在全国上映。原来是前不久，周总理在一次讲话中提到，现在的电影都是战争题材，缺乏生活中的愉快故事。这个讲话，也是《冰上姐妹》获得成功的重要原因。影片上映后，收到了很多人都没想到的效果，不少报刊相继刊出了卢桂兰等青年女演员漂亮的滑冰剧照和宣传这部影片的文字介绍。随之，导演武兆堤的名字也在观众中迅速传开。我就是在这时候知晓了武兆堤这个名字的，而且印象很深。在武兆堤独立执导影片的十几年里，孟宪英除了参演《地下尖兵》等影片外，她看到了作为导演的武兆堤，不分昼夜，忙前忙后，甚至顾不得吃喝，着急上火的工作情景。也许，这些正是她要"忠心侍奉武兆堤"的感情基础。

　　孟宪英的读书学习情况，不少人都了解。至于她对武兆堤的体贴和照顾，除了和她一起工作的老张和小李跟我们说过，招待所服务员也有时透露一些。可见，孟宪英对家庭环境的打造也是很精心的。人们不是常说，一个成功的男人背后，必定有一个贤惠的女人吗？这大概是一个普遍现象。武兆堤整年在外面拍电影，一年半载回不了一趟家。家里的事，他顾不上想，顾不上做，一切都得孟宪英安排，而且她都处理得很周到很到位。包括武兆堤在外面的冷暖穿戴以及身体保养等等，她都考虑得很细腻，处理得很及时。可以说，武兆堤的全部精力都用在了工作上，所以他能够不断地创作出新的作品来。

　　不光是电影界，就连广大观众也清楚，武兆堤最让人们耳熟能详的是他又编又导的《英雄儿女》。此片是他和毛烽根据巴金的著名小说《团圆》改编的。这部电影用许多特写镜头高度赞扬了志愿军指战员的革命英雄主义和国际主义精神。不但王成的英雄形象永远地活在了广大观众的脑海里，同时，父女之情、父子之情、兄妹之情也都栩栩如生地呈现在观众面前。还有那首已经成为不朽经典，经常在人们耳畔回响的主题曲——《英雄赞歌》，更是代代相传。不知有多少观众，看着电影中那动人心弦的场景，听着那昂扬向上又感人肺腑的歌声，唏嘘抹泪。据传，武兆堤去世的时候，灵堂里响起的也是《英雄赞歌》："风烟滚滚唱英雄，四面青山侧耳听……为什么战旗美如画，英雄的鲜血染红了它，为什么大地春常在，英雄的生命开鲜花……"这阵阵感人的歌声，在灵堂内飘荡着，让不少人在这种特殊的场合，品味了英雄们的灵魂幽香和力量，倾听了山河的呼喊和时光的呢喃。如果这个传说属实，这或许是武兆堤的遗愿，因为《英雄儿女》在这位编导心中的地位实在是太重了。当然，这也是孟宪英对她丈夫的送别心语和内心的赞赏。如果此传不实，至少也反映了广大观众对那部电影和歌曲的赞美以及对武导的崇敬和怀念的心愿。

武兆堤拍完《英雄儿女》后，在业内和广大观众的一片叫好声中，又拍了现代京剧《沙家浜》，从而使京剧谭派名家谭元寿和著名京剧演员洪雪飞的动人形象和演唱在荧幕上与观众见面，让亿万观众一饱眼福，随之而来的又是一片喝彩声。1980 年，他在北影执导了一生中的最后一部影片——将话剧《陈毅出山》改编为剧情电影《山重水复》。随后，在北影主管艺术副厂长的岗位上离休。

武兆堤自走上电影之路，就在实践中刻苦学习，经历过坎坷，遇到过挫折，应该说，他是一直迈着艰辛的步子，获得过一个接一个的成功，创作出一部又一部红色经典影片。在这里，我不能不冷静地想：他的妻子孟宪英，这个曾是十年寒窗斯坦尼的电影人，真的是忠心伺奉了武兆堤一生。毫无疑问，她为他打造的"家庭环境"，是他全身心投入工作的精神力量和后勤保证。没有一个平和温馨的"家庭环境"，谁也不敢保证自己能全心全意地投入工作。所以，武兆堤的一切成功和成就，都应该有孟宪英的一份儿不可忽视的奉献和功劳。古人云，国之本是家，家之本是人，人之本是身。我们说不清孟宪英是如何将斯坦尼体系和中国传统文化融合在一起，打造自己那个"家庭环境"的，但我们能从武兆堤事业的成就中看到这个"家庭环境"的必要和重要性。

此时此刻，我越发加深了有关孟宪英那句顺口溜的印象，也更理解了魏丁读"家庭环境"那篇短文的感悟。愿所有人，都有一个温馨幸福的"家庭环境"。

2017 年 12 月

打捞在同煤的文学创作之影

　　多年在大同煤矿支撑文学创作门户的著名作家程琪，和现任《同煤文艺》主编李婷华，先后给我打电话，嘱我为《同煤文艺》创刊 60 年、出刊 200 期写点文字。按说，这是应该的。因为，我的文学创作，原本就起步于大同煤矿。但我又犹豫不决，因为离开同煤已经 30 多年。在这么长的时间里，一直在岗位的工作上和吃力的文学创作中忙碌，直到退休后多年，紧绷的心理状态也没完全放松开来，真的是没顾上回忆那些遥远的一直被自己推到记忆深处的过去。感谢三晋出版社的朋友，在我文学创作 50 年座谈会期间，不断给我启发

《同煤文艺》200 期

和鼓励，终于帮我在前不久出版了一部以回忆往事为主要内容的散文集《往事札记》。现在，只好翻开拙作，来帮我打捞那些已经遗失的存在。还好，在一篇题为《当个业余作者不容易》的随笔中，一些历史的碎片，还真唤起了一些或明或暗的回忆。对那时的工作、读书和文学创作的过往，随着在回忆之路的前行，也找回了一些记忆之影。

记得是 1959 年春夏之交，大同矿务局党委宣传部召开了一次文学创作会议。当时，我在晋华宫矿党委宣传部工作，以宣传部工作人员和业余作者的双重身份，参加了此会。这次会议，对我的文学创作乃至工作和生活都很重要很关键。所以，回忆起来还有些印象。

我是 1957 年开始文学创作的，曾写过几篇很不像样子的小作品。当时，热情很高，干劲儿十足。但在实践中也不断遇到让人头疼的实际困难。比如，写作时间和地点问题——在办公室写通讯报道，人们都习以为常，觉得那是宣传工作。但对写小说就有些看不惯了，常会听到背后一些似议论似讽刺的说法，领导也始终没有明确态度。面对这些，心里往往感到忐忑不安，况且除了宣传方面，当时矿上的其他材料也有不少交给我写，业余时间也不能都属于自己。地点更是问题：我当时和两个井下工人住在一起，三人一盘炕，他俩都是三班倒，巴掌大的屋地，没桌没凳，不要说写，看书都没个合适的地方。这些事似乎也摆不到桌面上，只好是在心里憋着，而且不能叫苦。那时，我刚 20 岁，还没有能力妥善解决这些问题——这就是我这个业余作者当时的最大难处。

为什么要啰唆这些早已过时的废话？因为，据我了解，当时的业余作者有不少人和我一样，都程度不同地存在这类问题。有些在井下工作的同志，困难还更多一些。局党委宣传部的文学创作会议，就是在这种情况下召开的。在这次会上，宣布了矿务局办好文学刊物《矿工文艺》的决定，并将已抽调的办刊人员黎可均（九孩）、李毅和曹杰等介绍给大家。这几位同志分别就刊物的设想和稿件要求等发了言，还向基层单位和重点作者商量了供稿任务。

　　这次会议，在大同煤矿文学创作史上是有重要意义的。在当时，它就是一次明确文学地位，开辟文学园地，组建文学队伍的动员会。从此，文学创作这个闪光发亮的符号，就名正言顺地进驻了大同煤矿上上下下的有关组织和众多业余作者乃至广大职工群众的心怀。百里煤海有了文学的位置，并逐步出现了文学创作的热潮。

　　果真，我最头疼的写作时间和地点问题，领导很快就帮助解决了——招待所同意，我休息日或晚间，给安排写作的房间。这之后，我热情更高，干劲更足，几乎是将所有的业余时间都用在了文学创作上。那时候国家正逢经济困难，一方面得把本职工作干好，另一方面还得经常下井劳动。就是在这种情况下，我还是挤出时间，先后写了《说不来老汉》《王发林的脑瓜》《王林林》《巷道深处》等短篇小说和配合思想教育的散文《永不忘本》，晋剧《思前想后》……这些作品不少都在《矿工文艺》和矿工报上发表了。当时《矿工文艺》在矿工中很受欢迎。

记得就在这期间，九孩的短篇小说《雪纷纷》，曹杰的《父辈英雄》《刘老根的故事》等都在全省乃至全国产生了一定影响。曹杰的《父辈英雄》曾在省电台连续广播，不少工人是在高音喇叭里听到的。我反复读了九孩的《雪纷纷》，感觉他不是写的矿工，而是写了个矿工家属生娃的故事——那人、那景、那情、那事、那理，都在矿工住的山间小屋里伴着屋外纷纷扬扬的雪花，悠悠地传送给读者。以前，我对九孩老师就很尊重，读了这篇小说后，觉得在认识上又有了新的飞跃。在一个寒冷的休息日，我乘坐一辆拉货的卡车，盘山越岭赶到矿务局，找到九孩老师的家里求教。老师的热情、谦和、真诚和细心的态度，又一次让我感动。他说，你的作品，我几乎都看过。接着，他说了很多表扬的话，鼓励的话。最后，他也很诚恳地告诉我，你的所有作品，生活气味都很浓。这在山西在矿山很受欢迎，我们的矿工大部分也都是来自农民。山西写农村题材的小说在全国也很有影响。你的路子无疑是对的，步子也很稳，已经不错了。可是——他笑呵呵地说，树芳啊，这么冷的天，这么远的路，你跑来了，我还得说两句供你参考的话：一个作者，一个作家，眼界得要放宽点儿，古今中外的书都得看，方方面面的知识都得学，各色各样的人都得接触，矿山内外的故事都得收集……我完全明白，他的这些教诲，正是我当时的短板，他指出的方向，让我在实践中受益匪浅。

到九孩老师家的这次求教，转眼过去了半个多世纪。一路走来，他供我参考的那几句话，一直记忆在我脑海的深处，并不时在耳畔回荡，经常帮我辨认着前行的路向。现在看起来，我做得还很不够，但也一直在向那个方向努力。据我了解，他对当时不少业余作者都有过这样那样的帮助和辅导，更用他主办的《矿工文艺》这个深受矿工欢迎的园地，帮助读者和作者不断提高对文学的认识和写作水平，使刊物越办越好。在那块园地里，虽然不能说是百花盛开，但不少矿工也都闻到了清馨的花香。毫不含糊地说，那时这位学识深厚、待人谦和的九孩老师，就是辛勤的园丁，就是大同煤矿文学事业的一个顶梁柱。1996年7月号《山西文学》曾载大同文联应化雨先生的诗作《忽忆黎可均》，诗曰："未曾谋面久闻名，煤苑当年文曲星。人去文章随一炬，秋风灰蝶尽飘零。"这说明，黎可均（九孩）老师不仅在大同煤矿的文学事业中功不可没，就是在大同市和全省的文学界也是很有影响的作家。当时，省作协马烽、西戎、孙谦、胡正等老一辈作家都对他印象很深，说起来往往不叫他名字，而是称他"老九"。

老九的笔名叫九孩，原名是黎可均。1959年从煤炭工业出版社下放到大同煤矿，在当时闻名全国的马六孩掘进组当工人。他的笔名九孩，也与这段工人生活有关。因为他常写文艺作品，后来就调到机关，搞了文艺办公室的工作，并创办了《矿工文艺》。慢慢地一大批业余作者就在九孩的帮助和带动下成长起来，并创作了不少优秀作品。《人民文学》在1965年曾集中发表同煤作者曹杰的《跃虎山下》、秦振中的《风雪蛤蟆岭》、李仲华的《对手赛》等小说。据不完全统计，那两年全局创作长篇小说2部，中短篇88部，还有诗歌、散文等作品200多万字，省级以上报刊发表60多篇。

说到那些年的《矿工文艺》和业余作者队伍，还有一个人是应该提到的。此人就是焦祖尧。焦祖尧，时任大同市文联秘书长，那时他也就是二十三四岁，是全省乃至全国很看好的青年作家。因为共同的事业共同的爱好，他对《矿工文艺》和众多的业余作者进而对煤矿工人产生了深厚的感情。他用很多时间和精力深入到煤矿的机关和基层，井上和井下，接触干部和工人……当时基层很多人认为他就是矿务局的一名员工。后来我发现，他长跑煤矿的目的大概主要有三点：一是和九孩等几位办刊人经常研究稿件质量，提高刊物水平。九孩曾和我说，焦祖尧很关心《矿工文艺》，他提过，《矿工文艺》要适当发点儿小的演唱材料，要考虑矿工的文化水平和爱好。二是组织和帮助煤矿的作者队伍，不断提高他们的创作水平，经常以座谈、研讨、讲课、辅导甚至亲笔修改稿件等多种形式，耐心帮助作者写稿改稿。三是他作为一个青年作家，跑煤矿就是在深入和体验生活。他在井下参加劳动，学习和掌握采煤知识，还通过多种渠道广交各界朋友。这包括一大批业余作者，如黎可均、秦振中、王发贵、张景星等。在管理干部中，他和曾经的局党委书记王秋法、肖向东、局总工程师陈志清，先为队组干部后为省委书记的胡富国以及副局长周子义、龚坤生等也都交往甚深。今年夏天，他和我通电话时，还很关心地询问已经30多年未见面的周和龚两位老领导的情况，并托我向他们问好。在工人中，他和一矿全国老劳模王风梧，二矿"985"工程队队长、全国劳模和人大代表张万福等，都有过亲密的相处和深厚的感情。在四矿，他被水拦在河湾正着急无奈时，一个穿着水靴的夜班工人，只说了一个"来"字，就背起他过了河；在九矿一次塌顶事故中，徒弟先要救师傅，师傅让他去救别人，争执中，师傅将矿灯捻灭，逼徒弟先去救别人……这一类小事儿，焦祖尧在矿上遇到的太多太多了。

大概是由于上述这一切，焦祖尧在这几年中便写了很多煤矿题材的文学作品——短篇小说《时间》《诸三这个人》《煤的性格》，报告文学《煤海沧桑》等。1964年写的《时间》在《收获》发表后，文坛一片叫好声。上海曾举办过两次工人读者座谈会，《人民日报》《文艺报》《文汇报》等都发过评论文章。有的评论说，多年来，一直被认为工业题材是文学创作难啃的硬骨头之说，被焦祖尧的《时间》和张天民（电影《创业》作者）的《路考》画上了问号。毫不夸张地说，煤矿题材的作品，也是在这一段时间，开始在社会上有了亮眼的一席之地。在这些令人欣喜的变化中，大同煤矿的作者们以及和他们摸爬滚打在一起的焦祖尧是做过突出贡献的。他们共同努力创办并且越办越好的《矿工文艺》业已成为当时文艺百花园中的一只绚丽之花。没有在矿工中吸足养分并为矿工所喜爱的这美艳花朵，也许就没有那几年大同煤矿的文学创作之春。

春天之美，不仅说的是时间，还有心情。春来春去，风风雨雨——甜美过，苦涩过，迷茫过，痛苦过……"文革"到来后，大同煤矿的文学创作之春，便荡漾无存。《矿工文艺》也无可奈何花落去；作者队伍几乎都受到了冲击和批判，文学创作基本处于停滞状态。大约是到了70年代初，在程琪等很多作者的共同努力下，在党委和工会领导的支持下，《矿工文艺》在停刊10多年后，终于复刊。这在大同煤矿文学创作史上，是很有时代意义的一件大事、喜事。同时，一批朝气蓬勃的年轻作者昂首阔步迈进了文学创作的大门。没有什么力量可以阻挡时代前行的脚步，此时此刻，人们都会高兴地看到，文学之春又势不可当地来到了大同煤矿。

80年代中期，我调离同煤，离开了这块文学创作的沃土和感情深厚的众多文友。在远去的时光里，打捞那个年代的文学之影，敲打着粗疏的文字，感悟着岁月的韵味，也是百感交集。时代的阔步前行，生活的巨大变迁，让文学艺术的广阔天地愈发光辉灿烂。花开花落，清水长流。作为文学作者，怀着真情和执着，将在历史浩渺的烟波里更加深远而清灵……

2018年11月初稿

2019年6月再改

书事

读哈默

这里所说的读哈默，包括三个方面的内容：一是〔美〕鲍勃·康西丹著，中国社科院美国研究所编译组译，三联书店于1983年11月出版的《超越生命——哈默博士传》；二是海天出版社推出的"世界巨人百传"中的《哈默传》；三是我本人与哈默的所见所感。

《超越生命——哈默博士传》

一

20世纪80年代初，我调到与美国西方石油公司合作开发建设的山西平朔安太堡露天煤矿工作。到任刚一个礼拜，著名作家钟道新专程赶来送我一本书，就是《超越生命——哈默博士传》。后来，我又买了一套由"中国中外传记文学研究会"和"北京大学传记研究中心"共同主编的"世界巨人百传"。这套丛书，囊括了世界百名各行各业的大师和精英。其中工业巨子卷，有我们常听到的那些名字：福特、卡耐基、希尔顿、哈默以及比尔·盖茨等。哈默被称为世界的石油巨擘，他就是与我们合作开发平朔安太堡矿的美国西方石油公司董事长。说白了，就是我们的外方老板。

也许是因为工作关系，对读《哈默传》，我兴趣很大。尽管当时工作很忙，我还是挤时间通读了这两部传记文学。这期间，我又连续在接待哈默时，亲眼见到亲耳听到了这位传奇人物的一些所行所言。从而在他本人身上，进一步读到了他的精神旨趣和人格锻造的执着追求。

1986年12月2日，阿曼德·哈默，率领一个包括美国参议员赫哥特和20多个国家的金融界代表以及17家大通讯社的新闻记者在内的代表团，要来实地考察正在施工中的平朔安太堡矿。但是，天不作美——这天从清晨开始，刺骨的寒风，就怒吼着把漫天的风沙和雪霰送到了雁北大地。气温下降到零下22℃。

日程安排，这个代表团，早八点半从北京南苑机场起飞，9点30分到达雁北怀仁机场。之后，哈默转乘直升机，其他成员换乘汽车到平朔。

我们接待组一行10多人，提前10分钟到达正在施工中的平朔机场，迎接我们这个企业的外方老板。老天似乎故意和我们作对——这时气温已下降到了零下 24℃，雪霰变成了雪花，风沙弥漫了整个天空。为了安太堡这个合作项目，从 1980 年开始，双方就进行了多次现场考察和长时间的可行性研究。哈默对雁北地区的地理和气候情况是十分了解的。对今天的天气变化，多家媒体也早有预报。他的随行人员也再三提醒他，今天雁北有风雪。哈默却不动声色地说："日程安排，一切都不要变。"于是，就在这风雪交加的日子里，他本人和这个庞大的代表团一起，就按计划赶来雁门关外当时还是一片荒芜的安太堡矿现场。

按时间算，飞机应该到了。我们站在风雪中，仰头瞭望：空中还是白茫茫一片，风在吼，雪在飘。有人钻进汽车里去等。我则一边不断地跺脚，一边在心中祈祷，飞机呀，可别出事，愿这位美国老人平安到达。这时候，脑海里不知怎么就想起了《哈默传》里记述哈默年轻时前往苏联的一些情形。

1921 年初夏，23 岁的哈默，在哥伦比亚医学院毕业后，从报纸上看到，新生的苏维埃国家正处在伤寒和饥荒的袭击中，便买下第一次世界大战留下的一所医院和医疗设备，动身前往苏联。不少人说这简直是"月球探险"。果真，还在路上，他就遇上了想象不到的困难和艰险。在英国，他受到警察的多次烦琐的审查，并扣押了好几天。在德国预订一张去里加的火车票和签证又要等待三个星期。在海上经过三天三夜与狂风巨浪的搏斗之后，才到达里加。在里加餐馆就餐时，一个留着小山羊胡子的侍者领班，对他耳语说："你是去俄国吗？"哈默说："是的，怎么啦？"侍者说："干吗要去找死？那是死路一条。"

但是，哈默一点儿也没畏惧。他照样向着他的目标，在困境重重中前行。

看来，哈默的性格还和年轻时一样——一点都没变，今天的风雪吓不倒他!

我仍然在风雪中跺着脚，仍然仰头瞭望那风雪交加的天空。10点20分，哈默飞机的引擎声从漫天的飞雪中传来，接着，直升机搅拌着风雪缓缓降落。哈默由原煤炭部副部长陈钝陪同，缓步走出机舱。他微笑着向前来迎接他的人员挥手致意。然后，由中方总经理陈日新和我搀扶他冒雪去上汽车。上汽车前，他又停步站稳，仰起头在风雪中看了一阵儿刚开工不久的机场工地……

10点40分，哈默一行到达平朔宾馆。按事先安排，总经理到会议厅去检查通报会的准备情况，一位副总和我领哈默及

1986月12月2日，陈日新（左）黄树芳（右）
迎接冒雪飞抵平朔安太堡矿考察的哈默

翻译到六楼准备好的房间小憩。但是进了房间还没落座,哈默就看了看手表,对我们说:"我们迟到了10分钟——不休息了,不能让参会的人等我们。去听情况通报吧。"——迟到了10分钟,这怨谁呢?老天是不负责的!但哈默要把这10分钟找回来。在这种情况下,心里不管咋想,都不能说什么。我们以点头表示明白,立刻转身领着哈默到了会议厅。

通报完情况,正好11点半。主持会议的中方总经理陈日新请哈默讲话,哈默只讲了10分钟,他说:"剩下的时间,请陈钝副部长和赫哥特讲。"这时,我看了看表,正好每人还有10分钟。我放下记录的笔,仰起头来想了想,脑海里画了一个重重的问号,今天怎么有这么多的10分钟呀?

下午1点30分,到工业区看开发现场。天气仍然没有多大的好转,它毫不客气地用风沙来迎接这位年迈的远方客人。哈默并不理会这些,他该看哪儿还看哪儿,该问啥还问啥——看得很仔细,问得很认真。特别是在那座亚洲最大的洗煤厂建设工地,因为按计划有些拖期,问得就更多更细。

洗煤厂是露天矿的咽喉,建成后全部自动控制,精煤仓高70多米,1500万吨原煤全部入洗,当时称"天下第一仓"。然而偏偏在这个关键工程上没按计划完成。延误工期的原因,在上午的通报会上,中方和美方的意见不同,而且各持己见。中方认为是美方雇聘的麦克纳利公司的设计图纸没有按时送到,而且一拖再拖;美方认为是中方的建筑商,人员不足,技术水平低下。通报会上的意见是相反的,参会的所有人都听得一清二楚。哈默最后的10分钟表态,主要就讲了对这个问题的态度。他没有急，也没有火，目光和善，面带微笑，声音浑厚但清晰，语速略慢但感情充沛。他说："像这样大的一个复杂工程，碰到问题是避免不了的。但是我相信，只要我们双方有强烈的意志和坚毅的决心，我们是能够把这个问题解决的……对过去来讲，有这样那样的困难，现在这些困难都成了历史的陈迹，不管是麦克纳利的设计也好，还是承包商的人员也好，这些都过去了。对工程的完成，我还是有信心的。现在世界人民都在注意这个项目，我们一定要尽最大努力，向他们证明，我们双方可以携手合作，我们是有信心把它如期完成的。"这就是哈默的回答——困难、分歧、矛盾在这里凝聚了，化合了，变化了；信心、意志、希望和力量同时产生了。

现在，哈默站在精煤仓旁边那高高的护砌上，眺望着正在施工的庞杂而尖端的项目，目光透过风尘漠漠的天空，洒向高耸的主体工程。他直挺着腰身，一动不动，体态平静，面色庄重，目光坚毅。上午他讲的信心、意志、决心，下午，在这里具体化、形象化了。我估计他可能要说几句什么，便悄悄打开了手中袖珍录音机。但他什么也没说，只是将目光从洗煤仓顶端，慢慢移到了不远处正在铺轨的铁路施工工地——他仍然没有说话，只是静静地看着那通向远方的铁轨……

人的思想真是奇妙无常——我的脑海里，这时竟呈现出《哈默传》中最后一章给我留下深刻印象的那段精准的描述：哈默由一个拥有百万家产的大学生，发展到一位掌控亿万资财的企业家，在物质需要的满足上，不说独步一时，至少也无愧于人；在精神方面，更是有声有色，五彩缤纷。实践表明，他确是一位有主见、有权威、有自信、挥洒自如、巧于执着追求的风云人物。

下午3点30分，哈默回到宾馆会议厅，准时举行新闻发布会。

《华尔街日报》的一位男记者首先举手提问："在这个项目里，你们遇到的最大困难是什么？"

哈默从现场回来，没有休息，现在他挺挺地坐在台上，精力充沛，目光有神，反应敏捷。他说："我认为，最大的困难是煤价下跌。不过我们不用担心这个问题。煤价和世界油价是相关的，目前油价很低，对这些问题，用长远眼光看，美国石油的储量用完后，几乎全部要靠进口……当油价因供求关系而上涨的时候，煤价也就跟着上去了。"

煤价问题，从这个项目一开始就遇到了：谈判初，世界煤价是吨煤50多美元，后跌到40多美元，到签订合同时，就降到了30多美元。可以说，这个项目谈判和开发的过程，就是煤价大幅下跌的过程。那时候，就有人说，如果不是改革开放的政策和哈默的远见卓识，这个项目是成功不了的。今天哈默回答这个项目最大困难的时候，又坦率地说，是煤价问题。这是在总结过去，又是在回答现在，同时，也是在预见未来。不管是过去的困难，现在的困难，还是未来的困难，哈默都以大企业家的大视野用经济规律客观地分析了，拿事实讲明了，权衡了，决策了……在场的记者也罢，双方管理层也罢，都听清了，心亮了，认识统一了，心中踏实了，情绪稳定了……这些，大概就是项目的生命，合作的保证，事业的希望……

"20年代，您同列宁领导的苏联合作，在新中国成立30多年后的今天，您同中国合作，是出于何种考虑？"这是山西电视台一位女记者的提问。

哈默端起水杯，轻轻地饮了一口，说："首先，我要说的是，因为我觉得'世界的未来在中国'……"

哈默的回答清晰而干脆，明确而坚定。

"世界的未来在中国"，当哈默这样回答的时候，在场的中外双方所有人员（我想大部分记者也会是这样）的心情都很激动，精神也振奋起来了——自从这个合作项目确定下来后，中方一批又一批的职员、工人，走出国门，走向世界，他们如饥似渴地学习外语，学习技术，学习管理……学习之勤奋，攀登之努力，钻研之刻苦，真的就恰似当年哈默在苏联每天要背会一百个俄语单词的那股决心和劲头。于是，在内地这片古老而偏远的土地上，也同深圳等沿海开发区一样，改革开放的春风使这里呈现出一片欣欣向荣的景象。高山被铲平，大地被翻修，贫瘠被埋葬，富有被掘出……人们在这里亲眼看到了什么叫历史性巨变！

哈默看到了这一切——他眼光很锐利，观察很具体，分析很深刻，论断很准确。所以，他毫不含糊地回答说："世界的未来在中国！"早在1983年，他在一篇文章中，就预言："今天，大多数中国人都骑自行车，少数人骑摩托车。我预言，不出10年，在改革开放的经济政策下，将有好几百万中国市民坐上自己的汽车。"

哈默的预言，不是凭空想象的，而是在到中国的几次访问中亲眼所见，亲身所感。也是在这篇文章中，他有这样的描述："在我到中国的几次访问中，我有幸认识了你们的许多同胞，不知不觉地对他们感到钦佩。他们自愿辛勤劳动，他们的求知欲很强，近来对学英语尤感兴趣……这些日子，每当我来到中国，看到它的无限机会和资源，感到新的开始的气氛，我心里的感觉就像我 23 岁时在列宁的苏联感到的一样。"

看了这些叙述和预言，不能不承认：这位在商海中遨游了 70 多年的哈默先生，不仅是一位有声有色、屡创伟业的企业家，而且还是一位眼光犀利、机智敏感、务实不凡的预言精英。

"世界的未来在中国"这干脆而精准的回答，这坚毅而响亮的声音，久久地回荡在参会人员的耳畔。大家倍感激动，激奋不已，都为我们的企业和国家的未来充满信心。

接着，又有更多的记者举手提问，发布会一直开到下午 6 点，最后还是被时间限制了。哈默说："今天就到这儿了，晚上我还要回北京。记者朋友们，再找机会谈吧。"

晚上 7 点钟，哈默一行冒着浓浓的夜色，乘车从平朔赶到怀仁机场——这一天，他从早 7 点离开钓鱼台国宾馆，到晚上 9 点才驱车赶回，整整紧张地工作了 14 个小时。有人可能不晓得——哈默这年已经是 86 岁高龄的老人。

二

哈默代表团离开平朔安太堡矿后，我有一项很重要的任务，就是整理哈默和他的代表团在这里活动的有关资料。因此对这一天的所见所闻必须进行一番认真的回忆和梳理。这也给了我对哈默这个经历奇特、名扬全球的风云人物进行思考、分析和品读的机会。在这个过程中，我还不时对《超越生命——哈默博士传》和《哈默传》中的有关章节再阅读——尽量加深对哈默精神世界的理解。

若有人问我：你读哈默的第一感受是什么？经过反复思考，我觉得，哈默敢于冒险又总能成功的秘诀应该是：他把时间看成是生命，把生命溶于了时间。这是他人生的奥妙，也是他成功的关键。这里，我想引用他自己的一句话来回答。他说："幸运看来只会降临到每天工作 14 小时，每周工作 7 天的那个人头上。"看来，富兰克林那句"时间就是生命，时间就是金钱"的名言定语，就是哈默灵魂的主导，精神的支柱。现在坐下来仔细回想，他来平朔安太堡矿考察的那天，在那么恶劣的气候中，为什么坚决不让改变日程？为什么要放弃自己的小憩，将那迟到的 10 分钟找回来？为什么他在 86 岁的高龄之际，还能坚持一天 14 个小时的紧张工作？这一切的一切，在这里就都有了不言而喻的回答。

哈默通过开拓石油业，使他多谋善断、多姿多彩的事业更上一层楼。那时，这位已 80 多岁的董事长兼总裁仍然精力充沛，每天工作 12 小时，每周工作 7 天。他还像往常一样，一个电话接一个电话，一大帮的公司经理人员，鱼贯出入他的办公室。人们可以想象，这个拥有 10 万名雇员和 30 多万名股票持有者的西方石油公司的第一把手，会忙到什么程度！

历史的指针拨到 1979 年，他又果断地抓住了一次难得的大好机遇，从而使他的事业之船再次扬帆，乘风破浪前行到了中国。

那年，时任中共中央副主席的邓小平赴美进行国事访问，曾在美国南部第一大城市休斯敦参观约翰逊航天中心，并同当地石油钻井公司的代表友好交谈。就在这时，美国从事石油贸易的经理人员蜂拥而至。轮到给邓小平介绍哈默博士时，邓小平打断译员的话，说道："没有必要给我介绍哈默博士。在中国，我们都知道他是一位帮助过列宁的美国人。"邓小平亲切地问道："您为什么不到中国去，也给我们一点帮助呢？"这位石油大亨抓住这一千载难逢的良机，笑道："我很高兴这样做。但是像我这么大岁数的人，会有很多困难。除非我能乘坐我的专机去中国。但我知道，私人飞机是不能进入中国的。"邓小平立即说："可以做出这样的安排，您打算什么时候去中国，给我发个电报就行了。"

这里，我们可以看到，哈默要到中国来，"给我们一点帮助"，只提了一个条件，那就是要能够乘坐自己的私人飞机。这当然是为工作方便，但也包含着一个很重要的原因，就是时间。哈默的私人飞机是和他的事业、他的生活乃至他的生命紧紧连在一起的。在哈默的心中，时间就是生命，就是事业，就是金钱，就是成功和失败。不少人都晓得，他的飞机就是所有这一切的一个重要依靠和保证。眼下，这位年逾八旬的老人，仍然是经常乘坐他的"西石1号"——一架改装的727型喷气式客机风起云飞。这架飞机，有特殊的起落架，可随时在任何一个机场降落，而且还配备一个心脏除颤器。有全套长途飞行所必需的舒适设备，包括卧室、浴室、餐厅等。所以，哈默能在如此高龄，还能在飞机上利用一切可用时间，忙着他永远都忙不完的事业。

和邓小平谈话不久，哈默的电报就来了。经邓小平特准，哈默和他的 16 位高管乘坐的私人专机，便稳稳地降落到北京机场，从而揭开了哈默这位石油大亨给中国"一点帮助"的宏伟蓝图。

我第二次接触哈默，是 1987 年 9 月 10 日——正是夏末秋初的季节，而且万里无云，秋高气爽。哈默这次来平朔是为安太堡矿建成剪彩。参加这次剪彩的还有时任国务院副总理的李鹏和 10 多名部级领导以及上百名各界嘉宾。在这次庞大的接待任务中，我除了负责资料组以外，还被分配到以一名副总为首的接待哈默小组。

这时候，平朔机场已经建成。800 多米长 30 多米宽的跑道，雅静而显赫地平卧在秋高气爽的雁北大地上。我们接待小组的人员，依次站在中国唯一一家企业拥有的新建机场，等待着一直关心和促成这个机场建成的哈默老人。

哈默健步走下飞机，我们一一上前与他握手。在和我握手的时候，他稍微想了一下，说："见过。"我说："是的，去年 12 月，那天很冷。也是在这里，那时机场还没建成。"他抬起头望了望新建的机场，笑了笑，说："很好，可以省很多时间哟。"翻译的水平很高，他轻快地让我们都听清了对方的语意。我顺口又说了一句："是的，到北京才一个多小时。"这时候，我让到一边，后边的人已经伸过手去，此时好像他又说了句什么，

在新建飞机场，黄树芳与哈默握手

翻译凑到我耳边告诉我，他说："办企业得计时间——丢了时间就什么都丢了。"

哈默早在双方签订合作协议的时候，就提出要在平朔建一个简易机场。回国后，他又写信来再次阐述要在平朔建机场的意义。这是为什么呢？关键还是时间：从北京乘火车到大同转车到平朔，在有专人买票、送站、转站和接站的情况下，大约需要 14 个小时，而坐飞机只用一个小时。平时，外方在平朔工作的是 100 多员工，有时到 200 人。当时，几乎每天他们都有员工或家属往返在北京、大同、平朔之间的火车上。中方人员就更多些。我们不曾计算过这里面有多大的一笔时间账，而哈默从开始就算清了这笔账，他再三提出要在平朔建一个简易机场。所以，他去年 12 月，从怀仁机场不改乘汽车，硬是要倒直升机来平朔，就是想看一眼这机场的建设现场。

哈默不会忘记，当他开始提出要在平朔建机场的时候，方方面面的不少人对企业建机场还感到陌生，反应比较迟缓。于是，哈默于 1985 年 7 月 1 日，平朔安太堡矿开工剪彩后，当日又写信给邓小平，提出解决飞机跑道和国际长途的通信线路问题。邓小平立即批示，请李鹏同志酌处。1986 年 4 月 13 日，国务院和中华人民共和国中央军事委员会以国函（1986 年）120 号文，批复煤炭部：同意新建安太堡矿简易机场。紧接着，中国民航机场设计院、铁道部十二工程局、航天遥感工程总公司等单位在平朔总工程师的组织协调下，紧密协作，昼夜施工，仅三个月的时间，就竣工并试飞成功。为此，《人民日报》海外版 1987 年 8 月 16 日，以"安太堡矿机厂正式通航"为题，发表消息："平朔安太堡露天煤矿自有的一架双水獭飞机，从该矿机场起飞，直达北京首都机场。至此，全国第一家自有飞机

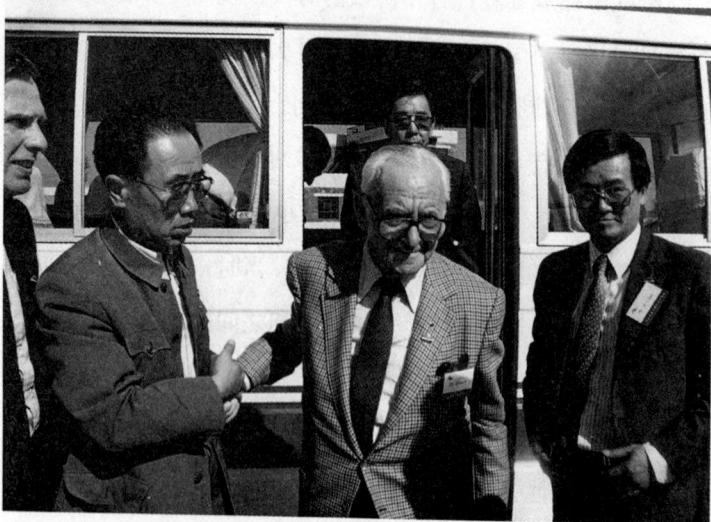

在安太堡矿，黄树芳接哈默下车

和机场的企业——安太堡露天煤矿的飞机正式通航了。"

没有一种不幸可与丢掉时间相比。平朔机场建成了，哈默压在心中的那笔从平朔经大同到北京路上的时间账，终于理清了，结账了。人们常说，人最宝贵的东西是生命，而生命最宝贵的东西又是什么？是时间！哈默的人生观的主要体现就是他的时间观。哈默的一切活动，一切事业，无时无处不体现出他的这一至高无上的观念。对此，平朔人有切身的体会和感受。

哈默和中国合作开发建设的平朔安太堡露天煤矿，是三年准备两年建成的年产1500多万吨的大型煤矿。这样的建设速度，在中国建矿史上是史无前例的，被媒体称为是"树立了丰碑的项目"。当时，这里有400多台套世界一流的大型设备，这些设备都是按几分几秒的时间要求来操作的。其中大型电铲要求司机每30秒要完成5个规定的动作，每90秒就要装满一辆载重150吨的巨型汽车。在这样的工作环境中，没有强烈的时间观念，没有严格的管理制度，怎么能生存，怎么能工作？如果没有高效的意识，没有快速的节拍，怎么能让这么一个现代化的大型企业，每日每夜每时每刻甚至每分每秒都正常地协调地安全地运转起来……

一个外方管理人员，有一次带着孩子到了办公室，他的经理立刻给他下了备忘录，通知他上班时间不能带孩子。第二天，他又带了孩子来——不管什么原因，他被立刻解雇了，而且当天就要离开岗位。一个中方司机，在不适当的时间，不适当的地点，停车小便。又过了几天，在电铲给他装车时，他合眼迷糊了一下，也立刻被解雇了。他说："已经忘了小便的事。"

115

工长说："电脑没有忘。"

拿破仑说过："你有一天将遭遇的灾祸，是你每一段时间疏忽的报应。"在这个和哈默的公司合资企业里工作的员工，谁疏忽了时间，谁就会遭到报应。这是毫不含糊的。

每天在这里发生的这些具体故事，哈默都知道吗？不一定，至少是不完全知道的。然而这个企业的中外雇员，都在这样的环境中工作着，并且逐步形成了高效率、高效益、高科技和快节奏的"三高一快"的企业特色，这特色就是人们常说的企业精神。这种精神又渐渐成了员工的意识形态和行为规范……对于这一切，我们当然不能笼统地说都是哈默时间观念的体现，但至少不能说没有关系。

读哈默这样带有传奇特色而又取得重大成功的世界精英人物，每个读者都会受到启发和鼓舞，也会有自己的收获和感悟。对我来说，特别是在和他的实际接触中，最具体最深刻的记忆和触动，就是他的时间观，那句"幸运看来只会降临到每天工作 14 小时、每周工作 7 天的那个人头上"的名言，至今，我还记忆犹新，回味无穷。

三

从杜鲁门到尼克松历任总统期间一直担任经济顾问的雅各比教授，曾经对哈默进行过一番研究。他说："哈默具有一种吸引力，这个吸引力就是他的事业心。我从来没有见过一位像他那样热情奔放、视野广阔的人。他对商业良机具有特别灵敏的嗅觉，但更重要的还在于他当机立断，行动迅速。这需要大智大勇。这正是我试图教授我的学生的内容。"

我读《哈默传》后，觉得这位教授对哈默的分析和概括是准确的。

先说他的事业和视野。由于他的事业心很强，他的视野也就很广，由于视野很广，他的事业就迅猛发展，蒸蒸日上，而且有声有色，缤纷绚丽。在他从青少年开始到耄耋岁月的70多年漫长而闪光的人生旅程中，对所涉多个行业创造的奇迹，每每都让世人惊叹不已，啧啧称道。

读过《哈默传》的人大概都不会忘记，他在1917年就读于哥伦比亚大学医学院时，由于家境情况的变化，便接管了他父亲经营的一家制药厂。他读书经商两不误，凭着聪明和机智，克服了很多困难，既保证了学业，还出奇招，一举改变了药厂被动的经营局面，把个小小的药厂，从十几人猛增到1500人，成为誉满全国的"联合化学药品公司"。他个人也就成了当时美国大学生中仅有的"百万富翁"。我想，这不仅是在美国，就是在世界，也算得上是奇人、奇事、奇闻了。

1956年，时已58岁的哈默，本已打算息商归隐。把价值2500万美元的珍藏品捐赠给了华盛顿国立美术馆。但在一次鸡尾酒会上，他听从了一位会计的建言，又开始焕发出他生命的第二青春，步入了事业的一个新高峰。他购买了西方石油公司的股票，第二年，就当选为该公司的总裁。从此，哈默就又一发不可收，使这家濒临破产、当年仅有3万多美元资产的石油公司，脱颖而出，大发利市：1974年的收入竟高达60亿美元。

同时，他又成功地说服了美国参议院，与苏联达成了一笔200亿美元的换货交易，这使他在76岁高龄时达到了其事业的又一个高峰。哈默进入耄耋之年，正赶上中国打开了改革开放的大门，他敏锐地抓住了这大好时机，很快将事业和视野都同中国这块丰厚的沃土连在了一起。不久，他的西方石油公司就和中国在石油、煤炭、棉花杂交、化肥等方面签订了四项初步协议。一位时任中国石油工业部的副部长说："在过去三天里，哈默博士会见了我国八个部的领导人，他打破了外国朋友同中国做生意的一切记录。他的精力、效率、热情和负责精神给我们留下了深刻印象。"

德国著名哲学家黑格尔说过："理想的人物不仅要在物质需要的满足上，还要在精神旨趣的满足上得到表现。"

哈默由一个拥有百万家产的大学生，发展到一位掌握亿万资产的企业家，在物质方面无愧于己，无愧于人，也无愧于世，这是举世皆知的。但在我读哈默的时候，更感到他精神世界的显赫与靓丽。在精神旨趣的满足上，他更是有声有色、艺美味浓、香飘久远……1985年，他来为平朔安太堡矿开工剪彩以后，有一位翻译悄声对我说："哈默可不只是企业家，还是位有名的收藏家。他的珍宝名画，海了。"我一下愣住了，很吃惊。后来，才了解到，哈默不仅是名副其实的收藏家，而且是集收藏、展览、馈赠和艺术交流于一身的社会活动家。

哈默于收藏名画，几乎是嗜好成瘾。他说过一句流传甚广的真言："搜集名画是世界最有意思的事，它将博学、猎奇和商业利益结合在一起，对我来说，这确实是一种理想的消遣。我愿意为名画争个你死我活。"

有这说法，就有这做法。1969 年 11 月 6 日，日内瓦举办了高更（法国后印象派画家）的名画《你好，高更先生》的拍卖会。哈默闻讯，立刻坐自己的专机赶去。因天气关系，机场决定临时关闭，哈默的专机则刚好在关闭前的一分钟降落。拍卖会的竞买活动激烈，最终，该油画由哈默以 32.9 万美元购得。当他怀抱油画走出举办拍卖会的饭店门口的时候，希腊一位船王也匆匆赶来。原来这船王的飞机晚到了一分钟，只好降落在别的机场，没赶上拍卖。这位船王站在哈默前，要出巨额将该画买下。哈默彬彬有礼地说："这是无价之宝，不能出卖。"船王嗒然若丧，无奈而去。

1980 年，哈默在另一次国际拍卖会上，曾以 600 万美元的高价买下一套已有 470 年历史的达·芬奇的《手稿》。这个价格是他 1977 年在另一次拍卖会上以 300 万美元买下一幅名画的一倍。

读哈默，会体会到他不仅是胆识过人嗅觉敏锐，在商场上艰苦拼搏取得巨大商业成就的风云人物，而且在艺术界也活动频频，硕果累累。他的艺术细胞和他的商业智慧一起，不仅让他在经济层面挥洒自如，同时在精神旨趣上也是阳光灿烂。他说过一句掷地有声的话："艺术收藏的另一乐趣是馈赠。"馈赠，这个词在这里的内涵是丰厚而广泛的。从哈默的实际情况看，至少应该从三方面理解：一是他对艺术珍品的收买；二是展出和捐赠；三是他在艺术界的活动和交往。

1973 年，哈默一手操办了一次将一批属于苏联所有但长期被查封的法国印象派后期的艺术珍品，在美国巡回展出。他把一幅价值 100 万美元的戈雅（西班牙画家）的作品捐赠给了前苏联的列宁格勒国家文物博物馆（现圣彼得堡埃尔米塔日国家博物馆），还把价值 2500 万美元的藏品捐献给了洛杉矶县立艺术博物馆和华盛顿国立美术馆。1982 年后，步入耄耋之年的哈默，带着他以 600 万美元买到的达·芬奇《手稿》和绘画，先后在意大利等 10 个国家 17 座城市展出，观众达 200 余万。之后，他将达·芬奇绘画和《手稿》送给洛杉矶县立艺术博物馆作永久收藏。

1982 年 3 月 27 日，哈默在紧锣密鼓地筹备与中国合资开发煤炭、石油等方面的协议时，还在中国美术馆举行了"哈默藏画 500 年名作原件展"。他在揭幕词中表示很高兴能够同中国人民一起分享他珍藏的艺术珍品，并通过艺术这种世界性的语言，为消除政治与文化隔阂尽一点微薄之力。这次展出的展品包括从文艺复兴至近现代各时期代表画家作品 110 件，这是中国首次举办的外国名画原件展，故而引起很大的轰动。哈默的这次藏画展，据统计，共有 20 多万人观摩。可以说，这个画展，也影响了整整一代中国油画人。

哈默在经济层面上的不断进取，往往是和他在艺术领域中的追求同步而行，可说是你中有我，我中有你，携手并肩，齐步向前。1984 年 4 月 29 日，哈默将陈逸飞《故乡的回忆》赠送给邓小平，这不但使陈逸飞成为家喻户晓的人物，而且也使哈默的视野越发开阔亮丽，他的事业更加生机勃勃。

时光倒回到 20 世纪 30 年代。哈默的眼睛，虽然盯在艺术品的购买、展出、销售和馈赠方面，可他的耳朵却听着四面八方，眼睛也不时扫一扫周围各行各业的动态。1933年，美国新任总统罗斯福，决心推行以"救济、改革和复兴"为主要内容的"新政"，哈默从"新政"中看出一个清晰的信号：一旦"新政"推行，"禁酒法令"就会被废除。这个商机，让哈默又惊又喜。美国自1920年实行禁酒令以来，市面上很少有酒桶，禁酒令废除后，啤酒和威士忌就要大量上市，那酒桶从哪儿来？他在俄国住了多年，又多次忙着在苏联办艺术展览，很清楚苏联什么东西可供出口。于是，他立刻从苏联订购了几船桶板，又在新泽西州建立一个现代化的酒桶工厂。当他的酒桶在生产线上滚滚而出的时候，恰好赶上了废除禁酒令后酒商急需的酒桶，这些酒桶立刻被威士忌酒厂和啤酒厂抢购一空。在这如此红火的大好时机里，他顺水推舟，又在酿酒业和养牛业大显身手，大展宏图，成为这两大行业中实力雄厚的佼佼者。

到此时，我们已经清楚地看到，哈默的视野、事业以及他对艺术品的极度热爱，不仅誉满艺术界，同时，他的精神旨趣，也始终是同经济上的扩张以及对商机的敏锐嗅觉是融为一体的。这大概就是哈默与那些一般从商和从艺人员的区别，也是让世人刮目相看的精彩之处。哈默自己对那春风得意的经历，曾经有过一段实事求是的回顾："举凡作威士忌生意和牲口买卖，外加艺术界，我都干得不错。在处理威廉·赫斯特的珍玩过程中（威廉·赫斯特是美国报业托拉斯巨头，艺术品珍藏家，曾一度濒临破产边缘，不得不出卖珍藏的艺术品，哈默曾用他的聪明智慧，一分不取地帮他解除了困境），我的声誉鹊起。我曾经是一些著名慈善团体的积极成员。杜鲁门总统指定我参加国际粮食委员会。艾森豪威尔总统任命我为世界和平研究委员会委员。肯尼迪总统委派我参加埃莉诺·罗斯福夫人纪念基金会。"哈默的这段自述没有夸张，可以说是客观地反映了他的人生概貌。毫不含糊，他是美国企业家，但又是世界性的企业家，而且是成功的企业家。不过他在艺术事业也成绩非凡，对教育、慈善、卫生等事业也都不惜工本，不断做出贡献。他创立癌症研究中心，并任美国总统任命的三人癌症研究顾问小组主席。毫不夸张地说，他是一个名副其实的社会活动家，他毕生追求的梦想，就是使稳固的持久的和平降临大地，战胜疾病和饥饿。为了世界和平事业，他在美苏之间以及不少国家奔波不已。在冷战寒流滚滚的20世纪70年代，苏、美两个核大国虽然剑拔弩张，各不相让，但哈默这位明智之士，却利用商业的机会和艺术的交往，悄悄地推动两国间一股和解的暖流，一定程度地促进了它们之间关系的缓和，并取得了一些良好的结果。苏、美两国和不少国家的领导人都对他有过中肯的评价。

四

1990年11月12日，阿曼德·哈默博士走完了他辉煌的人生旅途，在他的寓所无疾而终，享年92岁。获得这个消息后，平朔煤炭工业公司总经理陈日新给美国西方石油公司和哈默的家属发去唁电，对他的去世表示沉痛哀悼，对他为平朔安太堡矿的成功合作做出的贡献表示敬意。

哈默这个"无疾而终"的尾声，也很有琢磨的意味。他的不凡人生和奇功伟业，我们普通读者在不少方面，是可望而不可即的。但，他能在那么宏伟而繁忙的事业中，活到92岁，还实现了"无疾而终"，这实在是任何读者都值得思考的题目。中国的传统文化有"五福临门"的说法。"五福"中的最后一"福"，说白了就是无疾而终。这大概是哈默一生中的最后一个闪光点，也是所有人都渴望的最理想的落脚点。应该说，在这方面哈默也是一个具体而真实的样板。让我们对哈默这个人，慢慢去思考吧——会有感悟也会有收获的。

哈默去世后，美国西方石油公司新任董事长改变了经营政策，从原来不少合资经营的企业撤股。1991年6月，中方全面接管了安太堡矿的经营管理。在各级党委和政府有关部门领导和支持下，广大职工认真总结双方合作经营期间的经验教训，团结一致，奋力拼搏，狠抓生产、洗选、运销三个环节；主攻质量、降耗、安全三个重点；沟通铁路、港口、销售三条渠道，很快克服了因外方撤离引起的一些混乱和困难，当年就圆满完成了各项经营指标。之后，企业越办越好，年年月月、方方面面都不断取得可喜成绩。当前，平朔公司全体员工正沿着改革开放的光辉之路，为建设更加开放的平朔，谱写着新的历史篇章。

2018年9月

难忘我的书年——2013

2013 年，似乎比以往过得更快，真的是一眨眼工夫就过去了。人们常说：老年人怕过年，小孩儿盼过年。其实我倒也不怕，只是感觉过得太快了。前几天记者来采访，想让在马年说说马。我谈了"老马识途"这个典故。现在想起来，人越是老，越是要识途。每一天迈的每一步都应该有个回忆有个认识才好。不然就会失去"老马"的资格。现在，金蛇狂舞的 2013 年过去了，万马奔腾的 2014 年已经款款而来。在这岁末年初之际，"年度汉字"一词又兴盛一时。"年度汉字"就是用一个字来概括过去一年中值得记忆的事。赶个时髦凑个红火，我也用一个字来回忆 2013 年，那就是一个"书"字。

忙中偷闲，读点好书

按我的第一篇小说发表时间算，2013 年，是我从事业余创

124

作 50 周年。文化界有的朋友，前两年就提出要纪念一下，这是一件很麻烦的事。同时，这一年有两部新书要出版，杂事也很多，日常的读书时间就被挤去了不少。所以，从数量上说，读的书就少了些。但是忙中偷闲，还是读了当时几部在社会中很有反响的书。印象比较深的是重庆出版社出版的长篇小说《二号首长》，全书分三卷约 160 万字。书中生动的故事情节，诱人的细节描写，智慧谋略的运用，宏大的场景衬托，深刻的矛盾揭示以及智商情商的展现，都给读者留下了深刻的印象。

人民文学出版社出版的《毛泽东正值神州有事时》，写的是 1964—1969 年"文化大革命"高潮中的毛泽东心路历程，立体展现并深刻解析许多重大历史事件的前因后果，让读者看到了历史长河中那段风云变幻的真实面目。本书对经历过"文化大革命"的读者不仅是生动的回忆录，而且是令人深思的历史书，可读性很强，吸引力很大。我的体会是，过去有想法但不能说的话，在书中写出来了；过去有疑惑，但不明真相的事，也给说清了。总体上说，这是一部受读者欢迎的书。我就是朋友给介绍并且得到赠书才读到的，而且这书又被借去传阅了。

《毛泽东最后七年风雨路》，写的是毛泽东 1970 年到 1976 年去世这段风雨历程。从时间上看，正和《毛泽东正值神州有事时》连接起来了，使读者对毛泽东在 60 年代以后的人生经历就有了比较全面的了解。这书还配有著名新闻摄影家、毛泽东第三任专职摄影记者钱嗣杰所拍摄的 150 多张照片，连同 30 多万字的笔端书写，共同记录和讲述了那场带给全民族灾难性的"文革"历史。无论是文字还是图片，都能帮助读者对历史人物的功过是非，有了一个比较全面和准确的认识。

有关周有光的书，朋友们先后送我五本：周有光口述、李怀宇撰写的《周有光百岁口述》，范炎培著《周有光年谱》，周有光著《百岁新稿》和《文化畅想曲》，还有一部是周有光和他的夫人张允和合作的《多情人不老》。这5本书的前3本我都认真看了，后两本大体翻了一遍。这几年，不断在报刊上看到有关周有光的文章，加上今年阅读的这几本作品，使我对今年已经109岁的周有光老人越来越敬佩。11月初，我写了一篇心得体会：《有光之光——我读周有光》。一个礼拜之后，《北京日报》（11月11日）刊发了该报记者对他进行的采访报道，内容是周有光评述时下话题。又过了三天，《新华每日电讯》刊发了周有光的文章《和爱因斯坦的两次聊天》。读完这两篇文章后，我又写了一篇短文《又读周有光》。周有光老人是我国著名的语言文字学家，是全国乃至世界都公认的"汉语拼音之父"。活到109岁，仍思维敏捷，关心国内外大势，接受采访，而且条理清晰，哲理深邃，言简意明，时而还带出些幽默。就在我写这篇短文的时候，又见到《新华每日电讯》刚刊发的周老介绍长寿之道的文章。他说："我现在的生活很简单：睡觉、吃饭、看书、写文章。我每月发表一篇文章在报刊上，是杂文。"看，老人家现在仍在看书写文章，每月都要发表一篇杂文。我在读有关他的著作和文章时，一直在思考一个问题：他为什么会这么长寿而且活得健康，活出这么高的水平？这可以找出很多原因，最关键的一条，我看是他把科学的哲学思想用到了生活的全过程，或者说是真正树立了科学的世界观和方法论。"仁者不忧",周老一生淡泊名利,心态平和,遇事不管大小,都坦然处之。他不苛责外面的世界,而是处处严格要求自己,不怨天,不尤人,不求于物,自净其心。苏东坡《留侯论》所说"卒然临之而不惊,无故加之而不怒";白居易在《不出门》所讲"自静其心延寿命,无求于物长精神",真要做到并不容易,但周老做到了。在他一个多世纪的风雨岁月中,一直保持平静颐和的心境及宽阔博爱的心态。这也许就是"智者乐,仁者寿"的具体体现吧。他很客观地评价自己的身体,自认为再活一年可能性是有的,但再过两三年仍活在人世间的可能性就小了。他淡然地对记者说:"这不是悲观,也不是玩笑,这是自然规律。"

2013 年,我读的书主要就是这么几本。这一年读的书,和需要比、和以前比、和计划比,都感觉是太少了。这是一年的读书小结,也是教训。

两部新书出版和 50 年业余文学创作研讨会

2013 年,出版了我的两本新书:一是《黄树芳文录》,主要收编的是近几年创作的中短篇小说、报告文学、散文随笔和杂文等,共 16 万多字。二是由苏华和阎晶明两位著名作家合编的《走进黄树芳》,主要收编的是近年来一些文友、作家、记者与我相交相谈的有关通讯、随笔、文评和有关领导的讲话,共 17 万多字。

由于这两本书的出版,中国煤矿文联和平朔集团公司于 6

月 25 日共同在中煤平朔召开了"作家黄树芳最新作品首发式暨业余文学创作 50 年研讨会"。中国作协、山西省作协、中国煤矿文联多位专家学者和朔州市有关领导及当地文学作者 70 多人参加了本次活动。从《中国作家网》《文艺报》到省、市以及煤炭系统的报刊共 20 多家媒体发了消息、文章和评论。朔州市委副书记郑红因处理突发事件没能到会，但她还是挤时间写了题为《智慧之光——贺黄树芳先生新作首发式暨文学创作五十年研讨会》的专文。包括《山西日报》《三晋儿女》在内的多家报刊先后发表了此稿。应该说，这次研讨会开得紧凑、节俭、热烈、深刻，不仅是我文学创作中的一件大事，而且也是人生路途中的一件大事，对我教育很深，使我从多方面认识到了自己的差距，并且找到了今后努力的方向，这主要是：

一是创作数量少，没有一定的数量，质量当然也上不去。原因有很多：退休后离群众的火热生活渐远；读书逐年减少；刻苦精神日益减退等都直接影响了创作水平的提高。认识到这一点，也许是这次研讨会的最大收获。不少发言者都诚恳地提出，希望在爱护身体的前提下，一定要继续努力写出更多更好的作品来——这就是方向，这就是力量。我的任务就是将这力量转化为行动，一篇一篇地写出作品来，一本一本地推出著作来。

二是会议让我进一步认识到作为企业的业余作者，和企业之间的血肉关系。中国煤矿文化宣传基金会理事长庞崇娅在讲话中明确指出："平朔公司作为改革开放的先驱者、实践者、成功者，之所以能够走到今天，成为煤炭行业的一面旗帜，在其成功的宝典里，我们确信有这样一条经验——文化先行。"平朔集团公司党委书记王天润的讲话，几乎通篇讲的都是企业文化，以及业余作家搞好本职工作和坚持创作之间的关系。也许就是因为这一点，不少专家的发言中，都表示了对平朔公司的尊重和敬意。朔州市委宣传部领导，还有分管文教的朔州市老市长李尧的讲话也从全市的角度谈了这个问题。《山西文学》主编鲁顺民在列举了他们在组稿看稿和改稿的过程后，说："企业里的作家和企业的文化气度是分不开的。我第一次领略平朔煤矿的文化气度是在 2010 年 4 月份去王家岭矿透水事故现场。平朔煤矿救援队伍在第一时间驱车 400 多公里，把两台大水泵拉到现场，火速救援，所表现出来的那种大无畏精神，真的是很让我感动。所以看一个企业的文化格局，并不是看它的现代化高楼，而是要看它从中折射出来的文化气度。这就是企业作家的生活基础。"所有这些，都具体而深刻地说清了生活在企业的作家和企业之间的关系：作家离不开企业，这是生活基地，是创作的源头之水。生活在企业的作家，应该充分认识到这一点，将书写时代精神和企业改革开放的崭新风貌作为自己义不容辞的责任，不断向企业和社会奉献出新作品好作品，让大家都满意的作品。

第三，会议探讨的重要内容之一，还是作家和作品的关系，也就是人们常说的人品与文品的关系问题。这个问题说起来并不复杂，但要真正解决好，也并不容易。会上各位专家的发言，可以说都是从正面分析的。听起来，都是肯定、都是表彰、都是鼓励。当然，从发言者来说，这都是本意、诚意和好意；从我个人来讲，每一位发言，就是对自己的一次警示。原《黄河》杂志主编张发在发言中说："无论是他的人品、作品、文品，大家都给予了很高的评价，他确实是值得我们尊敬的一位作家。即便我是一个坏人，在黄主席面前，也不敢做坏事。我们深深地为有这样一位朋友感到骄傲。"这个发言，对我就是一次永远响在耳畔的警钟：千万记住，不管在什么情况下，都不能对别人对社会做任何一点儿坏事，就是做一点儿坏事的杂念都不能有。不能做坏事，这是对一个好人的起码要求，也是一个作家写好作品的基本条件。对这一点，我是牢牢地记在了心中——这个警钟敲得多好呀！

回大同给老朋友赠书

两本新书的出版和研讨会的召开，真的是很累了。休息了一段时间，挑了一个初秋的好天气，去了大同--天——同煤集团（原大同矿务局）可说是我的第二故乡。那里有不少老同事、老朋友、老文友。回去的目的，首先是会友和赠书：这并不复杂，大同煤业集团老年大学一直办得很好，很多老朋友都在这所大学学习。校长是原大同矿务局纪委书记赵长胜，领导成员中还有原党委副书记谷泉、张利和，组织部部长元来存等。我们见面后，先是热情满怀地问长问短，无拘无束地交谈生活、学习和健康等情况……之后，我便将出版新书的情况和简要内容介绍了一下，并将带去的几包新书赠给他们。这几位老友，对书都有浓厚的兴趣：赵长胜搞过很长时间的办公室工作，对文字很讲究，对看书读报也有偏爱，与矿务局出版过著作的文学作者常有来往。谷泉自己就出版过两本书，并有多篇论文收集在《中青年学者论文集》中。我们这些人到了一起谈论写书、出书和读书的话题，真是兴高采烈又滔滔不绝，他们对我，都有更多的希望。一再嘱托，别松劲儿，再努力，多写点反应煤矿生活的作品。我们一边聊，一边还顺便研究了在什么时间，什么场合，以什么形式将我那两本儿新书转赠给学员朋友——本以为，今天我来赠书的事，就算完成了。但并非如此——校长赵长胜对我说："这几年，同煤也组织力量写了些书，我看对你都有用。我下去给你准备几本，今天你就可以带回去，算是我们的回赠吧。现在你先去看看矿山公园，这个公园成了一道靓丽的文化新景。全国各地游客，还有不少外国人，也都去看过——你看了肯定会有收获。"

早就听说，这里新建了一座"国家矿山公园"，经赵长胜这么一说，我马上就想去看。老朋友任素芳和报社摄影记者彭周主动陪同，于是，我们立马动身，去了这个已经名扬国内外的矿山公园。

这个公园，建在晋华宫矿原南山矿井的所在地，我在晋华宫矿工作过 18 年，那时经常到这里来了解情况或下井劳动。所以当车子驶入南山公路的时候，就从内心里涌动出一股亲切、愉悦甚至有点兴奋的感觉。这大概是一种特有的感情，这种感情平时也许并不显现，但当你看到某人某物或者到了某地说到某事的时候，它就会很自然地升腾起来。

到了门口一看，真格是大吃一惊。原先那个采煤井口的影子一点都找不到了。公园大门并不雄伟，但是很开阔靓丽，加上秋高气爽，一下车就有一股清丽爽快的空气扑面而来，全身立刻有一种凉盈盈甜丝丝的轻快之感。进了大门，是一片宽阔的广场。广场的北面，一堵颀长而高大的展览墙，将同煤60多年涌现出来的劳模及知名人物的画像和事迹，清晰而形象地展现在观众面前。我对陪同的两位朋友说："这是一堵英雄墙呀！"他们说："咱们先去展览厅看吧。回来再看这英雄墙。"

在广场的南面，是一座很现代的展览大厅。但是不巧——门锁了。彭周是同煤报社的记者，他立刻掏出手机打电话。很快门就开了，出来一名讲解员样子的年轻女孩儿，没等我们说话，她就告诉说："今天不上班。"说着就要关门。彭周赶紧说："这位老领导好远来了，行个方便吧。"女孩儿很干脆："不行——要看，得找领导批准。"任素芳问："那得谁批准呀？"女孩儿说："宣传科长。"彭周又赶紧打电话，正在他打电话的时候，任素芳指了指我，对女孩儿说："他就是晋华宫矿第一任宣传科长——你们老科长来了，还不宽大一下呀？"说到这里，大家都笑了。女孩儿有点不好意思："我不认识呀。"我说："你肯定不认识——我调走30多年了，你也就是20出头吧？"她说："对不起了，你们请进吧。"

这个展览大厅设计合理，布局得当。从煤的形成，到最初的识煤挖煤用煤，一直到每个历史阶段煤炭开采的发展历程，特别是新中国成立后我国煤炭工业欣欣向荣、蒸蒸日上的景象，都栩栩如生地分别呈现在每一个分展厅。当我看到50

年代打眼儿放炮挥锹装煤的画面时，当年自己抱着电钻打眼儿淌着汗水装煤的情景又历历在目，再看到综合机械化采煤的盛况，真是百感交集。时代的变迁，在这个展览大厅内，看得那么逼真，印象那么深刻，真让人流连忘返！

当我即将离开这座公园的时候，有点恋恋不舍地再次站在那"英雄墙"前，边看边想：这里边有些人，我不仅认识、熟悉，而且还交了朋友，写过他们的事迹，在我已经出版的十几本书里，不管哪一本都能找见他们中的一些名字。以前，不少读者和文学界朋友都称我是煤矿作家，一向歌颂的都是矿工。我自己似乎也有这样的感觉，但当我参观了这座"国家矿山公园"的展览大厅，看到矿山那天翻地覆的变化后，再站在这"英雄墙"前的时候，实在是感到不安，感到歉疚……

回到同煤机关，赵长胜已将回赠我的书准备好，大家将包好的书帮我放到车上，长胜说："都是一家人，也不用什么赠书仪式了。"我说："太感谢了。"他说："咱们互相都赠的是书，这书将感情、心情都代表了，还谢什么！我们还等着你为我们赠新书呢。"我说："今后你这儿有了新书，可别忘了我呀。"他说："这话还用说吗？"

回家后，翻开赠书一看，真高兴得不得了——设计精致、装帧精美、薄厚不一的各类书籍总共 16 本。有对大同矿务局的政治、经济、文化等做全景式的俯瞰和详尽实录的《大同矿务局志》，有记载包括省级以上劳动模范和局级以上领导以及科技、教育、文化、医疗等各系统精英小传的《大同煤矿人物志》。这些，都是极其宝贵的历史资料。报告文学集《我的矿工兄弟》，散文集《六十年的记忆》和《身边的感动》等，更是让我爱不释手。得到这些书，对我这个以写煤矿生活为主的业余作者来说，真是如获至宝，激动不已。看了那些劳模的小传和照片上朴实憨厚的脸膛，又想起矿山公园里那"英雄墙"上一位位感人的形象，心情久久不能平静。没过几天，就赶写了散文《那些英雄矿工的岁月之歌》，相继发表在《山西日报》和《中国煤炭报》，并收入我新出版的《往事札记》中。虽然，这作品的分量并不很重，但它体现了我希望那些矿工的英雄事迹能在永远的岁月中传唱下去的心愿。

2013年，对我的确是难忘的一年。这一年的几件事，都集中在一个"书"字上。虽然这些事还做得很粗略很肤浅，但还是感到了充实和欣喜。法国著名编剧、导演、文学大师，亦被称为当今世界顶尖"说书人"的卡里埃尔说过："我们无法增加生命的长度，只好追求它的高度。"我自知之明，自己这些"书"的事，够不上追求什么高度，但我愿意让"书"，伴随自己度过平凡而沧桑的岁岁月月。所以，便将2013年，作为自己的"书"年而牢记心间。这也许对今后的"书"事，会有所帮助。

2014年5月初稿

2019年5月再改

书情·书缘·书香

——"倡导读书座谈会"的散记与随想

今夏，天气一直闷热，开"新书首发式暨文化名人到基层倡导读书座谈会"的那天清早，忽然淅淅沥沥地下了一场小雨，真是老天帮忙呀，大家立刻感到了久违的清凉和畅快。会场气氛欣喜而热烈，十几名从北京、太原赶来的文化名人和当地有关领导及百余名各界与会者，围绕建设书香社会和爱书、读书以及文化追求的议题进行了入情入味的热烈研讨。没有繁文缛节，只有读书人和写书人的感情交流，彼此滋养。不少人准备了发言提纲，但时间抹去了发言机会，显得有点儿遗憾。散会时，大家都有些恋恋不舍。会场内，走廊里，楼梯上，特别是宾馆大厅中都还有攒三聚五的人在一起，交谈着阅读启迪心智，好书点亮时光的感悟与探求。他们畅所欲言，笑语声声。这是爱书人的笑语，这是读书人的心声——这里有问有答，有争有辩，也有批评与点赞，更有人抱着书本，拥着书友，举着手机，拍照留影……这浓郁的书香氛围，清馨而韵美，隽永而温和。人们此时正在以热烈的阅读气氛，化入无限的精神乐趣……

　　我作为首发新书的作者，匆忙赶到宾馆门外，同老领导老文友李尧先生紧紧握手，互敬安好，并望继续以书会友，以文健身，一直到他上车才挥手致意，目送他的车子远去。李尧先生今已八十高龄，是朔州市前分管文化的副市长，退休后长期负责三晋文化研究会的工作。多年来，为了文化的追求，为了阅读的普及，这个研究会，先后组织出版过7套历史文化丛书——72本400多万字；三套"历史研究文集"也有百余万字。李尧本人还在繁忙工作之余，出版了5部关于文教方面的作品，其中《基础教育管见集》，对学生的基础教育和阅读均有比较好的效果。我们就是在这浓郁的文化氛围内，互学互帮，密切合作，建立了"同志加文友"的真挚情谊。还有同我一个单位工作多年，比我年长5岁的郑茂昌老兄，自己不能熟用电脑，就让孩子们帮忙，坚持写成两部散文集。我接到赠书后，曾给他打电话说："您给我的不仅是书，更主要的是精神，是力量。"新华社高级记者池茂花先生，年已古稀，仍书报不离手，笔耕不辍。这次会前，我和会务组的同志商量，对李尧等几位老同志，不要用"通知"的口气，先"问候"，再"邀请"。如果不方便来，会后，我们再将书送到家去。没想到，会议那天，几位白发苍苍的老友，都来得很早。我见他们精神矍铄，热情满怀，感到无限的温馨和喜悦。在几双老手紧紧相握、左摇右晃的时候，我似乎眼睛有些潮湿了……这是一种文化的力量，这是一种书香的浸染，更是一种友情的凝聚……毫不含糊，这一代人，会把这一切都坚持下去。

在我送老友上车的时候，已经有不少青年读者围在身旁，捧着刚刚到手的新书，要求签名。我静了静心境，非常抱歉地说："没有带笔，这场合也不太合适，咱们到大厅吧。"于是，我们相拥着回到大厅，挤在一张沙发上坐下。这时，已经有人递过笔来，并将翻开的书放在茶几上……我赶忙握笔，匆匆为书友们题签。字迹并不规整，但情真意浓，书缘互通。正写间，忽然一位很熟悉的面孔微笑着来在身旁，也将翻开的书放在我面前，并报名说"崔万福——请签名吧"。我抬起头来，冲他笑着说："万福呀，你也来凑热闹呀？"这时，还有几位朋友正在我身后互相对话，又像对我说："这是写书人和读书人的纪念，是友谊和感情的储存，签不签名可不一样。对吧？哈哈……"万福说："快签吧。"我顾不得再说什么，只好握笔签了。崔万福是朔州市作协会员，写过散文、诗歌，还有不少新闻和摄影等作品。大约七八年前，他同记者郑斌、董娟等一起曾到我家来访。那时，我还兼任着朔州市作协主席的职务，交谈内容自然就围绕着一个"书"字。无疑，这些人都爱书、读书，对书都有浓厚的兴趣。记得这天的访谈，我们还探求了不少关于写书的问题。所以，他们对书的痴情和神往，给我留下了很深的印象。后来，崔万福出版过一本《生命的跋涉》的散文集，曾找过我写序，当然也赠书给我。所以，他今天挤到这种场合来，我有点儿突然。

不管怎么说，我还是插空儿站起身来，想赶紧去自助餐厅看看那几位请来的文化名人用餐情况。但走了没几步，几位青年男女赶过来对我说想合影留念，一个年轻的女读者双手抱着一摞书，爽快、流利甚至是坚定地说："我们是'1度读书会'的代表，这个留影是对我们读书会的支持和留念……"有关"1度读书会"的情况，我早有所闻。据说，现在这个读书会已经有400多名会员，绝大部分都是爱读书的青年男女。他们自发地组织起来以后，读书热情越发高涨，效果也已反映在方方面面：朗读、演讲、读书研讨、感想交谈，还有不少散文、诗歌等作品在微信乃至报刊上经常与读者见面……

拍照合影后，才有人给我介绍，说那个抱着一摞书的女青年就是"1度读书会"的发起人和组织者，叫李妍——李妍这个名字我已耳熟能详，不少人都和我提到过，介绍她的读书、她的写作和她组织的"1度读书会"，但对她及其读书会的具体

黄树芳与1度读书会发起人李妍等在一起

情况，没人细谈，我还只是一知半解。因此，便抓住眼前这个宝贵机会，边向餐厅走边问她："你们这个读书会，为什么叫'1度'呀？"她顺口流利地念了几句小诗："你有一个角度，我有一个角度，大家都有一个角度，相互交流就会交织成，有高度，有深度，带温度，带梯度，全范围，多角度的一度。每个人都是独立的唯一，在一度里融化成统一，就是九九归一。"我说："你这诗很深刻很生动也很精准，基本将'1度'的意思说清了。我很受启发，很受教育。还要好好琢磨，下功夫向你们青年人学习。"她又急着说："您太客气了。还有一句话得说一下：我们的读书要旨是：阅读，和灵魂对话。"听了这句，我很振奋，高兴地说："这话说得太好啦！真想和你们好好谈谈，

黄树芳为青少年题签

139

刘庆邦在读书研讨会上讲话

可惜今天没时间了。"她说:"马上给您发个短文,先看看。"说话时,短文已到了我的手机。其文很短,但很深刻:我们很忙,忙着透支自己。透支自己的体力、脑力、心力。而这亏损又该如何弥补呢?谁又能替我们买单?除了休息,我们更需要的是精神上的补给,灵魂上的慰藉。而读书恰恰能给我们这些……"1度读书会"的成立,就是为了让大家在疲于奔波内心焦灼的时候,坐下来和自己的灵魂谈谈话,问问我们的心,我们需要什么样的自己?又如何成为想要的自己?愿每个人都拿起书本,去找到更好的自己!

看完短文,我对他们说:"今天在你们面前我真开眼界长知识。对我读书很有帮助。今后,我得经常找你们取经。现在我得去看客人,请原谅呀!"说着,我就赶紧进了餐厅。

在餐厅,我首先找到的是著名作家刘庆邦,他正一边用餐一边和一位站在身旁的中年女性交谈，还低下头写了几个字。我以为旁边站的肯定是一位业余作者来求庆邦签名留念的。一打听，原来是一名作品颇丰的书法爱好者。她在会上听到庆邦发言中那句"满树芳华情未尽，且看黄花晚节香"的诗句，受到了浓郁的美感启迪，脑海里竟呈现了一幅墨彩饱满、抒怀展情的条幅之作。但她怕没有听清那诗句的音韵，将字写错，就借午餐机会来请庆邦核审。我和坐在旁边的几位北京朋友看到此情此景，都很高兴——今天的读书研讨会，又融入了翰墨之韵，这氛围，这情感，这韵味……真格是让大家看到了在这古老的长城脚下，繁忙的亿吨矿区，人们对文化的追求和自信。

庆邦他们离开餐厅后，我见老朋友苏华坐在靠窗的一张餐桌旁和市委宣传部部长王加关、青年作家郭万新、边云芳等正谈得津津有味，便想马上赶过去参与其中。苏华是我一直非常尊崇的著名作家、文评家和资深出版人。近年来，他的创作硕果累累，不久前出版了长篇人物传记《何澄》（与张济合作）。之后，他又奋发努力，推出了《清代两渡何家》，受到省内外读者一致好评，有名家撰文称他为"山西文化世家写作第一人"。就在前几天，他的读书随笔系列《书边芦苇》一、二、三集又与读者见面。此会期间，他将刚刚出版还带着印刷清香的《书边芦苇》二三集送于我。这书设计之精巧，文字之清新，配图之高雅，纸张之精美都让人赞叹不已。但我还一直没来得及给他祝贺，更没向他学习取经。郭万新和边云芳正在创作的兴旺时期。近几年他们的创作颇丰，业绩喜人。郭万新两年出版了两部长篇纪实文学《耕读世家》和《薪火传家》，成为记录家族文化沧桑的姐妹篇。这是他继前几年描绘农村变革传递农民梦想的《吉庄纪事》后，为读者奉献的讲述乡愁故事的新篇章。边云芳的散文佳作不断送给读者美学享受，她的新闻作品也经常在媒体与读者见面。我想，这几位作家在倡导读书座谈会期间，和宣传部部长一起畅谈，实在是绝好的良机。我三步并两步地赶过去，坐在他们对面，对王部长说："您早就告诉我，苏华来了一定要联系您和他见面。"苏华插话说："现在我们坐在一起高兴地谈上了。"我说："本想陪你们用餐，可会散了，杂事还挺多——谅解呀！"苏华说："见您赠书签名，也很忙啊。"我说："你今天的发言反应很好。"他说："我主要想说一个问题：不管是写书，还是读书，都必须有一个人格上的基本要求，那就是诚实。今天大家的发言都很好，互相启发吧。"边云芳说："刘庆邦讲得就是好，不愧是大家，一句空话也没有，都是创作上的事，很受启发。"云芳这话也正说在了我的心坎里：今天听了几位文化名家的发言，感到受益匪浅——我们的写作，我们的阅读，都是精神活动，写来写去都是写自己；读来读去，也都是读自己。所以我们的灵魂一定要纯洁，要真诚，要善良，要精美。这就必须与读书结缘，不断净化精神领域，而且永远不能懈怠，永远不能含糊。

这时候，从我背后探过来一张年轻的脸，他将一本翻开的书送到我面前，用还有些稚嫩的声音轻轻地叫了一声"爷爷"，然后说："请您签个名。"我转过身一看，至少有六七名像是大中专学生模样的孩子，都在身后站着，一张张年轻而生动、稚嫩而文静的脸膛上，还有些羞涩，但又蕴含着坚定。他们都拿着书，看样子都是来求签名的——我先后出版过 10 多本著作，几十年了，已记不清给多少友人赠过书，签过名，但是从没有见过今天这样的场景。一声"爷爷"，让一股温馨暖意的热流在周身涌动。对人们常说的"祖辈亲"这句古语，似乎在此情此景中，才在内心里感悟到其真情和内涵。今天会议的内容——不管是会前准备，会上研讨，还是会后热议，都围绕的是一个字：书。那些白发满头的老一辈文友，让我们温故知新，书情满怀；"1 度读书会"的那些朝气蓬勃、昂扬向上的青年朋友，爱书读书的激情，更给人信心和力量；现在，这些称我"爷爷"的"孩子"们，都捧着书站在身后——我情不自禁地称他们为"孩子"，这不仅是因了祖孙辈的挚爱真情，还因为蕴含着文化传承的书韵之香。古人云：家无三辈富，书香代代传。此时，这深深的书情，这闪光的希望，这美好的憧憬……都在眼前萦绕——我怀着丝丝欣喜的心情，用开始枯瘦的老手握起笔来，为他们在书的扉页上签名，并写了诸如好好学习，认真读书，健康成长一类的祝福心语。他们每个人过来都先叫一声"爷爷"，再说一下自己的姓名。我都问了他们的学校和专业。其中有的学工，有的学文，有的学医，还有一名学的是公安，我便顺口说了一句：今后我们的安全可是就靠你们啦——这孩子笑了，笑得有点儿腼腆，同时也认真地点了点头。其实，何止是安全要靠他们，未来整个社会都要靠他们呀！他们就是未来，他们就是希望，他们也是建设书香社会不可或缺的力量，更是我们今天倡导读书座谈会中一个耀眼的亮点。

下午 3 点，在宾馆大厅送各位文化名家返程后，我便坐在一张沙发上，想先缓一缓疲倦的身子。刚坐下，青年作家史振海匆忙赶来。他想见见刘庆邦。我说："晚了——刚走。他们明天在同煤还有活动。"他说："我的发言提纲早就写好了，原准备在刘庆邦面前说说当年我们几个就要大学毕业的同学，读他那篇获奖小说《鞋》以后的故事：当时，都想找一个像小说中女主人'守明'那样的好女人。虽然没娶到'守明'，可是，那个女人的形象都还在心里装着。有一个同学，婚后生了三个孩子：大女子叫'守贞'，二女子叫'守华'，老三是个男孩儿，就叫了'守明'。意思是要孩子们都要做'守明'那样的好人。"我说："这个故事真好。"他说："可是没轮上我发言，白写了提纲。"我也觉得很遗憾，想了想："你将这个提纲，改成散文吧——在哪家报刊发，再说。"他说："刘庆邦的小说写得太好，真该好好向他学习，可惜呀——机会错过了。"我说："刘庆邦被人们称为中国的'短篇小说之王'，那是名正言顺，毫不含糊。我和他相处30多年，都出生在农村，又都工作在煤矿，也都从事文学创作。我比他年长，文学创作的起步，比他也早，可是创作的水平却远远落在了他后边。我一直以他为榜样。这不仅是在创作方法上，更主要的是人品，是精神。他开始写稿，是在农村的煤油灯下……刚到北京后，因为房子小，就在厨房或地下室，坐着小凳，爬在小桌上，每天坚持从早4点写到6点，要写10张稿纸3000多字。他起初的那些感动过不少读者的短篇，和第一部长篇《断层》，就是在这样的情况下写出来的……"我本来还在继续说，史振海却很激动地插了话："这太感人了——以前没听过这些，真得向人家好好学习。"这时候一位服务员为我们端来两杯茶。我俩齐声说："谢谢。"服务员说："不客气,这一天,大家说的都是写书呀,读书呀,我们也得有点儿表示呗。"我和振海又聊了一阵儿,他看我有些累,便开车送我回家。我下车的时候,他又很诚恳地说:"还是得找机会见见庆邦。"我说:"能见面当然好,主要还是读书——他的每一本书都是教材。"

刚回家不久,接了一个电话,是笔名叫彭老西的业余作者,他说看了座谈会的报道很高兴,现在我和范大夫想去您家求本书,方便吗?范大夫也是文学爱好者,对他们的要求我无法拒绝——放下电话,他们很快就来了。我们先就座谈会和当前读书的情况聊了一阵儿,突然,彭老西问我:"刘庆邦这次来,有没有背他那个褪色的军用小挎包?"原来,他参加过全煤作协组织的对鄂尔多斯矿的采访,刘庆邦那个常背在肩上的军挎,给他留下了很深的印象。于是我们的话题就转到了刘庆邦身上。刘庆邦的小说,在煤矿工人中读者很多。长篇小说《红煤》《黑白男女》,中短篇《鞋》《幸福票》《走窑汉》等都很受欢迎。随之,庆邦其人,在矿工中也就常有热议。不少人都知道,刘庆邦是个话语不多、创作丰收的作家。他出门总是背一个小小的军挎——原本草绿现已发白的小书包里装着什么,工人们并不知晓,但也猜个八九不离十:那里面肯定都装的是文化吧——笔记呀,草稿呀,资料呀,也说不定里面就有哪个工人的名字,或者哪个队组的故事……80年代中期,《中国煤炭报》曾组织有庆邦和我在内的7名作者,先后采访了山西西山煤矿、陕北煤炭钻探队等单位,一路还参观了西安和延安等景点。在近半个月的活动中，庆邦的肩上，也一直挎着他的小军挎，走到哪里，手中的笔和本也不离手。有时候在颠簸的车上，不知他是想到了什么，还是从窗外看到了什么，随时就从军挎中掏出笔记本，低头写上一阵——外面的世界也许就进入了军挎，经过他细致的心灵劳动，就把火热的煤矿和辽阔的田野中那些感人的景象和生动故事呈现给读者。读者热爱刘庆邦，喜欢他的作品，随之对那个军挎，也就有了浓郁兴趣……我们三人议论来议论去，最后都认为：庆邦背的那个军挎里，应该装的是他的勤奋和作家的本分。

这次"文化名家到基层倡导读书座谈会"的主题集中而明确，就是要紧紧围绕建设书香社会，搭建文化名家与基层读者的精神通道，交流文化情感，畅谈阅读体会，营造浓郁的书香氛围，使不喜欢读书的人，也热爱读书；喜欢读书的人，能找到更多书友与好书——书情、书缘源远流长。在阅读成为精神共鸣，书香催人奋进的文化追求中，"最是书香能致远，腹有诗书气自华"等中华优秀文化的光彩，定能在越来越多的读者身上体现出来，传承下去。

2017 年 9 月

买书那些事儿

刚参加工作时，我的岗位是搞职工教育，当时叫扫盲。搞了两年，又调到党委宣传部搞宣传。另外，我还有一个业余作者的身份，这些都离不开书，都要求必须坚持读书，认真读书，读好书。要做到这些，前提是会买书，买好书。

说起来，买书很容易。我给你钱，你给我书，不就完了嘛！其实，也不那么简单。

我搞宣传时，矿上还没书店，要到大同市里去买，坐公交车，跑20多里路。为了买书，一个月总得跑上两趟。每去一次，都得围着满屋的书架转几圈。有时是仰着头，有时得弯下腰，找自己需要的书，往往是钻几个小时，挑出一摞书来，再到柜台前去开票。我把那些书分成两类：一类是公用的，开单位；一类是自己的，开我的名字。时间一长，和新华书店的服务员就熟了。有一次那个常开票的人对我说："我和领导商量好了，今后每月我去你们矿送一次书，就到党委宣传部找你，你们要什么书就留下；还需要什么，告诉我书名，下次带去。另外，你和图书馆等常买书的单位，也帮我多联系着点儿……"我当然很高兴，回来马上和领导汇报，也同意了。从这以后，我们买书主要就是靠他了。他叫何吉，30出头，也算是正当年吧。此人工作不错，每月都骑着辆三轮无篷蹦蹦车，准时来矿送一趟书。那一段，不管是单位需要的理论书、文化书，还是我个人需要的文学书……他都能准时送到。有什么新书的信息，也能及时通话。有一次，他很郑重地对我说："刚来一本内供书，叫《金陵春梦》，是写蒋介石的，数量不多，只供正处以上干部。你想买，得到上级宣传部开个证明。"我对买书一向很积极，听说是内供，热情就更高。第二天，就按要求给矿党委书记买来这套书先出的第一册。那时，正是经济困难时期，书记没明没夜在井口抓生产，抓安全。他说："蒋介石的书，我这几天顾不上看，你先看吧——有了时间，我找你。"于是，我就近水楼台先得月，大体翻了一遍。其实，这部书后来就公开了，是一位笔名叫唐人、真名叫严庆澍的作者写的，据说这套书，先后出版了八册。

因为买书，慢慢就与何吉交了朋友。记得刚开始号召学"毛选"的时候，我很想买一套平装本的《毛泽东选集》，因为版本开阔，字号清晰，但供不应求。何吉告诉我："你要买，得找市委秘书长批一下。"第二天，我坐在何吉蹦蹦车的后车厢里，迎风冒寒，颠颠簸簸地跑了两个多小时，才到市里，又倒车去了市委，直接找到秘书长。我和他汇报了当时职工学"毛选"的热情和我组织与辅导学习的任务，并顺手将已经写好的申请递到他办公桌上——秘书长也没说什么，顺手就在申请上写了"同意"两个字。我离开市委大楼，立马跑到新华书店找到何吉，花 6.4 元买了一套（四卷）平装《毛泽东选集》。这对我这个月资 49 元的小干事，算是很高的消费了，但我还是高兴得不亦乐乎，经常在众人面前抱着这套书给大家领读……

后来，我调离了那座煤矿，买书的渠道也就慢慢有了变化。

好友苏华在他的《书边芦苇》第二集"趣味读书"一节中写道："到上海总要到季风书园；到南京，总要到先锋书店；到北京，总要去三联书店、涵芬楼、万圣书园。"苏华不仅是作家，还是评论家，资深出版人。他去买书的地方都很高雅，甚至很权威。他的书讯也比较快捷，我有不少书都是经他介绍买到的。前几天，他来朔州，抽时间到我家小坐，刚进门，见茶几上放着麦克风，就对我老伴儿说："周大夫，您是在朗读，在录音——我告诉您一个最新消息：董卿的《朗读者》，一套三本，已由人民文学出版社出版，快买吧。"第二天，我们就网购了董卿的这套新书。快递小哥送书到家后，我还没给老伴儿看，我就翻开目录，找到了美国作家、思想家、自然主义者梭罗的《瓦尔登湖》（节选）。在央视朗读者节目里，听到那个满脸憨厚，对野生动物充满爱心，守护喂养着几十种几百只野生动物的林兆铭，平稳而深情地朗读此文时，我就深深地被感动了，真想马上能看到此文。没想到苏华送来的购书信息，让我的阅读渴望很快得以满足。

苏华对书业见多识广，对读书买书也以真知灼见著称。在这方面，他经常地给我及时和急需的帮助。说真心话，对他的水平，我是可望而不可即。我的购书信息没有他多，购书种类也远不及他广。因工作调动与何吉联系减少后，买书，我基本就只定向于北京。北京大大小小的书店、书城很多，新新旧旧的书摊、书亭也不少。但是，我到北京往往是公出时顺便买书，时间有限，没时间到处跑。那时，东安市场的旧书摊，就成了我买书的最佳选点。到这里买书，一是为了方便——坐公交车，到王府井下车，举步可到。二是为了便宜，旧书摊的书，都是用秤论斤收购的，所以在这里买书很便宜。有时候，挑一摞书，老板用眼一看，随便说个价也就算了。记得巴金的《雾》《雨》《电》，丁玲的《莎菲女士的日记》，曹禺的《雷雨》和郭沫若的历史剧《孔雀胆》都是在这里挑到的，花很少的钱，买到想看的书，很有满足感。三是在这里买书比较自由：可以站在书架前自由地挑，也可以蹲下，在书堆里随便翻。累了，还可以自由地转转。有一次，在走廊看到一位头发已经花白、戴着近视眼镜的文化人，正和老板谈得津津有味——我本不该听人家谈话的，但他们的谈话内容，真的是把我吸引住了。

老板问："这些天没见来？"文化人："瞎忙，有一个新课题，总觉得资料还不足，今天来你这儿转转，不知道能碰上什么好书不？"老板说："前几天，有一本徐志摩给陆小曼的外文书，我本想给您留着。放在柜台上，转眼就没了。"文化人："好书都想看，也难怪。"老板说："前几天，胡乔木也来转了一趟，他说也是随便转转。但他提到了胡适的一本什么书，还提到傅斯年和刘半农的名字，最后秘书找了一本朱自清的书。"

文化人："大家都是为各自所需吧。"

从他们的对话中，我发现原来有不少文化名人或大人物也是常来这里买书的；另外，这里的书虽然便宜，但也有人偷。民间有人说，偷书不犯法。但作为读书人，无论如何是不该和这个偷字连在一起的。今天我的本意是来买书，不料却无意中听了别人的谈话，这总是一件不那么光彩的事，想起来也有些自疚。

那次，我坐火车从北京回大同，是慢车，不管大小站，都要停几分钟——这倒是看书的好机会。看的是刚买的《孔雀胆》。我在收音机里听广播，觉得这个戏的语言很精美生动，故事也挺有意思，就买来想看看。不料车到康庄车站停车后再开车的时候，在关窗时不知怎么把书碰到了窗外。我赶紧找服务员，说明丢书的情况和我急切的心情。服务员无奈地说："那现在还有什么办法呢？要不，等我们车回来的时候，我到站上问问，有人捡到没有。"我无望地说了声"谢谢"，便沮丧地回到座位，眯上了眼睛，想静一静烦躁的心情。我曾多次因买到好书而喜悦，这种喜悦来自对书的挚爱和一种发自内心的欣喜，还没有感受将刚买到的好书，马上就丢掉的烦躁，这让我产生了一种无形的晦气。虽然眯上了眼，但心里还是忔搅不宁……这时候，服务员过来，笑着喊我："同志，丢了书别心烦。看本杂志吧——《新观察》，挺好看的，解解闷儿。"我这才认真地看了看这位年轻还很漂亮的服务员，赶紧接过杂志，连声说："谢谢，你的服务真周到。太感谢了！"她轻声地说了声："应该的。"就轻快地转身离去了。

《新观察》是当时挺盛行的一本综合性杂志。我翻开一看，

新凤霞

有一篇关于评剧《杨三姐告状》的生动报道。这篇报道还配有一张主演新凤霞到河北滦县去访问杨三姐本人，坐着马车行走在土路上的照片，车上还有她的丈夫著名剧作家吴祖光和新华社的一名记者。

那时，由于评剧《刘巧儿》《杨三姐告状》等剧目在全国的盛誉，被称为"评剧皇后"的新凤霞也红遍全国。读着那篇感人的报道，看着评剧名家和著名作家坐在马车上那本真而质朴的照片，就像是一道醒目感人的文化风景呈现在眼前，竟有一种直指人心的力量，使人欣慰，让人振奋，给人鼓舞。丢书的那些晦气，那些烦躁，也已淡然而去。这买书、丢书的事竟和《新观察》上的照片及相关报道，碰撞在一起，真是一种奇妙的相聚。就在这奇遇中，我似乎有一种温馨的感应，在脑海里频频闪烁——那马车上的新凤霞，去访问杨三姐本人，这不也是去阅读吗？去阅读杨三姐，对新凤霞来说，其分量也许不次于阅读一本书。我当时 19 岁，对买书和读书，还往往是出于个人爱好，没什么知识和经验。今天这些事，似乎让我对人和书的关系琢磨到了点新味道。虽然当时的认识还有些含糊，但印象却很深刻，在以后的买书读书乃至写书出书的过程中，这种印象，也往往在脑海里闪现。多年以后，我写过一篇《读书读人读自己》的读书随感，也算是受到一些读者的认同和点赞。这也许和那次丢了《孔雀胆》，看了《新观察》，多少有点儿关系吧。

在国庆十周年前后出版的一批优秀小说，几乎都是在当地书店购买的。书店虽说不是很大，但比较方便。有时在上下班的路上，就顺便买上两本。这时买书和读书就不是光凭自己的爱好了，在书店挑书时往往都考虑到"人"——谁写的呀，书中主要人物都是谁呀……读书的时候，自然就更着重读人物了。记得在读《青春之歌》时，还找了对作者杨沫及书中主人公林道静、卢嘉川、江华等有关的资料和评议，所以对这些人物就有了比较深刻的印象。《红岩》中的许云峰、江姐、华子良、刘思扬;《野火春风斗古城》中的杨晓东、金环;《三里湾》中的"常有理""惹不起";《锻炼锻炼》中的"小腿疼""吃不饱"等各类人物，至今都还能在脑海里活灵活现地呈现出来。

"文革"期间，根据当时的形势，为保自己不受皮肉之苦，我将以前买的那些书（特别是从旧书摊买的书），有的悄悄藏起来，有的干脆偷偷烧掉了，买书读书的事儿，就更不敢想不敢说了。

历史的车轮滚滚向前，在改革开放的大潮到来之际，图书市场也出现了意想不到的新局面。除了大大小小的书店、书亭、书摊……都快速地摆出来各类新书外，还有不少过去不曾露面的旧书也喜笑颜开地与爱书的人见面致意。当我走进大同市那个很熟悉的书店时，真感到喜出望外，便很快到文学类书架前，将在"文革"中烧掉或丢失的名家著作一一挑到手。更让我开心的是还找到了一本《重放的鲜花》，这是一本收集了诸如王蒙的《组织部来了个年轻人》，陆文夫的《小巷深处》，邓友梅的《在悬崖上》等曾受过批判的短篇小说集。这里面的小说，大部分以前在报刊上发表时都看过，当时觉得很好，现在让这些鲜花重新开放在读者面前，实在是出版界的一个耀眼亮点。我高兴极啦，抱着厚厚的一摞书去柜台交钱开票，年轻的服务员说："看您高兴的——肯定是买上好书了。"我说："好书，都是好书。"她算完账，抬起头，看了我一眼，说："私人买吗？钱可不少呀。"我说："知道，开吧。"交完钱，我提起书兜，忽然想起一个人，便问她："你们单位以前有个叫何吉的职工，你认得吗？"她说："我不认识，听说过。'文革'中受过批判，现在不知道哪儿去了。"今天买到这么多好书，本来是高兴至极。不料，最后这个意外的问答，却在心里笼罩了一道难言的阴影。

就在这几年，社会上出现了一条新的买书渠道——经常不断地有二渠道的书商，成包成箱地将各类抢眼丛书，摆在当街或广场。后来，有些书商还摸清了哪些部门需要书，需要什么书；哪些人爱读书，好买书，爱买什么书。甚至对部门的办事人、负责人都摸得一清二楚。我记得有不少好书就是在他们手里买到的。比如，包括中国四部古典名著在内的"中国古典小说名著百部"；包括托尔斯泰、巴尔扎克、卡夫卡等经典作家经典小说在内的"世界著名短篇小说集"；包括铁凝、王安忆在内的"中国小说50强"，以及包括《一个冬天的童话》《迷乱的欢乐》等在内的"现代文学作品争议宝库"等丛书，就是那些找进门来的书商给送到手的。尽管这种买书的渠道，不久就悄然消失了，但它毕竟为读者提供过不少方便。当然，这么买书也有弊端，我也遇到过。一次一个年轻的书商，将一包书搬进我办公室，笑嘻嘻地说："这书您肯定喜欢。"我打开一看，是春风出版社的"布老虎丛书"。在报刊上我看过介绍，这是一套包括30位著名作家最新作品在内的文学丛书。我确实很喜欢，便说："算算，多少钱——开票吧。"小书商又嘻嘻一笑："今天有个单位买了不少书，我和他们商量，就一起开了。才200多块钱，没问题。"我说："你小小年纪，别学这一套——要这样，以后就不让你来了。"那后生犹犹豫豫地给我开了票，收钱的时候，手都有点颤……我说："你也不难：回去再给那单位送套书就是了。但以后再不能这样做。"

买书读书这些事，说起来都是私人的事，但又和社会各方面有着千丝万缕的联系。大同一位学历并不太高的青年，自己创业经营了一个家用电器公司。正在买卖兴隆经营顺手之际，硬是想来看看我这个几年未见的朋友。他自己开车跑了200里路来到朔州，进门就高嗓门地说："来以前，我思谋了老半天，也转了半道街，只给你买了套《王蒙全集》，这10本书，花钱不多，我觉得分量还够。你可不用说我小气。高级烟酒，我有，可对你没用。什么高级营养品呀，名牌穿戴呀……我觉得都不够品味……"他还要说，却被我打断了："快别说了，几年不见，真的刮目相看呀——你不但发了，文化品位也高了。王蒙这套书买得太棒！真是我们多年不见的最好见面礼。"

后来我发现，买书送书的事，在我们单位的职工中也有所见。一位在采煤一线的青年，家距邮局和书店都不远，便经常带着他认为我该看的报纸或书籍到家来聊天，我们都觉得挺快活，挺开心。当莫言得了诺贝尔奖后，社会上掀起买"莫著"高潮的时候，单位一位青年员工，到太原公出时，竟以抢购之势，给我背回一包莫言的书……经作家钟道新介绍，我和某电厂一位厂长成为新交，厂长曾派秘书给我送来一本《国史大辞典》。秘书说："这是厂长亲自到书店买的。"我说："你代我好好谢谢他。"后来，我和钟道新商量，为他买了一套《三国演义》作为答谢。

这些买书的事，也许都是生活中引不起人们多大注意的细节，然而我心中却经常感悟到一种由衷的愉悦，就像耳畔常常听到人们随着时代的节拍奏起的文化新曲，这曲调并不激昂，却悠扬而甜美。我渐渐意识到，买书的事儿，正在随着时代的前进步伐而悄悄地变化着。

信息时代给人们生活带来了极大的方便。大约七八年以前，听朋友介绍了《苦难辉煌》这本书，我马上让女儿开车带我去书店，她问我干啥，我说这还用问，买书呗。她说，买书还用去书店？说吧，买啥书？我不出屋就能给你买到。果真，三天后，我就在家门口接到了《苦难辉煌》。这是我第一次感到了网购买书的方便和喜悦。这以后的买书，就都成了女儿手机上的事儿。就在一个礼拜前，她将在一个读书公众号上

《苦难辉煌》

盛传的《白先勇细说红楼梦》转发在我的手机上，还说此书如何得到好评和点赞，花了90块钱才得以转发，让我好好看看。看了书的简介后，确实引起了我浓厚的兴趣。但此书是六七十万字的长篇。我说："在手机上，六七千字，我勉强还能看，上了万字，眼睛和颈椎就都要抗议——快，还是网购书吧。"

网上买书，实在快捷，才过三天，这部沉甸甸的1000多页的书就送到我手。当我目送快递小哥驾驶着百事利电动篷车，精神飒爽的身影在远处消失的时候，不知怎么，就想到早年间，自己坐上何吉的敞篷蹦蹦车顶风冒寒跑20多里路，去市里买书的情形——买书，是我多年来一直离不开的生活内容。现在，我站在家门口，双手掂了掂《白先勇细说红楼梦》的包裹，真是百感交集——过去买书那些事儿，已成历史；现在这些事儿，就在眼前——这感人的变化，给人无尽的欢欣和喜悦。但这时，却有一股难耐的忧患在心中涌动，慢慢就有些不安了——人们常说，年龄不饶人；现在看，时代也不饶人哪！为了买书，我曾多次让女儿教我网购，但她就是不肯教，说："你不能在手机里动钱，现在诈骗犯就是针对你们老年人——想买啥，告诉我就行了。"说起来，这也对。但孩子们也有工作，也很忙呀！我要想买哪本书，往往还都很急，多年的经验证明：买书，得有紧迫感，得趁早趁热，如果错过机会，对那本书的缘分，那份真情真爱，有可能就会淡化，甚至消失——那时再买再读，味道就不一样了——长期这样，我不就落后于时代了吗？

此时，太阳已悄悄送来暖意，春风也轻轻飘来凉爽。我再次掂了掂手中那个《白先勇细说红楼梦》的快递包裹，思潮涌动，感触万端。买书这事儿，真也一言难尽，思前想后，怎么也不能畏葸不前，无论如何，还得跟着时代前行。

2017 年 11 月

经历调动

那天晚上，大约是9点多钟，原大同矿务局局长，后到中外合资的平朔露天矿任总经理的陈日新给我打电话，说和刚上任的大同矿局党委书记已经商量好，要调我到平朔工作。他让我考虑一下，有个思想准备。

我在大同矿务局工作了近30年，一直从事宣传工作。

大同矿务局当时是个名副其实的特大型企业，号称有四十万煤海儿女，下属县、团级单位就有40多个。这样一个在全国乃至世界都有一定影响的企业，宣传工作的担子自然是很沉重的，总体上说，我的各项工作都还算是基本完成了任务，没出什么差错。

那么，现在陈总传递给我的调动消息，是怎么回事呢？我找朋友分析了一下，考虑是局领导班子刚刚进行了调整，新班子也往往要对所属干部有新的安排。改革开放以后，开始大规模投入建设的平朔煤矿正需要人，陈总便及时给矿务局新领导打电话要干部。这是很正常的事。

　　我当时正值中年，这次调动，对工作对个人都是一件很庄重甚至是很关键的事。两个大型企业的主要领导，也都是经过认真分析的。所以，我真得按陈老总所说，认真考虑考虑，有个思想准备。

　　想来想去，考虑到三个方案：

　　一是同意去平朔，在那里踏下心来再扬帆，重创一片新天地——这要付出艰苦的努力。

　　二是留在大同，可能要安排到下边一个矿或一个处、室，给个负责人的岗位。

　　我更多考虑的是第三条路子。对此，我想了很多，而且是选定要争取实现的目标。

　　回顾起来，这些年，我结合宣传工作实际，真还是看了不少诸如哲学、经济学、文学以及与各时期形势相关的读物和报刊。自我感觉，这些书籍和读物经常不断地给了我取之不尽的精神食粮。不然，怎么能担起宣传工作的担子呢？现在看，以前能比较好的完成各项任务，都要感谢不断给了我文化滋养和精神陶冶的那些珍贵的书籍和读物。1960年在市委党校脱产学习政治经济学的时候，以及后来阅读毛主席的几部哲学著作中写的心得体会，有的曾在省、市报刊发表，受到不少好评。后来在评定职称时，认定为副教授任职资格，大概也是依据了上述那些情况。说实话，我对这些并不是多么在意。我切身体会到并更看中的是读书学习本身，这已经成了我实际工作中的精神支柱和指航路标。在这次工作调动的关键时刻，我越发清楚地认识到，是读书学习给了我工作乃至生活的方向、方法和力量。今后不管调到什么岗位，这一条是绝对不能放松不能含糊的。如果说结合工作读哲学、经济学等理论书籍，是我的职责，我的必须。那么，读文学的书刊，那就是自己的挚爱、自觉和主动。现在想起来，读经典文学名著时那些惟妙惟肖的精神感受和情感的波动，至今心中还似乎很温馨和甜美。在这些书籍的阅读中，我已经迈着蹒跚的步履踏进了文学的门槛儿。"文革"前，已有十几万字作品发表，并有短篇小说收编在中国青年出版社的《新人小说选》。"文革"后的 8 年中，又有十几万字的作品面世。当然，自己也很清楚，这才是刚刚起步，而且这种读书学习，是不可能有毕业证书的，确切地说，这样读书，永无毕业。所以得永远读下去，人生不止，工作不停，读书就得坚持。

现在，回忆这些读书学习情况，是为了找准下一步的路子。正是这样的回忆，帮我开阔了思路，擦亮了眼睛，找到了今后工作的第三个去向。这个去向如果能实现，可能是三全其美的一步棋。这步棋，就是要自己主动提出来，哪儿也不去了，什么岗位也不占了，什么职务都不要了，只求当个调研员——这是我回忆了读书学习情况后，一个闪光的决定。这样可以有更多的时间读书，有更多的时间到工人中去生活，当然也有更多的时间搞创作——当时我的创作势头还是不错的。当个调研员，就等于是个不拿作家协会工资的职业作家。这对国家对单位对自己都有益而无害，何乐而不为！这是很真实的想法，而且是我多年的向往，终身地追求。——谁都不去惹，谁都不得罪，安安心心地读书，扎扎实实地生活，刻苦努力地搞创作，写作品，这不也是工作吗？这个主意拿定以后，似乎再没有任何遐想和杂念，甚至很高兴，很愉快。我想，这个决定，对谁都好，应该是能得到支持的。

过了不几天，新任领导班子中几位主要领导找我谈话——谈话是在调度会议室进行的。在座的除书记、局长（人称一、二把手）外，还有组织部长。谈话的气氛说不上紧张，但是也不算轻松，只可以说是平静的吧———把手先是泛泛地夸奖了我几句，什么能力水平呀，什么读书学习呀，以及工作成绩呀等等。然后说，平朔是改革开放的试验田，是我国中外合资的第一家大型企业，大同矿务局义不容辞地要从人、财、物等各方面给于大力支援。所以 经组织研究决定：调你到平朔去……看你自己有什么想法？

我说：如果是组织决定了，我还能有什么想法？如果是征求意见，问我的想法，我不同意。我的想法，是申请当个调研员 ——我不仅不占位子，不挡路子，而且连办公室也不要，只给我深入到各矿调查研究的权力就行了。我认真考虑过，这是方方面面都能接受的办法。我绝不参与不干扰局里的任何事情。我真心实意地请领导认真考虑并批准我的请求。

几位领导大概都没有想到我会提出这么一个请求来，都没马上说话，大约四、五分钟的静场后，第一把手微微笑了笑说：你才四十多岁，正是年富力强，好好干工作的时候，怎么能当调研员呢？

我说：这是我真实的想法，真心的请求。我对工作调动一点儿意见都没有。当调研员，是我认真考虑后才提出来的，我真心地请领导研究批准。

领导们又想了想。还是一把手先摇了摇头，说："那是不合适的。"这时候，我非常注意对方的表情和反应。他的面色依旧是平静的，甚至还有几丝微笑的样子，解释说："你的请求不现实，也不可能。还是去平朔吧——那里需要你。你读的书多，知识面也广，去那里工作挺合适，所以陈老总点名要的你。"二把手一直没表态，也没表情。组织部长坐在那里一动不动，就像什么都没听到。我想，我的请求要彻底泡汤了。心里虽然是凉了，但也无可奈何。现在，坐在我面前的是这个特大型企业的一、二把手，还有专管处级以上干部的组织部长，他们在这个企业里，代表的是组织。在这种情况下，上级说了，下级得听；组织说了，个人得听——这是不能含糊的。当我的请求被否决以后，我还能说什么呢？不少哲学和文学的书上都告诉过我们：人生并非事事如意，处处顺风。个人请求争取不到的时候，大概就是该放弃的时候了，该放弃就得有勇气放弃。放弃，当然是一种无奈和遗憾。但也是一种理智的选择——是一种能找到清净、淡定和轻松的途径。于是，我放松了一下心情，平静地问：什么时间走？一把手说：这由组织部和平朔联系。谈话就此结束。

在整个谈话过程中，二把手和组织部长，一直静静地坐着，两个人始终没说一句话。后来我发现，在有些问题上，在有些场合里，不说话也是一种智慧，是很高明的一招，常常能处于主动地位。比如现在这两个人——他们对我的调动，对我

163

的请求，思想深处是什么想法，我一点儿都没看清。若干年以后，这位二把手也调到了平朔，和我在一个班子里很和谐地工作了几年。谈起当年我调动的事来，他说他当时只能不说话，因为和一把手的想法并不完全一致——这就把我和他的关系拉近了一大步！他如果当时也随着一把手说上几句，大概就不会有后来我们这几年的融洽氛围了。看来，有时候不说话真也是一种学问。

谈话过了两天，我去大同市参加了一个文学界聚会，说是讨论当前文学创作问题，实际上还有欢送我的一层意思，参加会议的有市文联领导和全市重点作者，午餐后，大家合影，也算是纪念吧。

原定 12 月 23 日由局党委组织部长和宣传部主持工作的副部长送我到平朔。但在家主持工作的党委副书记，打电话通知组织部要晚走两天，说他也要去送。晚上，这位副书记又给我打电话，说他这两天有事，后天能腾出身来送我。我说，有组织部长和宣传部副部长送，已经够格了——你有这句话，我就很满意很感谢了。副书记说，第一把手出国了，局长开会去了，现在我主持工作，我说了算，后天走，我去送，定了。

就这样，我到平朔露天煤矿上了班。职务是党办主任，算是平调。

新单位，新工作，真得向曾经预想的那样，要踏下心来再扬帆，如何在新的航程上担起新担子，开创新天地？这一切都要从实际出发，但对我来说，不管在什么情况下，都有一条永远不能忘记的选择，那就是读书学习。培根说："书籍是在时代的波涛中航行的思想之船……"到了新的岗位，更要在这条船上找航标、找智慧、找营养、找力量……过去的实践是这样，现在的理论也是这样，今后的路子更需要这样。

按说，此文现在可以结束了，但这个句号还不能画，因为还有尾声，而且，这尾声还很有意境、有味道……

尾声之一：我在平朔上班两个星期后，回大同家里看了看。一进门，夫人就激动地告诉我说："你去平朔的第二天，著名作家、省作协党组书记胡正老师就在大同文联领导的陪同下，来咱们家看你。他们说，听说你调动了工作，专门来看看。"夫人说着说着，眼里就转了眼泪："人家那么大的年纪，那么大的领导，又是著名作家，跑这么远的路，来看你。说了两遍呀：家里有什么事，需要帮忙，就给他打电话，说你知道他的电话号码……对人家这份情，咱可一辈子也不能忘呀。"这说明，我调动工作的事，省作协已经知道了，这是来安慰我，帮助我的。当晚，我给胡正老师就打电话，表示感谢。他让我正确对待工作调动，要继续好好工作，好好读书学习——读书学习呀，对你特别重要。现在你创作势头挺好，可别受影响呀！我表态说，我不会影响工作，也不会影响学习和创作。请省作协的领导放心。对这事，我想了又想，胡老师这次在我调动的关键时刻专程来我家看望，实际是在我的人生风景中树起的一座感情之峰。至今已经过去三十多年，我仍然记忆犹新——真的是如我夫人所说：这是一辈子也不能忘的。

尾声之二：我在平朔上班二十多天，《山西日报》老资格的实力派记者、工商部主任肖寒，乘坐一辆"帆布篷"冒着零

165

下 20℃的严寒和五级风沙，来到地处塞北高原正在建设中的平朔露矿来看我。他这样给我做工作："这次工作调动，说明你还能做点儿工作。如果你是个不读书不学习连数字都点不清的人，领导还会想到你吗？还会有这样的调动吗？你是个搞理论的干部，对自己也得全面看，辩证看。今后千万别影响读书学习，更不能影响工作。"我说："肖老师，您放心。我读过点儿哲学书，多少也懂点儿辩证法，能正确对待。"中午，我俩就在我宿舍休息。其实也是躺着闲聊。他说："我是记者，你搞煤矿，是个作家。我们的工作都是在笔尖儿上，可我们的感情是在心窝儿里。听说你调动的情况，我贵贱不放心。"我说："您是我的好老师，在通讯报道中，你给过大同局很多帮助，我都明白。在心里我实实在在是拿您当兄长的，感情是很奇妙的东西，只能在心里装着，而且永远不会忘。"他说："见了面，我心里就踏实了。我等着你的好消息，等着你的好作品，还等着你继续给我们提供报道线索。"这是要求，是希望，是鼓舞，也是永远的力量之源。

尾声之三：我在平朔工作 3 年后，原大同局工作的一位干部来平朔办事，给我带来一个口信。他说："我们的一把手让我给你带个话：如果你愿意回去，他同意，工作安排一定会对得起你。"这个信息很突然，我没一点儿思想准备。愣了好一阵儿，才说："你替我谢谢他，我在这儿已经工作了 3 年多，情况也熟悉了，就不准备回去了。你也给他带个信儿：工作调动的事，很正常，我对他没有意见。读了这么多年书，不会白读，我能理解。"那个带信儿的干部说："那太好了，我一定把话带到。"那时候，我的第一部小说集已经出版，我拿来 2 本，交给他，说："一本赠你；另一本，也请你捎去赠他，算是一点儿谢意吧。"这位干部回去是怎么说的，那书捎到了没有……我没有问过，也没听到什么回音——一切都顺其自然吧。任何事情都有自己的规律，这是哲学的一个基本观点。我相信这一点。

现在可真的是该画句号了，但是我没有画个圆圈儿，而是画了一个"……"号，以后的尾声还会有什么，说不清，但可能还有。

2010 年春节初稿

2019 年 10 月再改

我丢的那三本书

读书人谁都能遇上买书、淘书、赠书这些乐事。书内的故事很多，书外的故事也不少。今天想说的还不是这些乐事里的故事，而是想说说丢书的那些事儿。

我丢过三本书，而且丢的都是最心爱最在意的书。

第一次丢的是《新人小说选》

《新人小说选》（第一集），是1965年1月，由中国青年出版社出版、受到广大读者特别是青年读者欢迎的短篇小说选。书中收有青年作家张天民的《路考》、林雨的《五十大关》、任斌武的《开顶风船的角色》等当时很受好评的作品。这本小说集也收入了我1963年12月发表在山西作家协会主办的《火花》文学月刊上的短篇小说《王林林》。那时候，我刚20岁出头，自己的作品能和这些作家的作品一同收入在当时很畅销的《新人小说选》，这对我的文学创作，无疑是极大的鼓舞和鞭策。当我收到这部小说集样书的时候，那种喜悦和激动的心情真可谓是难以言表——翻了又翻，看了又看，总不想离手，怕丢掉。阅读的时候，都是在晚间，躺在床上，一边看一边闻吮着那新书的油墨之香，周身都感到美意和舒爽。所以，总是将藏好这本书挂在心尖上，每每都是放在精心选择的最牢靠的地方，以防丢失。但，万万没想到，最终还是丢了。

《新人小说选》出版一年多，"文革"就开始了。那时批判我的大字报中，主要是三点：一说是写"中间人物"的黑干将；二说是赵树理的黑爪牙；三说是修正主义的黑苗子。这三点中，主要是第一点，因为小说《王林林》写的就是一个刚从农村来到矿山的青年，锻炼成长为一名合格工人的过程。这只是一个普通的人，不是英雄。而当时提出的口号是"三突出"，主要是突出英雄人物。所以《王林林》很自然地就受到了批判。

那天晚上，我一个人躲在宿舍，悄悄地将巴金的《家》《春》《秋》《雾》《雨》《电》等曾经对我很有吸引力的小说和曹禺、郭沫若等作家的一些作品都含泪烧掉了。最后，我将《新人小说选》捧在手，翻了又翻，但没有勇气把它扔到火盆里。不知过了多长时间，我似乎是从梦中醒来了，发现这书却是贴在胸口，被双手紧紧地按着，心在突突地跳，眼里似乎有泪，什么也看不清，有点儿发颤的双手，再次捧起那书，书皮有点儿温热。我站起身来，发现盆里的火苗早已熄了。我想去摸火柴，但手脚不听使唤。突然，狠狠地一脚，将那个火盆踢了个底朝天。然后，就抱着那书，在屋地转起来……转着转着，心里忽地一亮，便想出来一个办法——将《新人小说选》和《红旗》杂志等报刊叠在一起，装在了一个印有"矿党委会"字样的大信封里，封好后，就放在了有《毛泽东选集》和马、列著作的书柜里。我看了又看，想了又想，觉得这样放，还是比较稳妥比较保险的。

几个月后，大批判的对象就从文化方面转到了企业管理和有关领导身上，我的紧张心情也就慢慢缓和下来了。不料，有一天，矿上的一位领导找我，说矿务局（我们的领导机关）来了两次电话，要借你去写剧本，你得马上去报到。我说："我现在什么也不会写了。我不去。"矿领导说："我们也顶不住，你还是去一趟，自己说吧。"我找了很多理由，说不会写，不能写。但没用，最终，还是服从了领导。

写个歌剧剧本，谈何容易——折腾了半年多，也没能写出个都满意能过关的本子来。但就在这半年里，我的《新人小说选》丢了。

我结婚时，没有房子，朋友们就将我原来住的单身宿舍，七手八脚地整理了一下当了新房。一晃就是两三年的时间。在我到局里写剧本的时候，为了给没处住的单身腾房子，才给我在家属区找了间房。搬家时，我夫人要给我打电话，大家说，你这点儿家当，还用得着叫他回来？于是，众人动手，只用半天时间就把家搬过去了。又过了半个多月，我才请假回来看了看，突然发现《新人小说选》不见了。我翻箱倒柜，左找右找，但是那个装着《新人小说选》印有"矿党委会"字样的大信封，怎么也没找到。问谁，谁都说没见。回原宿舍去找，也没找到。而这本书，在我心中是很有位置很有分量的呀！我烦躁至极，心乱如麻：气自己，怨夫人……然而这一切都没用。丢了，就再找不到看不见了。在以后的很长时间里，不管是有人提到或有的文章中写到那本《新人小说选》和那篇《王林林》时，我都会感到无言的后悔、烦心的苦恼和不安的愧疚，但又追悔莫及，万般无奈。说实在话，我绝不是想从这本书里得到什么光环，事实上，这么一本极普通的选本，也没有什么了不起的价值。我只是觉得没了这书，心里就像缺少了点什么，不大踏实，有人写到或提到时，甚至感到空虚和恍惚……

人的一生，会有很多的喜悦，也可能会有很多的苦恼。一般说来，丢了一本书，也许真的是算不了什么，没必要大惊小怪。但我丢了这本《新人小说选》，却真的是痛苦难耐。看来，喜悦和痛苦，都是和具体人具体事连在一起的，各有各的情况吧。

一切事情都是发展的，变化的。怎么也没想到，若干年后，我的那次追悔莫及而又长期烦心的苦恼与悔恨，却变成了一次意想不到而又按捺不住的兴奋和喜悦——粉碎"四人帮"不久，我去北京出差，习惯性地就转到了东安市场里的那个旧书市场。只见这里到处都是刚刚收回来的旧书，有的还堆放在空地上。身着各种服饰的男女老少，为找寻

《新人小说选》

自己的所需，来来往往，摩肩接踵，还不断地扬头弯腰，左捡右挑……就是在此时此地，我惊喜万分地发现了让我日思夜想的那本《新人小说选》。在一个不太高的书架中层，我一眼就看到了字迹还算清晰的《新人小说选》。书背上的红底白字，还是那么庄重而可亲，下边印的那出版社社名"中国青年出版社"的字样，还是那么洒脱而柔美。我愣着神儿，用劲儿地挤了挤眼，认定是绝对没有看错，便伸出微微颤抖的双手，将那本看准的书，顺利地取下来，捧在手中。先是将封面上的字样和插图看了两遍，接着就一页一页地翻开来细看。书的扉页上，居然盖了五个天津市教育局机关图书馆和借阅编号的印章。看来这书已经借阅多次，显得有些沧桑和衰老，但并没有乱画和撕毁的痕迹。这部20万字280多页的集子，经过多年的坎坷旅程，总还算是完整无损。我真感谢天津市教育局图书馆和那些有教养的读者，保存了这部一直让我牵挂在心的图书，而且没有损毁它的模样；也感谢那位或许是从图书馆借出来阅看，后因各种原因无法还回去的读者；更感谢不知姓名的某位读者在清理自己的藏书时，把这本他认为没用的书，卖给了旧书店，让有用的人买去阅读……

短篇小说《王林林》和收入这篇小说的《新人小说选》，是我走上文学创作之路的第一步，这一步虽然经历了很多磨难，但它留下的脚印是清晰的、深刻的、难忘的。对我的文学创作，乃至人生旅途都是重要的。现在，手中重新有了这本虽已苍老但内容依旧的书，心中不仅是轻松，更是充实；不仅是激奋，更是力量。可以肯定地说，这部经历了过多磨难的《新人小说选》，不仅是打捞记忆的园地，更成为我汩汩永续的力量源源，它会经常地鼓励我，鞭策我，不断地提醒我，要放宽眼界向前看，在当前和未来的文学创作中，不停步，向前行，只要身体还能力行，就不能离开经常为敲打文字服务的那台电脑……要不断地写出新时代的新作品，争取有新的作品能收在新的文学作品选。

第二次丢的是《重放的鲜花》

《重放的鲜花》，是上海文艺出版社于 1979 年 5 月编辑出版的。我是在北京西单书店买到的这部书。翻开一看，见书里有王蒙的《组织部新来的青年人》、李国文的《改选》和陆文夫的《小巷深处》。记得王蒙的小说是刊发在 1956 年 9 月号的《人民文学》，李国文的作品发表在 1957 年 7 月的《人民文学》头条，《小巷深处》是在《萌芽》1956 年第 10 期发的。当时看了这几篇小说觉得很过瘾，很开心，而且留下了很深的印象。可过了不长时间，又都受到批判，说是"毒草"。三位作者也都受了批评——那时，自己刚开始学习写作，面对此情此景，心里很是害怕。万万没想到，20 多年后，忽然见到了《重放的鲜花》。当时，真是又惊又喜又激奋，亦可谓百感交集。

《组织部新来的青年人》的主人公林震，是从区中心小学调到区委组织部工作的。在学校，人们就夸这个刚从师范学校毕业的青年老师，整天"无忧无虑，无牵无挂，除了工作，就是工作……"到了组织部后，他更是朝气蓬勃，认真负责，对机关里某些官气暮气和推推拖拖的工作作风看不惯，憋不住，但提的意见又往往不被采纳……其实，像林震这样的人，在我们的工作和生活中，屡见不鲜。《组织部新来的青年人》里的几个主要人物，生活中也都能遇到，可为什么自己写不出来呢？在读这个作品中，似乎就有了点儿感悟，也算是有了些提高吧。但是半年后，此作就成了"毒草"。接着，又有消息传来：在我们心中很有分量的青年作家王蒙，举家去了新疆。王蒙比我大4岁，在他这几年的历史性巨变中，我大概是从17岁到20岁出头。当时，还只是个被人们称为刚参加工作的孩子，但是在我脑海里却跟着这篇小说及其作者的起伏跌宕而思绪万千，而忧虑不安，而胆战心惊，而谨慎不苟——这是启发？是教育？还是惊吓和刺激？自己也说不清。

几十年之后，到了世纪之交。怎么也没想到，我竟有机会陪王蒙从应县木塔到大同悬空寺一游。那时，他已卸任文化部长之职，一路聊的都很随便。没人提到《组织部新来的青年人》那篇小说和那段经历。他离开大同的前一天晚上，我到宾馆去看他，又随便聊了一阵。他问了老外撤股后的平朔情况，

陪王蒙在大同悬空寺
（左起黄树芳、王蒙）

陪王蒙在大同悬空寺
（右起王蒙、黄树芳、焦祖尧）

还谈了煤矿的文学创作和刘庆邦的作品……后来，他在夫人崔瑞芳的建议下，为我题赠了"青春"两个字的条幅。那时，我已近耳顺之年，看到"青春"这两个字，不知为什么就又想到了《组织部新来的青年人》和这篇小说给自己在思想上留下的那些难以忘怀的印象，越想就越感到"青春"这两个字的内涵意味无穷——也许，这两个字，会成为我暮年生活的闪亮起点，让我在那些重放的鲜花中，坦然而从容地继续前行。

李国文的短篇小说《改选》，写一个全心全意为工人群众操心办事的老工会干部郝魁山，遭到能说会道、空话连篇、唯上是从的工会主席的排挤，在改选时将郝的名字从候选人中去掉，结果在选举大会上，老郝却在热烈的掌声中以高票当选的故事。但就在这当选的掌声中，老郝却蜷缩在会场最后边的角落里悄然死去。此文刊发不久，就成了"毒草"，作者李国文也受到了批判。

20年后，李国文复出，又写出了很多很好的作品，曾获茅盾文学奖、鲁迅文学奖等诸多奖项，被称为获奖专业户。《改选》写的是工人生活，作品中的人物，在生活中举目可见，其艺术品位，能被文坛"国刊"《人民文学》放在头条，就可想而知。读了这样的作品，作为一个当过基层工会主席的业余作者的我，当然受益匪浅。然而，我更看重的是作者本身的文学情怀。写了这篇8000字的短篇小说的李国文，被下放到边远地区20余年，8000余天，一字一天哪——付出的代价何其高昂。然而，粉碎"四人帮"后，他很快在1980年和1981年连续出版了长篇小说《花园街五号》和《冬天里的春天》。接下来，又不断有大量的中短篇小说及随笔散文等作品面世。这让我清晰地看到了一个作家无怨无悔的精神境界，坚定不移的文学志向和宽阔坦荡的文化情怀……毫无疑问，这些都使他的读者感佩至极，赞叹不已。我这个既是读者又是业余作者，更是得到了鼓舞，坚定了信心……这深刻的教育，是我多年来都淡不去的怀念和忘不掉的过往——这是志向，这是希望，也是信心和力量。所以，我对小说《改选》和作者李国文的敬重都镌刻于心，成了生活中一朵永放清香的鲜花，人生旅程中的一个永远的记忆……

《小巷深处》的故事很简单：在运河怀抱的苏州古城一条小巷里，住着一个漂亮的姑娘徐文霞，这从小就没见过母亲的女孩儿，16岁被迫当了妓女。新中国成立后，经教育、改造和帮助，当了工人。她年轻伶俐，好学上进，表现很好，也很少有人知道让她感到屈辱的那点儿污斑。大学毕业的技术员张俊悄悄地爱上了她。两人相处很好，感情不断加深。这时，一个叫朱国魂的人，突然闯进了他们的生活。就是这个旧社会的投机商，第一次残酷地侮辱了这个16岁的少女。于是，这三个人——一个提心吊胆，害怕亮丑；一个真心求爱，纯情似火；一个老奸巨猾，恐吓讹诈……如此这般地演绎了一场并不复杂却很有悬念的恋爱故事……

陆文夫以善写闾巷中的凡人小事而誉满文坛。《小巷深处》不仅蕴藏着新旧历史中人物的复杂心理，而且大大拓新了现实主义题材的表现领域。更让我爱不释手的是他的文笔甜美生动，清隽秀逸，感人至深。那秋风中的白杨，婆娑的树影，河床中的睡莲以及细雨中青年男女并肩走在小巷石板地上的脚步声……都清新淡雅，情趣悠悠，将姑苏市景小巷的浓郁风情，描绘得逼真而生动，让读者神醉心融。第一次看到这篇小说，我刚满18岁，正狂热地幻想着步入文学创作的田园。正在这个时刻，《小巷深处》让我在春风中看到了"时代新人""真"的体现和秀丽的园林小巷，使心中的感悟与激动在周身弥漫开来，融于行进路程中的希望和力量，帮我固执而吃力地坚持了文学创作的心境和志向。不管在什么时节，苏州小巷里的那只艳丽小花，总是千回百转地在心底显现，时而也还会闻到那淡淡的幽香。

20多年的时光，多少人聚聚散散，多少事交替轮回……然而像《组织部新来的青年人》《改选》《小巷深处》这样的文化小花，却还照旧能让人嗅到甜美诱人的香韵，这实在是难能可贵。因而这本《重放的鲜花》在我心中的分量也就越来越重。为给它在书房安排个合适的位置，我竟在书房转了好几个圈儿，才将其放在了既不易被人看到取走，又方便我随时阅读的靠墙角的书架上。放好后，心还想：这书是不能丢的；回头看了看，自语道：看来是丢不了的。

大概过了三五年吧，我想起来要再看看《组织部新来的青年人》，但《重放的鲜花》不见了。我发动全家人帮忙，最终也没找见。到书店去买，到旧书市场去淘，在网上寻了又寻……都无结果。就这样——我很喜爱的这本书和曾经给了读者些许启迪的那些"鲜花"便悄然离去了。不管在年轮的转盘里还能不能幸运相遇，但回味中的那些甜，那些苦，那些惊，那些喜，总还在心中有一份温情，有一份灿烂和力量……

第三次丢的是《美在天真》

我每次去北京，都要去一趟西单书店。1999 年，在这里买到一本中国社会出版社出版的名为《美在天真：我钦新凤霞》的新书。此书由冰心、叶圣陶、艾青、萧乾、吴祖光等著，吴新研编。1998 年 4 月 12 日新凤霞去世后，海内外的报纸杂志发表了很多各界人士和群众情真意切、感人至深的悼念文章。本书收入的 100 多篇作品，就是从中挑选出来的。这年 10 月，由华君武、严文井、胡絜青、方成、黄宗江、丁聪、张瑞芳、秦怡等联名发起成立了"吴祖光新凤霞研究会"。这本书的编辑者"吴新研"就是这个研究会的简称。

西单书店的楼上楼下，各类新书浩瀚如海，我为什么看中了这本书呢？

流年岁月，时光荏苒，有些事，有些人，会渐渐淡忘。但在一定的环境中，一定的条件下，有些已经远去的过往，就会变成落英缤纷的诗行，成为情深意笃的歌谣，反复咏唱出感人肺腑的曲调。我买的这本书，每一章节，都写的是在波涛滚滚的时间长河里，闪烁着生命光彩的芳华永恒。在我看来，这就是一支生命之歌、深情之歌、感人之歌、永恒之歌……

我的祖籍在华北平原，距北京仅百里之遥。在当时的农村，文化生活还少，除了上学读书以外，就是听戏看戏，剧种主要是评剧。村里业余评剧团，有时遇到文字上的事儿，如念念剧本，抄抄戏词儿，往往把我叫去帮忙，于是我也就同剧团的人一起，成了戏迷和评剧皇后新凤霞的忠实崇拜者。

新凤霞，3岁被人贩子从苏州贩卖到北方，几经辗转，在天津一家大杂院的杨家落脚。为生活所迫，她6岁开始学京剧，13岁改学评剧。为挣钱养家，她下苦功，拼命学，14岁就担起了主角。中华人民共和国成立前夕，带领母亲和三个妹妹来到北京，在天桥戏班唱戏。

中华人民共和国成立后的十五六年内，她演的《刘巧儿》风靡全国，记得在我们老家那一带，就有"卖了窗户卖了门儿，也得看看刘巧儿"的说法。《花为媒》《祥林嫂》《志愿军的未婚妻》《杨三姐告状》《金沙江畔》，以及她自编自演的《艺海深仇》等等，毫不夸张地说，也都唱响了大江南北，赢得了海内外观众的热情赞美。评剧这个历史还不太长久的剧种，就在此时达到了鼎盛。于是，"新派"唱腔应运而生。"评剧皇后"的美称，在众多戏迷中广泛流传。在20世纪50年代传统戏曲艺术领域，新凤霞无疑是杰出的民族艺术家，其新派艺术的质量和影响力都毫不含糊地居于行业之首。

买这本书的第二个原因，就是书中文章的作者，有不少是我很崇敬的著名作家和文化界的名人，并且提到了这些人和新凤霞以及她的丈夫、著名导演、剧作家吴祖光的故事。作为一个文学爱好者和新凤霞的崇拜者见到这本书，岂能不买！

买了，看了，过瘾了，满足了，也就将书放起来了。

转眼到了2018年4月23日，央视综合频道直播了由中央电视台和中国图书评论学会联合主办的2017年中国好书颁奖晚会。节目由著名主持人白岩松和阅读形象大使李潘主持。让我非常震惊的是，2017年评选出的30本好书中，居然有《美在天真》这本书。我又惊又喜又疑惑，脑子甚至有点乱了——这太奇怪了？那书是1999年出的呀！这怎么可能呢？后边主持人又说了些啥，也没听清……

第二天，我就钻进书房找以前买的那本《美在天真》——又是个奇怪的事，用了两个多小时，书房里都翻遍了，怎么也没找到。我恼恨交加又后悔莫及地自语道："丢了，肯定是丢了——怎么丢的尽是好书呢？"但，世界万物有很多意想不到。一天，我在网上发现一则好书广告，其中就有《美在天真》。书的作者明明确确写的是新凤霞，还有个副标题：新凤霞自述。此书是山东画报出版社出版的。现在一切都明白了，这本评为2017年好书的《美在天真》和我以前买的那本《美在天真》是同名，但不是同书。于是，我立马就在网上买下了这本新出版的《美在天真》。

《美在天真》汇集的35篇文章，都是新凤霞生前以自身生活为题材的纪实性文稿，还没来得及出版，她便去了天堂。在纪念新凤霞90周年诞辰之际，山东画报出版社为广大读者和新凤霞的海内外崇敬者奉献了这本好书——《美在天真》，与以前那本《美在天真》共用的这一个书名，是前辈著名诗人艾青对新凤霞的评价。他有一篇纪念文章，题目就是《美在天真》。

读了这两本书以后，才慢慢感觉到，"美在天真"的核心是"美"字，而且是真美，不虚不假，实实在在的美。不少人都说，不少文章都写：天地间的圣洁、灵秀、灿烂、亮丽、朴实、刚强……都钟情于她一身。无论是见她的人，还是看她的戏；无论是读她的书，赏她的画，都像是看到了出水芙蓉，欣赏了空谷幽兰。她那脆亮、清丽、柔和、婉转的音色和唱腔，每每给人送上的是舒缓松快和情愫蔓转的甜美与享受。大家共同的感悟：她就是美的化身，从外到内，集中了所有美的元素。为什么会有这么多发自内心的真情盛赞？我想，每个人的回答也许并不完全一样，但有一点是一致的，那就是这位经历崎岖坎坷又集著名演员、作家、画家于一身的新凤霞，告诉了我们"美"字的内涵。当然，由于人们的身份、年龄、爱好甚至性别等各方面的不同，对内涵的理解会各有侧重或差异。就我这个评剧新派的爱好者、新凤霞作品的忠实读者和多年的业余作者来说，对她这个"美"字理解的侧重点，是在以下这些方面：

新凤霞幼小时，身世不清，连生日也不知晓。填写结婚证书时，是老舍先生给定为农历腊月二十三日，阳历 1 月 11 日。她没上过一天学，6 岁学戏，完全靠记忆背台词，经历的磨难，付出的艰辛，都难以想象。这也成了她后来写作的重要内容。

新中国成立后，在第一次文代会上，她认识了清华大学的两位教授。不久，老舍先生由赵树理陪同看她主演的《小二黑结婚》，从此，她与这些文化界前辈开始了真挚的忘年交。向这些老师学文化、认字、学艺术……1957 年从扫盲班毕业，她的两篇散文《过年》和《姑妈》在《人民日报》发表，获得了前辈叶圣陶、冰心、夏衍、艾青等名家的一致好评。同时，她主演的评剧《刘巧儿》，也已拍成电影在全国上映。再加上赴朝慰问志愿军后，演出的《志愿军的未婚妻》以及经她三次到河北滦县访问杨三娥后，加工整理的《杨三姐告状》等剧目，将评剧艺术推向了前所未有的高峰，也使"新派"唱腔叫响了山河大地，誉满海内外。

就在这时候，她的人生旅途发生了重大转折。1957年，她的丈夫吴祖光受到批判，1958年被下放到北大荒劳动。文化部的一位领导，找新凤霞谈话，要她划清界限，与丈夫离婚。她说："我不离。"那位领导又问："你等他多久？"她答："王宝钏等薛平贵18年，我等他28年！"这之后，她就在评剧院被监督改造。上场前，要抬布景，搬道具，散场后，别人走了，她得扫地，擦玻璃，洗厕所……但她不能不出场演戏，因为她不演，卖不出票，会影响剧院收入。就这样，她刚强地坚持着，一天又一天，一年又一年。1966年8月25日，她的左腿半月板被打伤，落下残疾。1968年以后，她被迫在地下20米深处参加挖防空洞的体力劳动，达7年之久。1975年，又要她去平谷县劳动，在出发前晕倒。医院误诊为脑溢血，两年后才确诊脑血栓，从而造成半身瘫痪，终身残疾。这时，她才47岁。

1978年，吴祖光、新凤霞的问题彻底平反。这以后，她积极、乐观、顽强地锻炼身体。在丈夫吴祖光帮助下，以惊人的毅力和从不屈于任何苦难的高贵品格，执笔写作和绘画。从1975年到她去世前，没有进过一天校门的新凤霞，克服了身体的、心理的和文化的重重困难，吃力地也让人惊讶地完成了她从演员到作家、画家和导师的历史性转变。她的房间里，靠窗一面是一张小书桌，桌上有一本《新华字典》。平日，她总是坐在小桌后写那风格独特的文章。身后，是一张大画案，转过身去，便能画她那色彩鲜艳的写意画。她每天早早起床后，洗漱完，便坐在小桌前写呀写……累了，就转过身去，换换姿势，在那张画案前，画呀画……就这样坚持了23年之久，写出了400万字的散文作品。我找到她生前出版著作一览表，数了数，整整20本，加上2017年好书

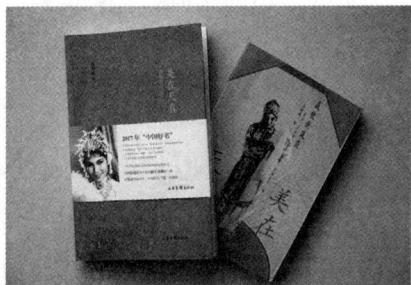

《美在天真》

《美在天真》，实际该是21本。

新凤霞的写作，不仅数量多，而且质量高。无论是写童年记事，梨园旧影，还是写天津的南市，北京的天桥……都是她亲身的经历，内心的真语。文字朴实无华，感情真挚感人。难怪叶圣陶、冰心、严文井等文化名家，都愿意为她作序；丁聪、方成等画家，也愿意为她配画插图。叶圣陶说她是"以我手写我口"，萧乾说，"她是本世纪自学成才的头号模范"。

中华人民共和国成立初期，新凤霞曾向齐白石学画，但当时她忙于演出，不常有空余时间作画。80年代重新拿起画笔，同她的文学作品一起大获丰收。她的绘画也自成一格，由她作画、吴祖光题字的作品达1000多件。1995年《吴祖光新凤霞诗书画集》出版。他们的书画展，1994年2月在北京开幕，后在香港、台北、新加坡、法国和美国等地展出，赢得了世界性

盛誉。1977 年，纽约美华艺术协会林肯艺术中心授予吴祖光、新凤霞"亚洲最杰出艺术家终身成就大奖"。

新凤霞曾是第六、七、八届全国政协委员，中国戏剧家协会理事，中国作家协会会员，中国评剧院艺术委员会主任。

世界杰出的女演员、女作家、女画家多到数不胜数，然而，像新凤霞这样在戏剧、写作、绘画三大领域都取得卓越成就，做出突出贡献的能找出几个？所以，戏剧评论家陈国福等不少人都得出了这样的结论："古代西方有断臂维纳斯，当代中国有腿残新凤霞。"这样的比喻实在是贴切至极。维纳斯是爱与美的象征，怎么理解新凤霞的美？还是翻开那两本《美在天真》吧。读书读人读自己，耐心读，认真想，细细悟……一定会在那个"美"字中感悟出味道来。但一定要细心将书保管好，丢了书，往往就会丢了精神——这是我丢过三本书的教训。

2018 年 7 月

我的书房　我的沉思

　　管理图书是门儿技术活儿，在评定职称中，就有"图书管理"这一项。年轻时，因为家里房子不大，书也不是很多，我觉得管理得还算可以。衡量的标准，其实就三个：一是想看什么书，用什么资料，能很快找到；二是自家书房虽小，也应是书香四壁，对阅读有点儿诱惑力熏陶感；三是不管书多书少，都该有点儿美学价值，看上去顺眼、畅快。那时，我那小小的书房还算清静素雅，看书和写作时，往往还有些舒适感，甚至还有点儿获得感。客人来了，也经常能听到一些赞扬。对我那时的书房，作家苏华曾写过一篇散记，名为《书房》，其中有这样的描述："在极其简朴的两三间居室里，最大的一间房子便是书房。靠墙有四个旧书橱，一个大部摆放的是不同身份、不同年龄、不同层次的文友赠他的个人书籍，排列有序，足见他对所有赠他书的文友的珍视；另两个书橱则存放着不同时期出版的中外文学名著……看过黄树芳的这些藏书，感觉很是一般，不过是一个普通写东西的人起码应备的一些书籍而已……事过一年，我又到了黄树芳在平朔生活区的居室，上了二楼，才发现这里有着比大同那间书房更大得多的书房！一张很大的书桌背后是四个令我羡慕不已的漂亮书橱，左侧另有两个书橱。这些书橱里的书与大同的那些书相比，有着种类上的不同……黄树芳坚持业余创作 40 年，这漫长的读书、买书、写书的播种期，最终在他的书橱中有了收获的果实。"苏华的这篇文章，原载于上海《文汇读书周报》，时间是 1997 年 11 月 22 日。

众所周知，这前后的一段时间里，正是我国文学创作和出版事业大发展的年代，也是我书房进书最多的时期。像《中国大百科全书》《中国古典著名小说百部》《世界文学名著珍藏本》等系列丛书，每套均在十到百余册，这些书摆到书房后，便大大拓展了书房的精神空间。这期间，《鲁迅全集》《王蒙全集》（10 卷本）以及山西的赵树理、马烽等作家的全集或选集也都相继出版。对这些书，我都是怀着喜悦的心情，也很快以

1997 年 11 月 22 日《文汇读书周报》刊登苏华文章《书房》

购买、受赠或朋友转送等渠道先后搬进了书房。年轻时，我就爱看书爱买书，还经常到旧书市场去淘书，每得到一本想看的书，都很欣喜，甚至很振奋。但没有想到，在不知不觉中，出现了一种新的情况——不但书房里已经拥挤不堪，就是阳台、窗台、房角以及卧室的箱箱柜柜上，也都堆满了书，弄得家里是乱糟糟一团。这样一来，苏华写我书房时的那种清雅整洁的景况，也不知什么时候已经无影无踪。更重要的是想要看的书，想要用的资料，往往不能马上找到，甚至将很心爱的书莫名其妙地丢掉了——看来，图书管理千真万确是一门技术活儿。这不仅需要细心和耐心，似乎更需要时间和精力。可我显然做不到这些。面对这混乱的局面，特别是写作中找不到资料时，有时就生气，就急躁，但又束手无策，无可奈何。

车到山前必有路——几年后，我又搬了一次家。这次装修，我将主要精力用在了对书房的设计上，决心要改变书房中那种杂乱不堪的面貌。

这次的书房，还是设在了二楼，面积约 30 平方米，靠两面主墙壁，都精心设计配置了顶天立地的书橱，每架书橱分了七格放书层，刷油晾干后，洁净明亮，看上去倒也赏心悦目。我与老伴儿，还有朋友帮忙，用了两三天时间，将这些年在原书房和

黄树芳在个人的书房

187

犄角旮旯堆放的那些书，统统倒腾出来，按书的内容和版本儿大小，整理排列，并反复推敲，做好了规划。然后，搬梯上凳，让那些样式繁多又高低不一的图书，按设计要求，分别到各自应去的书橱，以排位入座。

这项工程很杂乱很累人。那时，我已是古稀之年，干完后，真的是腰痛腿酸胳膊软，全身就像散了架。我和老伴儿说："这营生，以后是绝对不能再干了。"老伴说："想干也干不了了——这次也多亏了小于和大李他们帮忙。缓两天，咱得请人家吃个饭吧。"我说："那当然。要好好谢谢人家。"正巧，说话间，小于和大李也进了家门，说是看看还有什么要做的，再帮着收拾一下。他们也没在客厅落座，说着话径直上楼进了书房。

整理完书房，大家都很劳累，也没顾上仔细看看自己这劳动的成果。今天一进屋，谁也没说啥，就仰头弯腰地端详着这个越看越让人觉得还算有些"容颜"的书房。大李一会儿抚摸抚摸闪光的书架，一会儿又摩挲几下那些成套的精装书背，然后赞许地说："真心宽眼亮呀！"小于说："我长这么大，第一次见到这么多书。"——大李和小于都是技工学校毕业，一个是司机，一个是电工，都是我的好朋友。

这时候，老伴儿已经沏好了茶水，我

黄树芳与夫人周秀芝在整理后的书房里

188

说:"快都坐下,喝口水,缓缓吧。这些天,多亏你们帮忙,要不,这书房,再有一个月也整理不出来。"大李并没理我的话茬儿,他指了指那排列整齐的《中国大百科全书》,转过头来问我:"这书你能看得过来呀?"我说:"这书不是看的——是'查'的。天上地下,山南海北,古今中外,人文景观,各行各业吧。有啥不懂的事,需要查的,就得查查。我写东西的时候,就经常要用它。"说着,我顺手又指了指和百科全书并排的《国史大辞典》《中华文明大博览》等辞书,说:"这些都是工具书,查资料的。"小于说:"黄叔,不管是查,是看,您上年纪了,得'悠着点儿劲儿'。年纪不饶人哪,别太累了,得注意身体了。"我和小于的父亲一起工作过,他一直叫我黄叔。可这么多书摆在这儿,有好多还没顾上看,进了书房就着急,就像有瘾似的,总是想看。有时候,看到那些设计典雅又漂亮的封面,心里就觉得甜丝丝的;再翻看翻看,嗅嗅那甜美的书香,全身都舒适松缓。翻翻看看,也不一定马上就能看下去,但这本身就是一种享受,一种乐趣。所以,往往是进了书房就不想离开。

我还没想好应该如何回答小于的问题,大李也站直身对我说:"小于说得对,都七八十岁的人了,千万不能整天钻在书房,没明没夜地看哪,写呀——不是时候了——先得保重身体呀。"我想了想,觉得他们完全是为我好,难得人家这份好心,便说:"说得对,你俩这警钟,敲得好呀!我真的该认真考虑这问题了。"大李又补充了一句很是让我动心的话:"这书房这么多书,看不完也不怕,摆摆样子,装装门面,大家看了也挺舒服。"我说:"尽力多看吧。"他又有意无意地说了一句:"看了,能记住？"这句话的内涵，当时我没吃透，也没回答。

后来，当我独自一人坐在书房静心深思的时候，小于和大李他们提的问题，又都轮番在脑海里翻转起伏：自己从上小学开始，村里人就说我爱看"闲书"，还经常受父亲的训斥，但这"毛病"却一直没改。几十年来，不管是在岗位忙工作，还是退休后看书写作，也不管是年逾古稀，还是将至耄耋，书，都是我的最爱——从爱书、买书到看书、写书，这书早就成了我生活中最重要的内容。我不懂藏书的学问，但在这几十年的生活中，稀里糊涂地也就藏了这么多书。在岗的时候，又要搞好工作，又要坚持写作，还得见缝插针读书看报，这使自己经常是处在紧张而疲乏的状态。那时，总是想：退休后就好了，退休后——一定将那些该看而没顾上看的书都看了……可是，事实并不是想象的那样。到现在，退休已经十五六年了，那些该看的书，还是没顾上都看。加上每年新买的书，淘来的书，作家朋友们惠赠的书，没顾上看的书反倒是愈来愈多。在大李和小于刚帮我整理的这间书房里，一眼就能看到那些还没有看过的各种版本的图书，它们都默然无语，静静地或许还是焦急地等待着我这个喜爱它们的主人，去抚摸，去翻看，去阅读，去领悟其中的才智，吸吮字里行间的精华……此时此刻，此情此景，我坐在这里，心潮起伏，思绪万千——岁月的辛劳，流年的风尘，刹那的芳华，都成了暮年的回忆。

小于他们让我"悠着点劲儿"的建议，很诚恳，很现实，甚至让我感动。人常说，"岁月不饶人"，虽然自己也常和别人一起念叨：老了，老了，但整天都忙的是看书、是创作、是发表、是出版，一直没有认真想过，时间已经在鸦雀无声中悄然将小黄，变成了老黄和黄老爷子，目前又成了黄老。我却还浑然不知岁月已经毫不客气地将自己推到了奔向"耄耋"平台的阶梯上。小于他们也许并不一定知晓"不知老之将至"这句古语，但却非常及时地将我提醒，现在应该实实在在地意识到自己是真的老了。在静思遐想中，举目四周书架的那些书籍，在脑海深处用劲儿地打捞这方面的底蕴和内涵，看能不能消融既要"悠着点劲儿"，又能坚持看书和写作的难解之题。

除了让我"悠着点劲儿"，注意身体，大李还提到两个问题：一是"这么多书你看得过来吗"？二是"看这么多书能记住吗"？这问题，也是他内心的怀疑——这些书，会不会只是装门面，摆样子的。这个朋友将内心的话很直白地说出来了。或许，这还不光是他一个人的想法，无疑，这又在我心中增加了一道时隐时现的阴影，也需要用心分析，认真对待——这书房，不能给人一种装门面摆样子的虚假印象。

人在世间，尘事繁多。走过青春，经过坎坷，有过激奋，遇过迷茫，这些苦辣酸甜的味道，总是交替而来。往往是难点过后，才会明白，原来生活中还有更美好的起点。这起点，就是前行路上的坡儿和坎儿。爬坡儿过坎儿，当然需要大的付出大的辛苦。人这一生，也许是必须走完春夏秋冬和苦辣甘甜的全过程，才可能谈什么一生的缺憾或无憾……

回想读书的情况，国庆十周年前后出版的那些小说，如《青春之歌》《红岩》《三里湾》《创业史》《红旗谱》等长篇和"山药蛋派""荷花淀派"一些作家的短篇，大部分都挤时间看过，书中的一些人物和故事也还都有比较深刻的印象，实事求是地说，还真受了不少的教育。当然，那首先是因为作品的魅力，同时也因自己年轻气盛有朝气有毅力，能见缝插针挤出时间来，还往往将自己与书中那些"好人"对照；20世纪80年代，是中国当代文学史上异常光辉灿烂的美好时代。当时的作品，也读了不少，还在阅读中动过情，掉过泪。那是因为自己也有过作品中的那些人物的感受甚至是伤痕。记得曾写过一篇短文，题目是《读书·读人·读自己》。其实，读书的关键就是读自己，这大概就是能不能挤时间看，能不能记得住的要害。现在《中国小说五十强》《小说月报年度获奖作品集》等丛书，都在书架上整齐地排列着。看着那些纷繁各异的文学作品，回想那些贯穿着历史背景的生动故事，感到很欣慰很愉悦很甜美，甚至有一种无名的力量和激奋。于是，便站起来到书架前用手摩挲那些印有书名和作者名字的书脊，打捞以往看书的记忆之影。可也就是在这时候，心情竟又觉得不安并慢慢沉重起来——《中国古代经典小说百部》，自己只是看过人们常说的那"四部"；《中国古代孤本小说集》，还有《世界名著珍藏本》《世界著名短篇小说集》等，这些印制精美且早就购置到手的多套丛书，几乎都是看了每套中的一两本，有的甚至一两本也没看；至于《百年首脑风云录》《话说中国》《世纪档案》等那些整套的社科类丛书，读得就更少。

我在书房里转来转去，浏览着那些已经看过甚至变色发黄的和还没看过的各种书籍，忽然有些阅读岁月也沧桑的感觉。坐下来，静下来，面对着这刚刚整理出来的书房，想到朋友们直接或间接提到的各类问题，似乎有些茫然、惶惑——到了这个年龄段，大家都在想长寿，谈养生，我对那些没读的书，还有青年时代的那股朝气那股劲头去读吗？读了，还能记住多少？创作呢？每天还有多少敲打文字出作品的精力？这时，我好像处在了自身重重的矛盾之中——现在没有了年轻时的旺盛力气，但又忘不了自己对文学的挚爱和以往对岁月的贞诚，那些发黄的旧书，那些未读的新著，似乎也都在书架上向我叙说甚至是呼喊着什么……

中华民族数千年的文明史，之所以延绵不断，如长河之水，滚滚向前，已成为全体国民奋力建设伟大强国的精神力量。其法宝，就是读书之道。

人的一生，每个阶段都离不开读书学习。我们的老祖宗在这方面的教诲有很多很多。清代江永在《近思录集注》卷二中的"人不学便老而衰"——这句只有七个字的简明而又易懂易记的经典名句，一针见血地说在了我心坎儿上。欧阳修在谈写作之道时所说的"无他术，唯勤读书而多为之"的名言，也已成为我的人生坐标。

当今，青春虽逝，年华似水，余日不多，应倍加珍视。余晖应该是灿烂的，阅读和写作无疑都是辛苦的，同时又是愉快的甜美的。林语堂说："优雅地老去不失为一种美感。"要在老去的行程中活出美感来，首先是不能停步，而且要有信心有朝气，迈着坚定的步履继续前行。这大概才能闪现林语堂所说的优雅，体现出那种老去的美感。有人说："法国女人20岁活青春，30岁活韵味……七八十岁就成了无价之宝。"日本诗人柴

193

田丰，92岁开始写诗，98岁出版诗集《人生别气馁》。她说："人生，不管到什么时候，也还是要从当下开始。"我国著名女作家、翻译家杨绛百岁后，仍写完了长篇小说《洗澡》的续集《洗澡之后》。被称为汉语拼音之父的文字学家周有光老人99岁的时候，在《百岁新稿》自序中写道："'朝闻道，夕死可矣'，这是最好的长生不老滋补品。希望《百岁新稿》不是我的最后一本书。"这些朴实无华的言辞，卓著感人的业绩，明丽素颜的气质，阳光亮眼的心态，让我从眼前的生活中，很实际地看到了怎么样才是优雅地老去，才是灿烂的余晖，才是动人的美感。

朋友小于和大李，关于"悠着点儿"的提醒，很真诚很现实也很感人，我很感谢他们，也不会忘记这句善意的知心话语。怎么"悠着点儿"？这里的关键是择书而读。阅读，要根据自己的精力、时间和需要等情况，量力而行。但是，一定得尽力而为。读书学习是终生的事，年轻时不能停步，到了古稀，进入耄耋，也同样不能含糊。如稍有懈怠，就会"便老而衰"。怎么能"老而不衰"？怎么能"优雅"和有"美感"？看来，我刚刚整理出来的这个书房，今后，它将要承载着我未来行程的重负，孕育出新的阅读和创作成果。但愿在这里，真的会看到"老而不衰"和"优雅老去"的那种不失为"美感"的景况。

愿以此文作为自己书房的路灯，照我前行。

2017年国庆节初稿

2018年重阳节再改

退休的记忆

　　20 世纪三四十年代出生，五六十年代参加工作的人，大部分是 90 年代或新世纪初退休。以前也有人退休或离休，从社会到企业，人数不多，又有以前人事劳动部门的规定，没引起社会多大的反响。时间到了世纪之交，退休这件事，就逐步摆在了建国初期参加工作的那一大批人面前。不管什么事，涉及的人多了，就会成为社会现象。当时，企业职工退休，是条条管（主管企业的上级单位）还是块块管（属地所在地区），还没个准确信息，大概上级还在研究吧。但小道消息很多，又说法不一，传说不断，把不少人的思想弄得七上八下、惶惶不安。那段时间，不管是茶余饭后，还是街头巷尾，不管是会内会外，还是上班下班……都有人悄悄私语，交流思想，表述忧虑，甚至个别人还发点儿小牢骚："到了吗？还差半年；有什么打算？走一步看一步吧；什么事都得具体分析嘛，我有我的情况，就是不想退……"甚至还有人编出了一些顺口溜：

五十八九岁，天天想着退，工作不安心，晚上无法睡。

辛辛苦苦半辈子，过的都是穷日子，改革带来高工资，又要马上离位子。

在台上，人们扬头看；下了台，人们斜眼看；回了家，没人再去看。

人一走，茶就凉，社会世俗无法挡。

我为什么听了这么多的私下议论呢？

第一，我也在这个年龄段，有些人甚至是一起参加工作，又一块儿工作了多年，知己者亲，又心病相连，有些心里话，对机会总是想在一起唠唠；第二，我当时搞工会工作，同时还兼管干部处的事，这两项工作都必须联系群众，群众的心里话，找我来说，也理所当然，名正言顺。有人遇见就拉住，想说说心里话；有的直接找上门来，想讨个说法。对此，我都热情地对待，真心地交谈。对方说真心话，自己也不虚不假，实话实说。所以，在这方面我听到的反映就多一些。

其实，我心里想法也不少。但是肩上的担子很重，一点儿都不能出差错。当时，企业的管理体制还是以前延续下来的——干部和工人分开管理。干部的退休工作由干部处承办。对当时的这些情况，我不止一次地向上级有关部门都如实地做过汇报。回答是：这些问题比较普遍，上边的好几个部门都在研究，但还没有具体规定。对他们的意见，尽量多做思想工

196

作，稳定情绪，等待国家统一政策。

多做思想工作，这句话肯定是正确的，什么时候都得做。我参加工作几十年，一直是搞思想工作的，可现在面对包括自己在内的这么多的活思想，该怎么做？找领导汇报过，和有关部门商量过，但由于新情况新规定新政策，还都没下来，一时都没有什么好办法。开了个小型座谈会，讲了讲一般的道理，显得空洞乏味，效果不佳，有的还讲几句怪话，甚至起了副作用……那段时间，对此事我尽量回避：不主动提出，别人议论，尽量岔开或躲开。这是个没办法的办法，说深刻一点儿，这是逃避问题，肯定是错的。有一次和党委书记汇报工作，也谈到了这些情况。他对我的做法有些同情，但没说同意，只是提示了一句：先想想自己，自己想通了，再说工作。又有一次，市里一位和我同岁的散文诗作家钟声扬找我来聊天，无意中就谈到了我们的年龄，接着又谈到了《论语》，谈到了人们常说的"五十而知天命，六十而耳顺……"我们相对哈哈大笑，都十分感慨时光之快与生命之短！自然，还谈到在作品里该怎么反映这些感触……真没想到，书记那一句有意无意的提示，与老钟在谈笑中对时光和命运的感触，对我当时那烦乱、恍惚甚至有些迷惘的思想和心怀，真还起了驱云散雾和点穴提神的作用。

冷静一想，真的是得先思量思量自己——自己不是做过多年的思想工作吗？不是读过不少的书吗？不是常说，要求别人做到的，首先自己要做到吗？不是也写过"读书读人读自己"吗？自己现在该是个什么样子？如果真要写个作品，那文字里该是什么样的心境什么样的情感呢？当前这些泛论，集中反映的是我们旅途中一个躲不开绕不过的重要驿站——退休。到站了，就得下马换车上新路。说到底，这涉及的是人生话题，毫不含糊，自己现在首先是要思量思量这个很实际又是核心的问题。于是我想到了《论语》，想到了"知天命、耳顺……"那些反复说过，但没认真想过的名言。

我再次翻开《论语·为政》，对孔子那段关于人生话题的论

黄树芳在孔子行教塑像前留影

198

述，逐句逐字地读，逐句逐字地想。其实，那段话总共才 38 个字。就这 38 个字，将人生从幼年到老年的全过程都说到了，而且对人生每个阶段的特点和要注意的事情，也都说清了。我感到，开头那一句，应该是最最重要的，或是说，那是为人生打基础的一句。"吾十有五而志于学"，十五岁而志于学，这里说的不仅是十五岁开始学，开始做学问，要注意到是"志"于学。要立志呀！说白了，就是一辈子都得学。经过十多年的学，三十才能立。立，也不能只理解是成家立业，像有人常说的房子、车子、位子等等。要全面理解这个"立"字，主要的还是要在思想精神方面，能独立思考问题，确立人生的方向。就是说，人到三十，在各方面都可以自立了。可以超乎功利去奔方向奔目标，去做事情了。在这个基础上，才能遇到问题而不疑不惑。

而立以后的二三十年，人们常说是正当年，也就是中年。这个阶段，工作的担子很重，家务事很多，周际环境复杂，社会活动频繁……中年总是很紧张，总是很繁忙，这也是一个人对国、对家、对人民做贡献的最重要的时期。所以"不惑"这两个字，是不能忘记的。只有不惑不移，才能挺胸前行，闪烁出中年之美。

此时，我已是五十八九的岁数，所以对"知天命"和"耳顺"的内涵就琢磨得更多一些。对如何步入"退休"的这个驿站，想得更多更细更具体。这个问题眼前带有普遍性，从哪方面讲，我都该认真学习，深刻思考，尽量理解得深刻一点，通达一点。这大概也是知天命的一个见证。

五六十岁的年龄段，是从中年走向老年的过渡期。到这个时候，最好是回头看看自己走过的路。在回头看中，感悟人生，理解人生。这大概是知天命的一条重要途径。这时往往就会认识到：生活就像山间的路，海中的舟，路得靠自己走，舵得靠自己把。所以到这个年纪，就特别要"耳顺"——什么话都得听，听了，还得理顺。要理顺，得辩证地想，辩证地看。想过去，更得看未来；顾私，更得顾公……而要能做到这些，说易也易，说难也难，关键是看一个心字。心正影不斜，一切问题才能看准、理顺。这时，想起和我同岁的那位散文诗作家钟先生的几句散文诗：

> 太阳问我：
> "你是怎么走过来的呢？"
> ——我找不到语言：
> 我袒开胸膛，
> 向太阳捧出了自己的心。
> 太阳笑了，送给我一支金笔，
> 说："写诗去吧。"

这时候，我很开心，很高兴，很激动，甚至有点儿心花怒放，好像对过去、对眼前、对未来都心明眼亮起来，真可谓激情满怀，乐不可支。激动之下，真的就写了几首小诗，将当时的所思所想所喜所忧，一股脑儿都写出来了。名曰《退休吟》：

一

烟云飘然去，

往事无影踪。

是非你与我，

眨眼一场空。

二

迈步走下台，

扩臂展胸怀。

人间炎凉事，

自此全看开。

三

官场远离去，

悲喜共萌生。

不愁孤老事，

却忧世俗风。

四

年到五八九，

征程到关口。

公私大交战，

且看如何走。

昂首清廉步，

贪事不伸手。

多唱正气歌，

邪心不可有。

五

清风两袖是与非，

五十八九细思维。

2001年5月29日，《山西日报》文艺副刊

信念一生公字立，

廉明半世为了谁。

时光写下退休表，

历史铸成公字碑。

回首苦甜酸辣事，

可对天地说无悔。

老实说，我不会写诗。以前写过，很不成功，后来就不写了。这几首不像样子的顺口溜，只是将当时的激动之心和畅快之情随笔记录了一下，放在抽屉就过去了，也不会有人知晓。不过，这总是退休前的一段思想过程，至于这些思想这些情感对与否，那还要继续思考，也还要以后在实践中验证。

没想到过了不到一个月，《山西日报》文化部主任和一位记者，来单位采访，同时也是听说我要退休的事儿，想来看看，大概是怕我有什么想不通吧。都是朋友嘛，总是惦念着。我顺便就将那几句顺口溜交给他们，说："这就是我的思想——我现在正想找人帮助，正好请你们开导开导。"他们看完后，很高兴，说："我们还怕你想不通，看了你的诗，知道你心情不错，对过去，对退休，对未来都看清了。这诗，我们带走吧。"我说："这哪是诗呢！当时心情一激动，就写了几句顺口溜。"他说："就是要的这种心情，这两年企业退休的人挺多，这诗正是时候。"就这样他们便将这几首所谓的诗带走了。一个礼拜后，就在《山西日报》文艺副刊见了报（2001 年 5 月 29 日），也将我当时的活思想亮了相，读者会有什么想法，心里也没底儿，反正发了，谁愿说啥就说啥吧。

这诗见报不久，在我们办公楼走廊，遇见了市委一位副书记，他握着我的手说："你那诗写得真好。我知道，干部退休最怕世俗风，不只是人走茶凉，还有各种难办的事，难看的脸，难听的话……"这位副书记当过组织部部长，对干部比较了解，我们也很熟悉，相信他是真话。"我说："我很快就退呀，有思想准备。一定会正确对待那些世态的炎凉和人情的冷漠。"说罢，我们都笑了。

按照干部管理权限，上级批准我的退休函于 2001 年 10 月下达。接到通知后的第二天上午，便请小车库两位司机师傅帮我用两个小时收拾好了办公室，将两箱书送回家去。然后，我就到公司办公室交了钥匙。如此这般，和这座工作过 15 年之久的办公楼，轻声地道了声拜拜，便转身离去了。

右起：焦玉强、苏华、黄树芳、胡占亮、安志东

一个礼拜后，由在工会机关工作的几位同志自发组织了一个很小范围的座谈会。这次活动，策划和安排得清雅而高洁，气氛不能说轻松，但也不沉重不茫然。人们情真意切，实话实说，不虚伪，不世俗，不讨巧。坐在当下，看到未来，谈了希望……我和新上任的工会主席并肩坐着，静静地听，都没讲话，偶尔插几句，也就是表表态吧。

参加会的还有几位外单位客人，一位是前些天来过的《山西日报》副刊部主任焦玉强；一位是《中国方域》主编苏华；还有在朔州市银行工作的胡占亮和小车库工作的安志东。其实，也没有人通知他们，但他们还是很准确地得到了信息——据说苏和焦早早就离开太原赶路了。他们坐在会场的边角，始终都没有说话，但在听发言的时候，我从表情看到了他们的心情。他们是怕我在"退休"这个道岔口，心情不舒畅，影响身

黄树芳退休时，与公司工会同事在一起

体，是来给我送精神送安慰送力量的……我当然很感谢也很感奋，但我控制着感情，一直也没有对他们说什么，他们也不需要我说什么，那就将这份情分，装在心里吧。

人这一生，在沧桑的岁月里，会遇到花样繁多的世俗，也会接上真挚无私的情谊。在历史浩渺的烟波中，浮华轻飘的世俗会有变异，但不易消失，唯有清甜深厚的情谊会永驻人间永暖心田——日久天长不变，升任降职不变，离岗退休也不变……人生在世，多么需要这种情谊呀!

在我退休后两三个月的时间内，三次与散文诗作家钟声扬相聚。几乎每次都谈到年龄和退休，人生和命运；每次都讨论甚至争论人生旅途中"七十而从心所欲，不逾矩"那几个字。最后认定，到我们这样的年龄，更要牢记人生应有的淡定、从容、大度和仁爱。无论在什么情况下，都要注意不能忘了往往被人忽视的"不逾矩"那三个字。

就在我退休前后，国家已经明确规定，企业的退休工作由所在省统筹，各项具体政策也不断下达，这方面的各种猜测和议论，逐步消失，退休工作已步入了正常轨道。

2019 年 4 月

我说王德志

2014年12月7日,《朔州开发报》主编郭万新来电话,说罗国柱先生去世已经两个多月,准备组织一个版面的悼念文章,计划让我写一篇。我想这是完全应该的,但我手头有一篇纪念巴金110周年诞辰的文章,还没脱稿,便问他什么时间要。他说18号以前。这样算来,时间太紧。我犹豫了一下,还是答应了。心想和老罗相处多年,在文化上没少打交道——有时候,我读书遇到难题,就给他打电话请教;有时观点不同,两个人还会争论一番。他是我们单位报社总编,古今中外的杂书读得挺多,知识面广,书法也不错。在我的心目中,他就是我们单位的文化古董。自参加了他的追悼会以后,还经常想到他,也曾想写点悼念他的文字。但是写这样的文章太伤心,太痛苦,有时写着写着就掉泪⋯⋯所以一直没动笔。这次开发报约稿,怎么说也是要写的。12月11日,我停了那篇没写完的关于巴金的文章,开始回忆老罗:在我担任朔州市作协主席的

20 年间，他一直是作协秘书长，我们互相帮助，配合密切；在他担任《平朔露矿报》总编时，也常来找我商量诸如办纪念专版、小品文竞赛之类的事项；他还对我那些年有稿不给《平朔露矿报》，进行过很严肃的批评，说我看不起他的这份小报。退休后，他编写矿志，和我也还是经常往来，相互启迪……想到和他的屡屡交往，想到他的作品，想到他的人品，想到他的耿直，想到他酒场上的豪情……特别是想到他离开平朔的前一天，不知怎么就那么巧，我和另外一人聚在了矿志办公室。老罗自然是主角儿，我们谈矿志的编写，扯煤炭的形势，聊文学的走向，也说到他的身体。他说刚去医院做了 B 超，前列腺稍微有点大，其他无大事。还说第二天他就去上海做全面检查。说完，先离开了办公楼，我们送他到门口，看着他消瘦的背影在微风中远远走去，心中默默为他祈祷：祝他健康归来。但是还不到两个月的时间，就在报纸上见到他不幸去世的讣告。想着这些，我不断地在书房转，眼泪几度要涌出眼眶，打开电脑，欲写又停，一天过去，竟没写出一个字来。真是痛苦不堪。

第二天，12 月 12 日，我下决心：今天无论如何要把悼念老罗的文章开了头。但是万万没想到，文章还没写，就接到一个电话，说：王总——平朔公司原总经理王德志 9 点 50 分走了。老天呀！你为什么这么不公？把这些揪心刺肺的事都同时洒到人间来？我痛苦万分，又不知所措，脑子乱极啦！现在该干什么？继续写老罗？一点情绪也没了。去王德志家——他刚闭眼还不到一个小时，是时候吗？在这烦躁无比的时候，我高喊夫人周秀芝的名字，她赶紧上楼来，问有什么事。我告诉她王德志去世的消息，她说我们快去看看吧。我说现在人家正忙，咱们两个老人过去只能添乱。周秀芝（同辈人都习惯叫她周大夫，我也这样称呼她）和王德志的关系比我还多了一层：他们是画友，常在一起品味画作，学习绘画艺术，商讨绘画计划……北京的一位朋友曾送我一册制作精致、汇集了众多名家精品的大开本画册，周大夫本来是很喜爱的，但就是她提议让我把这本画册送与了王德志。从此我更理解了他们画友间的情谊。现在，王德志离世了，作为他的画友，周大夫的心情也许比我更沉痛。我们在沙发上默默地坐着，偶尔说一两句话，也都是围绕王德志的话题——这个话题不断给我们带来沉痛的思忆……

说起来，生于 1948 年的王德志，其父王忠亮曾是大同市

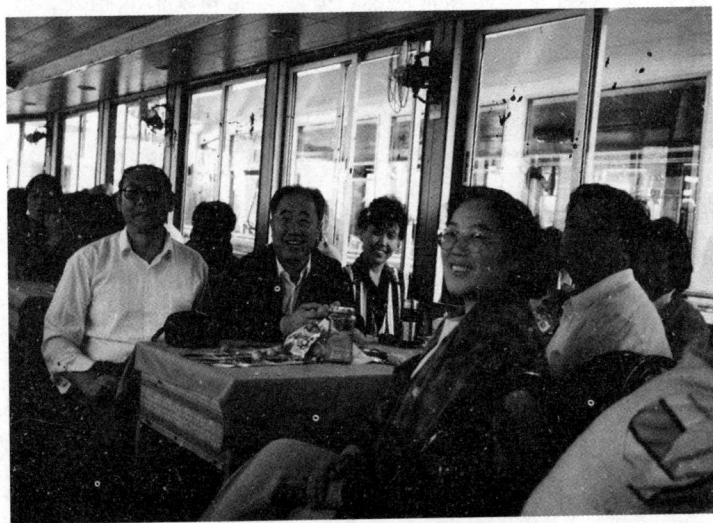

前排左起：王德志、黄树芳、周秀芝、孙占英

领导。过去讲家庭出身，这算是"革干"家庭。王德志从小就在大同生活，但我真正认识他，是1986年后半年，他调平朔以后。这以前，平朔公司行政办公室主任早已调走，陈日新总经理对我说："眼下没合适人选，你把党办和行政办两个办公室的工作都担起来吧。王忠亮的儿子正联系调来——他来了，行政办就叫他搞。听说这后生还不错，你俩要配合好。"

过了大约10多个月，陈老总说的"这后生"王德志，真的来了，他中等个儿，面色平静，谈吐沉稳，话语不多，但该说的也都能说到点子上。给我的第一印象：深沉、内秀、文气、亲和。大同一个朋友早就跟我说过："那后生该算个文化人，曾经先后在太原工学院和吉林大学读书。平时，也爱看书作画，有人和他开玩笑，就喊他'书生'。"今天见了面，马上感到大同的朋友说得对：果真是个读书人，看气质还真是个文化人，叫他书生也挺合适。我很高兴，心想，能和读书人相处，好呀！书，能将我们紧密地连在一起。对今后的工作和交往会有好处的。

我们简单地办理了交接手续——很快，他就将行政办公室的工作接过去了。那时候，平朔的接待任务很多很重——党中央和国务院的领导接连不断地来调研，各部委和省市的领导更是常来常往。在这些接待中，两个办公室的任务十分繁重：接听电话、上通下达、车辆调配、住宿就餐、安全保卫、宣传报道以及议程、分组、记录、音响等等，每一个细节都得周密安排，步步到位。王德志做这些工作每每都是精心斟酌，条分缕析，使繁杂凌乱的各项工作，杂而不乱，井井有条。有时候到深更半夜，劳累了一天的人们都已酣然入睡，他往往还要掏出早已写好的次日活动议程念给我听，真格是做到左思右想，反复推敲，唯恐哪个细节出现失误，造成不良影响。我看到这个还不到40岁的年轻人竟有这般工作精神，对他很敬佩，也很尊重。因而在经常的合作中，我们都是紧密配合，携手并肩。总的来说，都算圆满地完成了各项工作。在这方面，王德志功不可没。

1991年8月1日，平朔公司的领导班子第一次做了比较大的调整：两位老同志离退，五名后备干部提任。上级领导对平朔这个企业一直很关心，对领导干部配备，倍加重视。时任山西省委书记王茂林，中国统配煤矿总公司副总经理、党组副书记韩英，副总经理张宝明以及干部局长张胜奎等都亲自参加了新班子的宣布大会。在这次会议上，王德志被任命为平朔公司副总经理。那时候，我担任着干部处长，知道上级领导和干部部门，都很重视培养跨世纪的干部。会后，韩英和张胜奎让我找来王德志，同这个新班子中最年轻、文化水平较高的可跨世纪的干部进行个别谈话，寄予厚望。

从这天以后，我和王德志两个人在班子里又携手共处了整整10年。这10年，使我更了解了他担当、容忍、大度、平和的人格和认真负责、热情扎实、放眼大局、互帮互助、公事在前、他人在先的工作作风。新班子宣布两个月后，10月下旬，安太堡矿南排土场东北坡发生突发性大面积滑坡，不仅对安太堡矿的生产和工作造成很大影响，而且排土场下"十三冶"建筑公司的临时工棚内，有6名农民工被埋，不知生死。第二天清早，陈日新总经理找王德志和我，让我俩组织一个强有力的班子，当天就上山抢险救人。接受任务后，我们立马要车上山，在车上研究了人选，在山上一边查看险情，一边打电话，很快召集来精明强干或年轻力壮有专业特长的30余名干部和工人，编组分班，昼夜不停，紧急抢险。开始几天，王德志吃住现场，一线指挥。除了考虑方方面面的工作外，他还很关心在工作中起着骨干作用的郑茂昌、周德普等老同志的身体。在饮食、休息、交通、安全等各方面都考虑得很周到，关心得很到位。对我也是体贴入微：晚上需要值班，总是他在；苦活重活，总是他去，处处表现出对一个老大哥的敬重和关照。经过一个多月的艰苦工作，最后找出五具死尸——有一名，经过反复大面积地铲坡翻土，还是没有找到。这时候，遇难的六户家属已经陆续到矿，他（她）们哭哭啼啼，要求种种。多少话多少理，他（她）们也听不进去，总是按他（她）们的思路提要求。这时候，王德志对我说："老黄啊，你去市里向卫市长汇报一下咱们这一段抢险的情况，汇报完，你就回单位吧。我已经和领导商量了。处理这些后事，都是很棘手的扯皮事，一会儿半会儿完不了，我在这儿顶着吧……"

我在煤矿干了多年，很清楚：凡是工亡后事的处理，都是非常麻烦非常劳心的事，既要原则性又要灵活性，既要对得起那些伤心流泪的家属，又不能完全满足他们的要求，还得有耐心有水平去做细致的思想工作……而这次一下就是六个工亡，还有一个至今没找到尸体，可想而知，这是一件多么复杂多么缠手多么操心的工作。面对这一切，王德志有两句话让我感动备至。一句"汇报完，你就回单位吧。我已经和领导商量了"；另一句"我在这儿顶着吧，顶不住了，再叫你来"。什么叫担当？什么叫负责？什么叫人格？什么叫先人后己？在这两句话中我都体会到了。我想，这个"书生"的书没有白读。他把书里的精华，都用在了为人处世和工作实际中了。我给卫市长汇报完工作以后，又回现场看了看王德志，和他说了说卫市长的意见。同时，给他带去一本柯云路的小说《新星》。我说："麻烦了，就看看小说，也许对工作有启发……"他说："好，柯云路的小说现在很红呀，我还真想仔细看看这里面那颗新星是怎么工作的。"我说："小说的主人公李向南是个改革家，他领导一个县的工作，遇上了不少的麻烦。这人既有魄力，也很细心，看看这些书，不仅是消闲，也可能对工作有点儿帮助。"他说："今后有什么好书，多交流呀。"我说："那当然。工作上，我们也得多商量多帮助。"他笑了："那你就回去抓你那摊子工作吧。"

有一次，上级单位来了一位领导，在党政联席会讨论企业管理的时候，他突然提出，要立刻将公司执行多年的对职工水、电、气、暖的暗补改为明补，不足部分由职工自己交付。暗补变明补当然是对的，但这是涉及全体职工切身利益的大事，和家家户户都有联系，不能说改马上就改。于是，我就发了个言："改明补我同意，但这要做很多工作，先得搞些调查研究，拿出个方案来，还得上职代会讨论，看职工有什么意见，也让职工有个思想准备。"因为提出这个意见的领导是我们上级单位的一把手，所以当下竟没一人发言。会议冷场了几分钟后，王德志第一个支持了我的意见，他说："老黄的意见是对的，这对工人是件大事，对企业管理也是件大事。我分管生活，我组织人调查，拿方案吧。"王德志还年轻呀，但在上级领导面前，他没有过多考虑自己，而是从实际出发，考虑了工作和工人。这大概就是他的思想境界吧。

我们两个，有些场面，互称职务；日常相处，他喊我老黄，我叫他德志，向来如此。有一次我领几个文化界的客人到他办公室，进门就高喊：德志，我给你领客人来了。话刚一出口，立刻意识到自己失误了，赶紧纠偏，高声地对客人们说："这是王总——王总是我们的班子中最年轻也是爱读书会作画的文化人。"德志机智聪慧，他看出了我内心的活动，一语双关地说："我叫王德志，你们都是文化界的朋友，就叫我德志吧——老黄都是这么叫我，多亲切呢！"这样既拉近了和客人的距离，又给我解除了内心之忧。这就是王德志的胸怀，这就是王德志的智慧——我真的挺佩服这个"书生"。

我和王德志还有两项工作是无法分开的。

1995年10月17日，在平朔矿区文联成立大会上，我当选主席，王德志为副主席。不久，党政联席会明确，王德志为矿区体协主席，我为副主席。这样的体制，就决定了我们两个在矿区的文化和体育工作中必须心心相印、互相理解、密切合作。在公司党政的重视和支持下，文联的所属八个协会：近千名会员，都紧密结合矿区的中心工作，坚持群众文化群众办的原则，既重视普及又重视提高，使矿区文化艺术的园地里呈现出枝繁叶茂、百花争艳的喜人景象。此间，王德志不仅积极参与了这方面的各项组织领导工作，而且在百忙中挤时间，下苦功，潜心绘画艺术的研究和创作。他的作品既有磅礴的气势，又有细腻的美感，在全煤、全省的画展中屡屡得到好评和奖项。

当我们回忆到德志的绘画艺术和成就的时候，周大夫再也坐不住了，她站起来说："我们在这里苦思冥想，自我折磨，有啥用？我看现在就去吧，怎么说也得给他鞠鞠躬、告别告别吧。现在孙占英（王德志夫人）是最痛苦的时候，我们看看能帮她什么忙吧！"我说："你先别急，等我问问情况。"我给在那里帮忙的一位朋友打了个电话。他说："你们最好明天上午来。"周大夫说："明天就明天吧。我们也好静静心，不能老这么悲悲切切地折磨自己吧。其实，德志走得也不算突然——上次我们去看他，病情已经很重了。占英也有预感，不见她老擦泪？"

2014 年夏天，王德志从北京看病回平朔后，7 月 30 日上午 10 点，我和周大夫一起到家去探望。他躺在卧室临窗的一张床上，身体已经十分消瘦，眯着眼，一动不动。我们同孙占英一起站在他床旁。他似乎有感觉，但没表情，更没话语。周大夫提高声音："我是周大夫，和老黄一起来看您了。能听出来吗？"他的面部微微活动了一下——这大概就算是回应了。占英轻轻地对我们说："他的眼已经看不清了，还能听到。"周大夫又对他说："这种病治好的可多呢——您好好养着吧。"我站在一边，始终没有说话。一直在努力克制着，不让眼泪掉下来。我怎么也想不到，这就是那个曾经和我携手并肩共同工作多年的朋友王德志！这就是那个朝气蓬勃、刻苦用功、挥毫泼墨的画家！这就是那个聪慧机智、沉稳志壮的跨世纪领导干部……在这种情况下，我能说什么？只有努力克制自己，别哭出声，别掉下泪。在这种场面不能久留，占英和我们用眼色交换了意见，就很快转身离去。这时德志的一只手轻轻地动了动。占英说："和你们再见呢。"我转了一下头，没有说话，赶紧掏纸巾擦掉了终于流下来的泪水。心想：德志呀，我们交往这么多年，你真的是要和我们再见了呀？

　　这天，天气很好，阳光灿烂，微风习习。但我们心情很差，在回来的路上，我和周大夫都默默无语。刚走到矿区主干道时，遇到已经退休的老贾师傅，他问我们来干啥，我告诉他去看望了王德志的情况。他听完后，长长地叹了口气，无奈而沉痛地说了三个字"好人呐"，据我了解，贾师傅和王德志只是一般关系。应该说，这是一个普通员工对公司一个领导的内心感悟和评价——这评价是无私的，真诚的，公正的，也许这三个字还代表着不少人的心语。社会上不是曾流传着"金杯银杯不如群众口碑"的说法吗？德志呀——你如果能听到这评价，也许会感到一点欣慰吧！

　　又过了四个半月，王德志真的驾鹤西游，离开了这个他所熟悉、热爱并工作生活了30年的平朔矿区，离开了人间社会。他的灵堂就在他家的客厅里。12月13日上午，我同周大夫一起踏着沉重的步子，含悲噙泪走进了那个熟悉的客厅。孙占英本来是个豪爽、果断、刚强、好胜的女人，见我们进来就不顾一切地立刻迎上前来同我们拥在一起，泣不成声。她们两个女人一边哭一边还哽哽咽咽地嘟念着什么。我则沉默无语，唏嘘落泪。然后，抽身向前走了一步，涕泪交加地看了一阵儿德志的遗体——他舒展地安卧在玻璃棺内，倒也平静安然，消瘦微黄的脸堂上还隐约飘溢着他内秀、儒雅的神采。这时，他的性格之美，他的智慧才华，他的谈吐识见，他的高蹈境界，他的操劳体态，他的作画神情，他的音容笑貌……又都栩栩如生地呈现在我脑海里。我悲痛万分，深情涌动，沉重而高声地喊道："德志——你走好！"后边这三个字，是哭出来的还是喊出来的，难以分清。"你走好"这三个字在这里的内涵是什么？我觉得王德志这一生，无论是对国家、对企业、对家人、对朋友……都是尽心尽力的，都是堂堂正正的，都是圆满无憾的——现在他可以欣慰地瞑目了。我坚信他能够走好，而且走得坦然，走得尊严。

12月16日，人们在大同殡仪馆为王德志举行追悼和火化仪式。我和周大夫商量再三，没再去参加。那天10点多钟，我出外散步，心中不时想着那个追悼会的景况……放眼远瞭，湛蓝的天空白云朵朵，美丽无瑕。这时候，大概正是王德志火化的时间，那里有一缕飘绕的青烟缓缓地升入晴朗的天空，同高空洁白的一片片云朵融在一起……那无垠的蓝天，那如画的白云，越发可爱、动人……这时候，又想到了已经离开人间的罗国柱，这两个文化人也许能在天国相遇……

斯人已去，风范长存。

2014年，平朔矿区的王德志和罗国柱两位文化人，都刚耳顺之年、还未抵从心所欲之龄，就过早地驾鹤仙去，给人们留下了难言的痛楚、无尽的遗憾和难以淡却的思念——祝愿他们在天之灵安息。

2014 年 12 月 31 日

第二辑

书

味

读书永无毕业，要做终身读者

"读书，永无毕业。"这是复旦大学葛剑雄教授，在央视"开讲啦"栏目里，两次演讲中提到的一句名言——我所以说这是"名言"，是因为他讲得太精准、太深刻，而且言简意深，简明易懂，讲出了包括我自己在内的很多人心里有、但笔下还不曾写过口中也未说出，社会又很需要的闪光之言，而且很可能成为经典，逐步传开。

人们在社会上有各种各样的身份，比如工人、农民、教师、学生、科学家、工程师、公务员、企业家、作家，还有亿万退休的老人，但不管是哪个身份，都还应该有另一个身份，那就是读者。不是读者的人，不管他已有了什么身份，这个人也是存在缺陷的人，是成不了优秀人才的人。我本人曾经是一个企业管理者，也还有一个业余作者的身份，应该说我也还是挤时间坚持读书的，但坚持得不好，断断续续，零七碎八，不深刻不系统……所以，企业管理和文学创作两者都不够优秀。

管理方面不精通，更不精准；作品也是突不破，提不高，到现在也没能拿出令人满意的精品来。追其原因，当然很多，其中的重要一条就是对读者这个身份理解不深刻，究竟为什么要读书？怎么读书？这些对读者来说是必须要解决的根本问题，好似是懂了，实际却不尽然。回顾自己的读书生活，往往是跟着潮流、随着媒体的宣传读时髦的书，畅销的书；另外也不能否认，在某些时候某种情况下，多少也有些功利思想的阴影在脑海里游荡。比如，在社会上唯文凭论的高峰期，读书中也掺杂过私心杂念……

今年元月，我将即将出版的《往事札记》一书的最后一稿发至出版社后，便塌下心来开始读书。这次想排除干扰集中精力多读几本。根据自己的需要和爱好，选读了焦祖尧和刘庆邦写煤矿题材的四部长篇和三部中篇小说，周有光的《晚年所思》，金一南的《苦难辉煌》，铁凝的散文随笔集《从梦想出发》，阎晶明的《鲁迅的文化视野》和青年作家笛安的短篇小说《胡不归》等。我不讳言，读这些书是为了提高创作水平，但是读后却发现，主要的收获并不在什么创作水平上，而是对读书的认识有了新提高。

周有光是我很崇敬的文化大师，曾读过他不少著作，还写过三篇体会文章。最近读了他106岁时出版的《晚年所思》，书中多次提到"与时俱进"这个词。他说："'时'者，时代也、历史也；'进'者，进步也、改革也。""全球化时代的主要特点是信息化。信息化技术迅猛发展……劳动密集产业转向知识密集产业，白领工人多于蓝领工人，知识成为主要资本。"这位百岁老人诚恳地提醒我们：知识已经成为主要资本，人们必须与时俱进。读到这里，我便想到眼前的电视、电脑、手机、机器人等等功能奇特的信息产品和由此带来的生活中那些日新月异的变化。这使我感到信息化就在自己的生活之中，几乎每时每刻都有新事物新知识出现，随时随地都能让自己感到落后的沉重压力。时代将人们的读书学习提到空前重要的地位，谁忽略这一点，谁就是落伍者。作为业余作者，一是要以新的观念经常了解新生活，认识新生活；二是要经常敲打电脑，而电脑里面又常有棘手难题，且变化无穷。面对这些新时代新技能，唯一的出路，是下苦功读书学习，要读出新水平，跟上新时代，而且要永不停步，自觉当一个终身读者，才不至于被新时代所淘汰。这时候我觉得，对葛剑雄教授所提"读书，永无毕业"的内涵和对当好一个终身读者的重要性有了新的认识。

怎么读书？在以前的读书过程中，自己也物色出一些方法，还写过《读书读人读自己》的体会文章。近来在阅读中又感到，读书需要一种内在的力量，这力量有些是来自读书的经验，但主要是来自心灵深处对知识的渴求，这力量能转化成读书的毅力，这毅力是克服各种困难、坚持长期读书的根本保证。长期坚持读好书，就会越读越发现自己知识的浅薄乃至品质上的污斑，这些发现就是进步的开始，也是紧跟时代前进的动力。

《晚年所思》有一个章节叫"连襟沈从文"，周有光写了这么一个细节："沈从文这个人了不起，连小学也没有毕业，我们亲戚的小孩小学毕业了，去告诉他：'我小学毕业了。'他说：

'真好，你小学毕业了，我小学还没有毕业。'"

沈从文生于湘西一个书香门第，后来家境衰败，连小学也没毕业。小时候他读了很多古书，为了糊口，当了军队的一个文书员。当时军队很穷，他就把箱子当桌子写字读书。应该说他完全是靠自学成才，不懂英文、法文，但他阅读了大量法国译著。他的小说，很有法国小说的味道。如果多活两年，很有可能得诺贝尔文学奖。他有一句名言："有些路看起来很近走去却很远，缺少耐心永远走不到头。"这里的"耐心"两个字很有意味。耐心自然来自心灵，自然会转化为路程上的耐力，这在人生的路途中是很需要的。中华人民共和国成立后，沈从文曾被安排到故宫博物院当讲解员。别人都以为他会很不高兴，可他一点儿都不在乎，认为这倒是一个读书学习研究古物的好机会。后来他写成了享誉世界的系统考证中国服饰文化的学术专著《中国古代服饰研究》。

读"连襟沈从文"，让我们深深地领悟到：读书学习一定要有耐心要有毅力要坚持恒久，过去那种断断续续，跟着媒体宣传跟着时尚的读书，为临时需要"忙来用"式的读书，甚至是带着功利意识的读书……都不是自觉的读者，也达不到读书的真正目的。

法国著名作家雨果说过："有了物质，那是生存，有了精神，那才是生活。"人类精神文明的成果主要是以书籍的形式保存的，自觉做一个真正读者，坚持不懈地读好书，不仅是在享用这些成果，实际上也就加入了传承人类精神文明的行列，成了一个文明人。而且，有可能为精神文明建设做出比较大的贡献。一个时期以来，得到读者普遍好评并畅销不衰的《苦难辉煌》的作者金一南，就是这么一个读者，这么一个作者。起码我读此书后，是这样的感觉。

金一南是国防大学战略教研部副主任兼战略研究所所长、博士生导师、少将军衔。另外，还有不少闪光的兼职和很多耀眼的奖项在身。在他诸多身份中，我最看重的是两个：一是读者，二是作者。

金一南本是将门出身，10多岁赶上"文革"，沦为"黑帮子弟"。初中毕业便到一家小工厂当了烧瓶工人。父亲平反后，他才参军，在基层当了12年兵，又调到国防大学图书馆做了11年图书馆管理员。此时，他如鱼得水，埋头读书，刻苦自学——这是他人生中关键的11年，在这里他究竟读了多少书，学了多少知识，不会有什么样的毕业证来证明他的学历、他的知识、他的智慧和才干。但是，实践在不断地向人们证明了这一切。1998年，美国国防大学校长切尔克特要到访中国国防大学，当时校方负责接待的人对切尔克特的基本情况不太清楚，而金一南对此人却了如指掌。因此他迎来了人生的一次转折——调到国防大学战略研究所，走上了对军事理论研究的道路。

金一南在读书学习和理论研究中，反复思考过一个问题：最初只有50多人的一个党，凭什么在短短28年中就能夺取全国政权，使中华民族从"东亚病夫"到东方巨龙，又从百年沉沦到百年复兴……他思考的结果，就是写了一本可以作为大散文阅读的《苦难辉煌》。他说这是："以我笔写我心。"读了这本书，我最突出的感觉是他手中的资料太多啦——那么多的人物及其关系，那么多的战争及其胜败，那么长的历史及其故事……他都写得清清楚楚仔仔细细，就连有些人的出生及其家族，乃至伤病中的细节和所葬地址以及碑文，都写得那么具体、生动而深刻……我当时想：为这部书，得有多少人为他搜集和提供资料呀！后来发现，想错了：他的这本书，从1994年动笔，到2009年出版，整整用了15年的时间，做党史和军史读书笔记就达上百万字之多。可见，《苦难辉煌》的成功，主要还是他坚持读书、刻苦努力的结果。

一次，有位老领导问我现在看什么书，我就向他简单地介绍了金一南的这本书。他看后，我们在电话里谈了有半个多小时的感想，都觉得深受启发。据说，一位国家部委机关的领导在机场看此书，竟忘了上飞机，事发之后，索性就在休息室一直看了7个多小时，直到看完才离开。可见此书在读者中引起了多么强烈的反响。金一南说："想不到能有这么多读者，想不到这么多高级干部，包括总书记会看。如果我当时知道今天的结果，也许手一哆嗦，就写不出来了。"

金一南受过多次奖励，获得过多种荣誉，曾被评为"新中国成立后为国防和军队建设做出重大贡献、具有重大影响的先进模范人物"，还经常应邀到中央党校和新闻媒体讲授国家安全战略，为普及国防知识增强全民的国防意识做出了重要贡献。金一南的贡献来之不易：究其原因，有很多。但面对金一南，我首先想到的是欧阳修的一句话："无它术，唯勤读书而多为之，自工。"金一南在管理图书的11年当中，他读了多少书？无法统计；在 15 年的《苦难辉煌》创作中，百万字的读书笔记，让人心悦诚服啧啧称羡；长时期的军事研究，经常不断地演讲、授课……何事、何时能离开读书？时下，这部富有历史诗意的作品，不仅让我们看到了近代史上那些非凡人物，在错综复杂、扑朔迷离的矛盾中，是如何斗智斗勇、叱咤风云，最终从苦难走向辉煌的，同时也让我们认识和感悟到这位作者竟是一个只有初中文化、"唯勤读书而多为之"的自学成才者。

过去人们讲，登泰山而小天下，如今是登月球而小地球。时代变化日新月异，在全球化和信息化的大背景下，人人都有一个如何面对的问题。对此，小学没有毕业的沈从文和初中毕业的金一南，给了我具体而深刻的启发。这个启发说起来很简单，就两个字：读书。但要深刻认识和认真落实这两个字，也不是轻而易举之事。他们的读书阅历让我认识到：

一、读书的目的最终是要像荀子所说"君子之学也，入乎耳，箸乎心，布乎四体，形乎动静"。就是说，读书要让人的内在气质上发生质的改变，提高人的品德气质，行成文化性的人格，在塑造灵魂上见成效。

二、读书要结合自己的实际情况，选择自己需要，适合自己个性和趣味的书，不要简单地赶时髦追时尚，文化市场上的炒作，那是为了销售，我们要做真正的读者，不能简单地只成为文化市场的消费者。时尚和文明不是一回事。所以读书要精心选择。

三、当前的读书，还遇上一个很实际的问题：手机和电脑为我们读书提供了很多的方便，甚至成了一种阅读的途径。但是，不能只热衷于从电脑上搜索和手机的微信中获取知识，在那上面的所得，不仅是零碎肤浅的，有些甚至是不精准的。要做一个自觉的真正读者，还是得沉下心来，读那些经过认真精选对自己的人生和工作有用的书。

我很庆幸自己这一段读了几本好书。这些书里生动地记录了一些优秀灵魂的内在生活，因此特别感谢周有光老人的《晚年所思》和金一南的《苦难辉煌》里那些永远都感人肺腑的先辈们，还有焦祖尧和刘庆邦作品中塑造的那些平凡而崇高的矿工形象，也一个个让我回味无穷。在读这些书的时候，鲜明地感觉到，这些作者在记录这些感人灵魂的同时，他们自己也是在过一种灵魂的生活，正如金一南所说："我以我笔写我心。"其实，历史上有许多做出重要贡献的人物，在他们众所周知的声誉背后，往往有一个人所不知的身份，那就是：自觉的刻苦的终身读者。

近期读书的感悟多于以往，最明显的一点是对读者这个身份加深了认识。从根本上讲，人生的言行是靠灵魂左右的。读书是一种灵魂生活，是精神建设。自觉地做一个真正的读者，长期坚持读好书，就是要保持经常和古今中外的圣者会面谈心，也就是用人类精神文明的精华清洗自己灵魂上的尘埃，让灵魂经常保持洁净和清醒的状态。所以要不断警惕自己：读书，永无毕业；读者，是终身制。我们要努力做一个终身读者。

2016 年 5 月

我读《红楼梦》

　　有人曾说："童年活在欢乐中，青年活在希望中，中年活在忙碌中，老年活在回忆中。"这个说法有一定道理。人到了一定年纪，就容易回忆往事，我也有这方面的体会：从上小学开始，至今坚持阅读六七十年，回想起来，有些事还恍如昨日，历历在目。

　　小时候，就听人说过《红楼梦》《三国演义》这一类的书名，但都没看过。在小学四年级的时候，语文老师给我们讲到了中国的四大名著，并让记住这四部书的书名。但是他并不建议我们去读，说是怕影响学习。也许是好奇心作怪，这天放学回家，我便立刻从父亲的书柜里找出《红楼梦》翻了起来。父亲发现后，立刻夺了过去，说："小孩子不要看这书，好好读课本。"在中学放假期间，终于又把书偷出来悄悄地看了。但是除了对那里面整天追打要闹，哭笑无常，帷内厮混而又诗词歌赋的少男少女们有些朦朦胧胧的印象外，其他什么也没看懂。

参加工作后，我一直搞宣传工作，特别是当理论教员那几年，和书打交道比较多，除了备课要看的书外，还有不少机会听领导的内部报告。就在这期间，听人们说，毛主席对《红楼梦》很重视，曾说："中国无非是历史长一点，地方大一点，人口也很多，我们还有一部《红楼梦》。"据说慈禧太后也爱看《红楼梦》。有些红学家说，作为中国人的一大幸福是——我们有部《红楼梦》。这些就又使我萌生了再看《红楼梦》的想法。那时候需要看的书很多，理论方面的那是必读，因为工作需要；文学方面的以其艺术魅力对我也有强烈的吸引力，因为那时候我已经开始了文学创作。但不管需要看的书有多少，必须下决心认真读一遍被称为千古奇书的《红楼梦》。

　　果真是读了，而且果真是下功夫读的。时间只能在每天晚上躺在床上以后，往往是到一两点钟才灭灯。就是在半睡半醒间，脑子里也还是书中的那些人那些事。可当读完以后，虽然大体也明白了这是一部以贾宝玉、林黛玉和薛宝钗之间的恋爱婚姻悲剧为主线，描写了以贾家为代表的四大家族的兴衰，反映了那个腐朽封建社会必然崩溃没落的历史趋向；对几个主要人物和一些名段名句也有了一些印象……但实际上仍然没读懂这部书。细细一想，脑海里仍然是一团乱麻——全书一百二十回，近百万字，写了四个家族以及社会的各个阶层，方方面面；官场中的是是非非，上上下下，写到的男男女女老老少少有名有姓的就700多个，加上闲杂人等有八九百人。人们的关系千丝万缕，各种矛盾错综复杂。有些章节的描述，有些人物的关系，有些事情的缘由，有些矛盾的发展，有时思考半天也理不出个头绪来。因此便找来一些关于红学的评论文章，想借此得到一些帮助，可是越看越乱了。原来红学家们的认识也不一致，而且还在互相争论。就在这时候，我知道了前辈红学家俞平伯和被毛主席称为"小人物"的红学家李希凡的名字。后来，又听说毛主席曾问许世友读了《红楼梦》没有？许回答"读了"；毛主席问读了"几遍"，许答一遍；毛主席说"一遍不够，最少要五遍"。我听了这些以后，就更加掂量到此书的分量，越发认识到，《红楼梦》确实伟大，它是一部千古不朽的人生大戏，那些老老少少的红学家们，到目前仍在研究探讨，像自己这样的普通读者绝不能像看一般小说那样粗略读一遍就能了事。于是，我慢慢悟出来一个道理：阅读《红楼梦》，应该结合自己的实际情况，能理解多少就理解多少——不可能一口吃个胖子。自己只是个一般读者，对那些红学家们的各种论点也没有什么联系和对接，联系到自己创作和生活中的实际，那才是必需的。

记得前两年，有一次和几个朋友一起用餐，不知怎么就聊到了《红楼梦》。有两个青年说来道去地就抬起了杠——一个说，林黛玉有什么好？她就是个"小三"；另一个说：贾宝玉爱的是林黛玉，薛宝钗才是"小三"。两个人争得脸红脖子粗，各不相让。这个问题又不是一两句话能说清楚的，大家只好举杯劝他们喝酒，慢慢才算平息下来。说起来，这类事过去也就算完了。我想，红学家们大概听不到这类问题——听到了，也不会将这样低级的问题放在心里。然而我这个业余文学作者就生活在这芸芸众生之中，便将听到的看到的这一切都具体而深刻地记在了心里，并且反复考虑：自己应该怎么理解怎么解释这样的问题。

也许是由于自己爱好文学和坚持业余文学创作，也许是在脑海里总有关于"小三"之争的场景，再读《红楼梦》的时候，就特别在主要人物尤其是青年男女及其性格的描述上下功夫细读。鲁迅说过："自有《红楼梦》出来以后，传统的思想和写法都打破了。"曹雪芹以细腻的笔墨，展现了生活本身所固有的生动性、丰富性和复杂性，打破了传统小说单线结构，写好人就完全好，坏人就完全坏的传统，真实地将各类人物的复杂心理和性格栩栩如生地呈现在读者面前。在一个个活生生的人物中，紧紧抓住贾宝玉、林黛玉、薛宝钗恋爱、婚姻悲剧的同时，展开了广阔的社会环境的描写，不仅写出了这场悲剧的人物性格上的原因，也深刻地揭示了社会根源。在阅读中，我有一个突出的感觉：大观园是个青春王国——林黛玉进贾府时没超过12岁，贾宝玉大约13岁，薛宝钗稍大一点，也就是15岁，王熙凤管理贾府时也没超过20岁。大观园是由15岁上下的青少年组成的青春世界。尽管全书有名有姓的人有700多个，鲜活靓丽生气勃勃的少男少女们，才是大观园的核心人物。其中刻画最生动最深刻最逼真，在读者中留下印象最深的是贾宝玉、林黛玉、薛宝钗和王熙凤。在贾府这样一个大家庭里，贾宝玉和林黛玉是最有叛逆性格的少男少女。这是他们的性格基础，也是他们的爱情基础。贾宝玉是小说的中心人物，他聪明灵秀，平等待人。但他的性格，却促使他背叛了家庭对他的寄托。他对读书做官没有兴趣，不走所谓的"正途"之路，讨厌

"学而优则仕"的仕途观。他痛恨"八股",却钟情于《牡丹亭》《西厢记》之类的杂书。这些行为,在当时的那个环境里,只有同样具有叛逆性格的林黛玉赞成他支持他。林黛玉身体瘦弱,才思敏捷,多愁善感,容易流泪,孤傲自许。当然,她的性格也很复杂,曹雪芹也写了她冰雪一样的聪明和流水般的诗词才华,以及对爱情的痴心和执着。这个人物写得很成功,让不少人为她着急、伤心,甚至掉泪。我想,如果能尽可能全面理解她的出身,她的性格,她的文化,她的处境,也许将她看成是"小三儿"的人,就可能会对她有点儿新的认识。薛宝钗出身于富贵之家,她大方典雅,举止雍容,处事十分圆满。上面喜爱,下面敬重。在当时的社会里,在那样的家族中,她是模样很标致,是一个让人见了就会产生好感的美女。她不是破坏贾宝玉和林黛玉爱情的小人,不是第三者,更不是心里藏针,搞阴谋诡计,破坏别人幸福的"小三"。她只是一个封建正统思想的信奉者和执行者。所以,贾府才选她做了宝玉的媳妇;所以,宝、黛之间的爱情成了大悲剧;所以,几乎所有读者直到今天都不喜欢甚至讨厌薛宝钗。其实作者写得很清楚——这个悲剧不是哪个人造成的,这是一个封建制度的问题。设想,如果自己是出生在那个社会,生活在那样的家庭,对薛宝钗会是什么态度?大概就不会认为她是第三者,插足了别人的婚姻。因为在当时她和贾宝玉才是被社会认可的正式婚姻。所以,让我们愤恨和讨厌的不应该是薛宝钗,而是那个社会。其实,这么一个聪明美丽、温文尔雅的少女,也是那个社会的受害者。绝对不应该用现在的观点,称她为"小三"。

在《红楼梦》中，王熙凤的形象非常鲜明，非常生动，给人的印象也最深刻：她在哪里出现，哪里的空气就会活跃起来，哪里就热闹和欢乐。她的一举一动，甚至每句话的声调，每个眼色的变换，每个手势的轻重，每天衣着的更换以及发式的梳妆等等，都体现着她"模样又极标致，言谈又爽利，心机又极深细，竟是个男人万不及一的"，"年纪虽小，行事却比世人都大"。她那种心机莫测，手腕灵活，伶牙俐齿，争强好胜，曲意奉承，心毒手辣，强权势欲，日理万机而又指挥若定的鲜明性格，处处都让人看得清清楚楚。总之，王熙凤是一个集漂亮、聪明、泼辣、贪婪、狠毒、虚伪于一身的生动而复杂的人物形象。开始看这个人物，得到的印象是一个聪明的会讨好的美丽女子，但越看越能看出她的真实面目："毒设相思局"是写她的狠毒；"协理宁国府"是写她的才干；"弄权铁槛寺"是写她的贪财舞弊……在这些段落的许多事件和细节中，我们会慢慢看出来王熙凤和"金陵十二钗"中的所有人都不同：这个美女实际上是一条美丽的蛇。书中有人称她是："嘴甜心苦，两面三刀，上头一脸笑，脚下使绊子，名是一把火，暗是一把刀。"——这就是《红楼梦》中的主要人物之一的王熙凤。

在《红楼梦》众多的人物形象中，除了上述四个重要人物外，被列为"十二金钗"之四的贾探春，也给读者留下了深刻印象。她是贾政和赵姨娘所生，贾府的三小姐，聪明能干，性格刚烈，为人正义。凤姐曾经小恙，探春等三人联合管家，正巧赶上她的舅舅去世，在如何处理后事上，探春和她的亲妈赵姨娘发生了严重分歧和激烈争论。亲娘大气大闹，女儿痛苦落泪，但最终探春还是尊重规则，公私分明，坚持公正，理性处理。在那样的社会和家族环境中，表现了贾府这位小姐极不平凡的素质和可亲可爱的品德。大观园被抄检时，她"令丫鬟秉烛开门而待"，许搜自己的箱柜，不许动丫鬟的东西。她对贾府大厦面临倾倒的危机颇有感触，想用兴利除弊的改革来挽救，但无济于事，最后只好远嫁他乡。我们看到的只能是"三春去后诸芳尽，各自须寻各自门"的悲惨结局。

《红楼梦》中写了很多可爱而且很有才气的丫头，她们是大观园里的一股重要力量。曹雪芹对这些身居奴仆地位的少女们显然都抱有很大的同情，把他们出脱得清纯而亮丽，伶俐而聪慧，但最终又都逃不出悲惨命运的结局。我觉得这里面写得最感人的是晴雯和鸳鸯。两个孩子都是被别人买来的丫头，又都因为生得标致俊俏，被当作礼物孝敬了贾府最高的掌权人——贾母。鸳鸯成了老太太的贴身丫鬟；晴雯被老太太送给宝玉，成了宝玉很贴心的丫鬟之一。对这两个年轻美丽的形象，曹雪芹虽着墨不多，但她们天然的美貌，高尚的品质，刚强率直的性格和顽强的反抗精神，都给人留下了美好而可爱的印象。让人痛心的是，她们在贾府里都遭遇了众多的不幸。最后是没有一点儿罪过，完全清白的晴雯，被骂成"狐狸精"，叫王夫人赶出家门，含冤而死；鸳鸯则因誓死不做别人的小老婆，闹了个终身不嫁的结局。这是大观园这些女孩子们不幸命运的真实写照，也是封建社会妇女命运的一个缩影。

回忆阅读《红楼梦》的那些日子，现在还往往感到紧张和压力，虽然下过很大的决心，而且有过不小的付出，但实事求是地说，最终也没读通读懂，或说基本不懂。看看目前一些报刊的有关文章，那些红学专家们似乎也还在继续研究和探讨。这时，就更体会到毛主席对许世友所说"最少要读五遍"的内涵。现在回忆自己阅读的感悟，只能说是粗浅地了解到：

一、这部宏伟的名著，以巨大的艺术力量，描绘了像生活本身一样丰富、复杂的封建社会的生活画面，塑造了众多的性格鲜明的典型人物，通过这些生活画面和典型人物，深刻地揭露了封建社会及其统治阶级的丑恶、腐败、残酷、虚伪以及必然走向衰败和灭亡的历史规律。开篇第一章的"好了歌"和甄士隐的注解，就是对那个社会的深刻揭露。那歌、那词都写得十分漂亮，而且内涵深广，韵味怡人，真可谓名著中的名段——我对"好了歌"喜爱有加，就是在现实生活中，也常常想到那"好了歌"的魅力。

二、从作者在典型环境、典型事件乃至生活细节中塑造典型人物的妙笔中，觉得自己吸吮到一些创作文学人物的技艺素养，这似乎才是我在阅读中最实惠的收获。比如，给我脑海里留下很深印象的第二十三回，通过宝、黛两个人读《西厢记》的感受和对话，让我看到了他们共同的思想基础和爱慕之情，这场面写得很有诗情画意。之后，写黛玉听曲一段，描述了这个少女的内心世界，也很精彩感人。

三、在那些活生生的人物和他们错综复杂的关系中，以及书中那些经典的段落和名句中，我还感悟到一些做人的哲理，应该说这也是一种精神上的收获吧。诸如第五回《贾宝玉神游太虚境，警幻仙曲演红楼梦》，不仅写得诗意悠长，给人以无尽的艺术之美，而且其中的不少警句名言都含蓄了人生哲理。如"都道是金玉良缘，俺只念木石前盟"；"机关算尽太聪明，反误了卿卿性命"；"若说没奇缘，今生偏又遇着他；若说有奇缘，如何心事终虚化"等妙语佳句，都含有深刻的做人理喻。第四十六回"当着矮人，别说短话"；第二十六回"千里搭长棚，没有不散的宴席"；第一回"都云作者痴，谁解其中味"等等，也在我具体的生活中给予过不少的启发和帮助。我感觉，《红楼梦》的确是一部博大精深的百科全书式的鸿篇巨制，完全读懂实属不易，但只要结合自己的实际，静下心来认真阅读，就会像慢慢地品尝美味佳肴一样，一定会有清泉般的养分如涓涓细流潺潺进入心田，在灵魂深处洗尘除埃。

古今中外，凡是传世之作，千古名篇，必定都是文学巨匠笃定恒心倾注心血的结晶。《红楼梦》的作者曹雪芹 13 岁时，因父亡家败，从南京迁归北京。晚年移居京西一个普通山村，生活贫穷，并遭遇了中年丧妻、晚年丧子之痛，但他以顽强的毅力，专心致志地从事《红楼梦》的创作与修订。大约用了 10 余年的艰辛岁月，费尽千辛万苦，搜索社会各方资料，学习生活百科知识，反复推敲，五改其稿，终为世人留下了这部旷世奇书。

2015 年 12 月初稿

2018 年 11 月再改

重读《创业史》随想

　　前辈作家杜鹏程赠我的长篇小说《保卫延安》和20世纪60年代买的柳青名著《创业史》这两部书，以前都读过。保卫延安的故事，影视作品也多次上映，印象比较深刻。这次读，主要是进一步加深了对作者创作经过和自身经历的了解，帮助自己在创作中努力学习老一辈作家执着的创作精神和毅力，这也使我受益匪浅。

　　重读《创业史》，当然也紧密结合了自己的创作情况，但

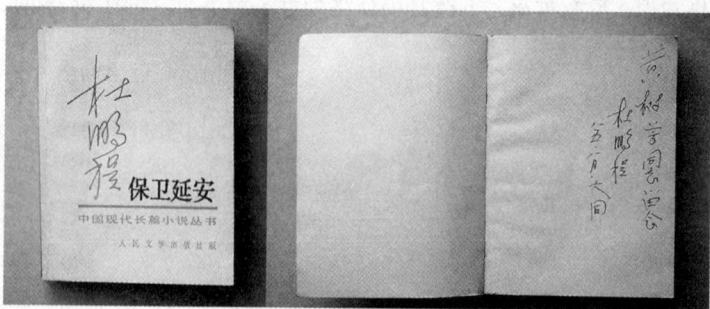

《保卫延安》（杜鹏程赠黄树芳签名本）

更多的是看到在社会主义建设中特别是改革开放以来，人们的创业精神和业绩。这就不仅是从柳青创作中受到了启发和教育，而且开阔了眼界，在现实生活中感悟到文学创作的精神力量和生活源泉。

柳青在长安县（今西安市长安区）皇甫村生活了14年，和农民同吃同住同劳动，一道下地侍弄庄稼，一同开会商量问题。他想农民所想，急农民所急，从骨肉里感受农民的感情，并且留言：自己死后要埋葬在同农民一起的坟墓里。柳青一生和农民摸爬滚打在一起，习惯成自然，他的思想感情，他的举止言谈，他的穿着打扮，也已完全农民化。到王府井眼镜店买眼镜，人家爱答不理，竟说："农民还戴金丝眼镜呀？"到团中央食堂吃饭，人家严肃地问他："你是哪里来的？我们食堂不对外。"

柳青的一生，是同人民群众特别是和农民群众同甘共苦的一生。他把文学创作看作是为人民服务的事业，把毕生精力都用在了书写人民群众的伟大实践和讴歌他们崇高品质的创作实践里。他的《种谷记》《铜墙铁壁》《创业史》等作品都展现了不同时期的社会面貌和思想历程，成为特定历史时期的代表性作品。特别是《创业史》，这部全面反映新中国农业合作化运动的长篇小说，被普遍认为是我国文学史上具有里程碑意义的经典作品。现在，农业合作化运动已经过去，而以合作化为题材的《创业史》，却没有失去其艺术魅力。作品所反映的广大农民群众那种创业精神和创业激情，以及对他们淳朴善良品德的歌颂，都远远超越了时代的局限，让我们现在读起来仍然感到亲切，仍能受到启迪，受到激励和鼓舞。

《创业史》，按柳青的原计划是写四部，但因为种种原因，这个计划没有完成。我所读的《创业史》，是1960年6月中国青年出版社出版的第一部。记得在那时候看这部小说，主要是看故事、看人物，说白了，就是看红火，就连这部书为什么要叫《创业史》，也没有细想过。现在再读，感觉就大不一样，尤其是对创业精神有了新的理解。

小说是通过人物形象来感染读者的，也是要通过人物形象来说明问题的。《创业史》能给读者留下深刻印象的人物很多，主要有梁三老汉、梁生宝、郭振山、郭世富、改霞、素芳、姚士杰、杨国华等，还有不少虽笔墨不多，但性格鲜明分量也不轻的人物。歌德曾经说过："在伟大作家的笔下，人人都是主要人物。"这话无疑是对的，为读者理解作品，拓宽了思路，开阔了眼界。但任何一部长篇著作，也必定都有几个核心人物来构成矛盾冲突，反映时代背景，阐述主题思想。《创业史》的核心人物主要是梁三老汉和他的继子梁生宝。

20世纪20年代，陕西有过一次特大旱灾，受灾人口多达六七百万。梁三在逃难的人群里，遇见了快要饿死的一对母子，从而有了自己的婆姨和继子。他们一起挣扎着生存下来，并开始了漫长而艰难的"创业"之路。但是父子两人的创业目标和创业途径却不相同。梁三老汉一心想的是能盖起一座像富裕中农郭世富家那样的一所漂亮砖砌院落。他的创业，靠的是自己起早贪黑，勤劳刻苦，省吃俭用等贫苦农民本分的辛劳。而梁生宝在经受了数不尽的艰难困苦以后，逐步认识到，只有跟着共产党走合作化的道路，才是农民创业的光明之路。于是，这个年轻的共产党员，就全身心地投入了组建农业互助组，这种在中国还亘古未有的艰巨而坎坷的集体创业之中。他是怎么创业的呢？"梁生宝买稻种"这一章，最具体最集中最生动也最深刻地将其创业精神如诗如画地推到了读者面前：那一天，他坐了几百里的火车，在一个小小的火车站下了车。这时候，这个小县城正笼罩在白茫茫的春雨中。下车不多的旅客，很快被招徕客人的旅馆伙计领走了。空寂而清冷的小街上，只有梁生宝披着一条麻袋站在墙边的一个破席棚下，经受着风雨的折磨。他问过，住一宿店，贵的是五角，最便宜的睡大炕，也要两角。他兜里有钱，但那都是贫苦乡亲们东凑西借的买稻种的钱。他知道，乡亲们一个汗珠跌八瓣儿呀！谁的那几毛钱都来之不易，恨不得把一分钱掰成两半用。来的时候，没料到会遇上这天气，可他又舍不得花兜兜里这两毛钱。"不就是在席棚底下蹲一夜，也不能花这两毛买稻种的钱。"梁生宝一边对自己说，一边又摸了摸装着稻种钱的兜兜。急中生智，他突然想起来，曾经见过买票房里有人睡觉。于是他立马冒雨顶风，找到了这个车站的票房。那时，这个小车站还没电灯，他摸黑走进去了，划着火柴观看了一下这个寂静无人的小小票房，便在砖漫地上铺了条麻袋躺下了，头正好枕在了过行李的磅秤底盘上……

以上所述，只是梁生宝带领他的互助组，在艰难的集体创业中的一个细节。这个细节反映出一种精神，一种激情，一种力量。这些，就让读者看到了中华民族坚强的创业信心和势不可当的创业潮流。

　　创业，是人类在漫长的历史进程中，创造的熠熠闪光而且使用普遍的话语。新中国成立后，全国人民在中国共产党的领导下，都普遍焕发出了十分高涨的创业激情。《创业史》这部小说，真实地记录了梁生宝们，从事集体生产的创业轨迹，反映了当年农村的真实风貌。新时期反映农民创业经历的长篇小说还有《平凡的世界》，其中的孙少安，与梁生宝创业的情况虽然有所不同，但他们的创业精神，他们的创业激情和拼命奋斗的劲头是相连的。回望历史，在那激情燃烧的岁月里，不仅仅是在农村到处呈现着绚丽夺目鼓舞人心的创业蓝图，其他各行各业，也都在传唱着嘹亮的创业凯歌。

　　1974年，长春电影制片厂拍摄了一部反映石油会战的故事片，片名就叫《创业》。影片以20世纪60年代初，开发大庆油田为背景，再现了石油工人自力更生，奋发图强，头顶蓝天，脚踩荒原，以"宁可少活二十年，也要拿下大油田"的豪迈气概，终于摘掉我国石油落后帽子的英雄壮举和辉煌业绩。当时，大庆油田有一位非常有名的劳动英雄叫王进喜，人称"王铁人"。他原是甘肃玉门油田的工人，那时候，美国等西方国家，以禁运的形式，对我国实行经济封锁，而我国自产石油又很少。一次，他到北京开劳模会，看到北京的公共汽车因缺油，车顶上竟带着老大的煤气包在街上跑来跑去。作为一名石油工人，他感到心痛脸热，心里很不是滋味。后来，他调到了黑龙江一片荒凉的原野，参加了开发大庆油田的会战。1964年4月20日《人民日报》刊有一篇题为《大庆精神大庆

242

人》的报告文学，其中写道："对大庆人来说，最艰苦的，还是创业伊始的年代。那时候，建设者们在一片茫茫的大地上，哪里去找一座藏身的房子啊！人们有的支起帐篷，有的架起活动的板房，有的在不知道什么时候被丢弃的牛棚马厩里办公、住宿。有的人什么都找不到，劳动了一天，夜晚干脆往野外大地上一躺，十几个人扯起帐篷布盖在身上……"这就是大庆当时情况的真实写照。就是在这最艰苦的时候，王进喜率领他的钻井队，到达了大庆油田的会战工地。他们马不停蹄，经过五天五夜苦战，大庆第一口油井开钻，不久就喷出了原油。但在这次会战中，王进喜的腿被滚落的钻杆砸伤了。他没去医院，挂着拐杖缠着绷带继续在第二口油井坚持工作。在这口井即将发生井喷的时候，因为没有重晶石粉，他当机立断，用水泥代替。可当时因没有搅拌机，水泥就沉在了池底。就在这十分紧要的关口，王进喜扔掉拐杖，纵身跳到泥浆池里，用身体去搅拌水泥。接着，又有不少工友也纷纷跳到池内……经过三个多小时，井喷终于被制服，从而保住了油井和钻机。就是在这时候，以王进喜为代表的大庆工人，高声地喊出了"要把我国贫油落后的帽子甩到太平洋去"的响亮口号。大庆油田会战的胜利，无疑，是我国工业战线在经济困难时期的一首面向世界的创业之歌。

长篇小说《创业史》，说的是20世纪50年代农村广大群众艰苦创业改变贫穷落后的历程；电影《创业》，说的是60年代工业战线的石油工人为甩掉贫油帽子，建设富强国家所表现出的钢铁意志和战天斗地的感人场景。农民梁生宝和工人王进喜，都给人们留下了深刻的印象和启迪。随着时代的变迁，人们创业的内容，创业的形式，甚至创业的目的可能会有所不同，但是一代又一代的创业人，都在创业的平台上，谱写了他们各自闪光的历史篇章。

20世纪80年代初期，在曾是"雁门关外野人家"的雁北大地上，转眼间，一座引起世界瞩目的现代化大型露天煤矿拔地而起。同时，一座名为朔州市的新城也英姿飒爽地屹立在古老的长城脚下，并且为国家的生态文明建设和绿色发展提供了宝贵的"右玉精神"。在这一项项的伟业中，有多少创业的英雄，谱写了多少创业的凯歌和可供众口传诵的创业故事，真是数不胜数。1984年6月，平朔安太堡煤矿的第一批100多个集装箱、2000多吨具有国际先进水平的设备，通过海运到天津港。按规定，这批设备的接港、运输和组装，可以承包给有这方面实力的单位，而且已有两个单位提出了承包要求。原煤炭部长高扬文也打电话说："这批设备太重要、太先进也太庞杂。你们如果实力不足，就承包出去吧。"为这事，平朔煤矿的领导班子反复进行了研究：承包出去，省心、省事、省力，但是费钱——按国家概算，不考虑承包方的意见，也得800万美元。正在创业建设中的平朔安太堡，处处都得花钱呀！他们算来算去，怎么也舍不得这笔太大的开支。于是，下定决心：即有千难万险，也要自己干，并立即组织了以副总经理周子义和处长陈立为正副指挥的指挥部，专门负责这项陌生而艰巨的棘手任务。

这任务的第一步是要把这些重量级成套设备运回来。那时候还没有高速公路。从天津到雁北，都是20世纪五六十年代修的二级路，甚至还有不少够不上级别的绕山弯路。所以探路况，摸路情，成了关键的关键。于是，周子义、陈立还挑了一名有经验的工程师和六名司机乘一辆面包车，出征探路了。他们经山阴、雁门关、紫荆关、霸县、杨柳青等地到天津。在路上，一边走一边查看路情，还得经常下车，量弯度、记数据……这条路的情况是：车辆少，涵洞少，但是山多，弯多。在雁门关段要拐37个弯儿，马头山是49个弯儿，桥梁共有97座。此线，他们视为南线。另一条线，是从天津到杨村经北京、宣化、沙城、大同到朔县，他们称北线。高扬文部长听了探路的情况汇报后，高兴地说："开始，你们要自己承担这项任务，我很担心！经过你们探路、预测，我心里有底了。谢谢你们呀！"

1985年除夕之夜，8台大吊车、2000多立方、800吨重的设备必须立即从天津运回平朔。为此，指挥部全体都放弃了年节休息，又挑选了16名技术工人，驾驶4辆长长的拖板车，从南线赴天津。在那里昼夜加班，艰苦奋战了五昼夜。为了安全，领导让他们挤时间睡了一觉，然后便起身擦着干裂的嘴唇，揉着沉重的眼皮上车了。于是，满载重型设备的4辆长形拖板车和紧紧跟在后面的8台大吊车，威武雄壮地离开了天津。经北线，绕北京，过大同，按时而安全地回到了平朔。

农民梁生宝去给互助组买稻种，为节省两角住店钱，铺开麻袋躺在地上过夜；石油工人王进喜带着腿伤跳进泥浆池，以身做搅拌机，抢救井喷的油井；80年代的平朔煤矿建设者，为节省美金，胆大心细，吃尽苦头，完成了本没实力承担的艰巨任务。这些人，这些事，虽然所处时代、地点、行业都不同，但他们的创业精神，却是那么惊人的相似，真让我感叹，真让我敬佩，也真给我鼓舞和力量。

时光荏苒，历史的列车已经快速地驶入了新世纪的第16个年头。在改革创业的新风，正带着温馨和暖意吹拂着祖国的辽阔大地，给了广大科技工作者、企业和民众以巨大的激励和鼓舞。我深信，一定会有新一代的柳青，写出新时期的小说《创业史》；也会有新一代的张天民，写出新的电影或电视剧《创业》。

随着岁月的流逝，过去的路，过去的人，过去的事……不少都远去了、淡漠了，但读过的书，书中的人，人物的故事……却有不少还在心中装着，每到春暖花开的时候，眼前就会绽放出一朵朵艳丽的鲜花，让人感到舒心、喜悦和温馨。今后，创业的故事，创业的人物，创业的事迹，定会更多更多，书写这类故事的各类作品，也会更深刻、更生动。新时代的新世界，将变得更美艳、更温暖。

2016 年 3 月初稿

2018 年 8 月改毕

《人事感言》的感言

    2016年3月9日，作家边云芳来舍小坐，临走时她说："还有一件事，有个朋友捎来一本书，想请您看看……"说着就把书递给我。然后，简单地介绍了此书的作者情况。我完全理解云芳的意思，但是我不能给她理想的回答，我说："这几天正在写关于读《创业史》的随想，案头还有三位朋友的长篇小说没有读完，更没有写什么。对你带来的这部书，我真的不敢说出具体的时间安排。"边云芳是位有实力并勤于写作的作家，我想，她一定能理解我的心情。果真，她没有再说什么，只是告诉我，作者6月份就要退休了。她说话的态度很

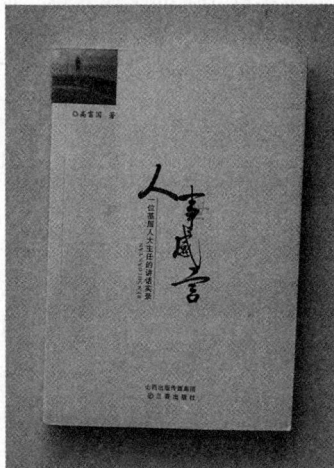

《人事感言》

诚恳，我自然也就理解了她这话的含义。

此书名曰《人事感言》(以下称《感言》)，是一位基层主任的讲话实录，作者叫高富国。我不认识这位作者，只是从边云芳的介绍和封面勒口的作者简介中，了解了一些很简单的情况。再看书的副题，是"讲话实录"，也就没引起我多大的兴趣。但当我将"创业"稿写完后，还是翻开了这部书，没想到这一翻，就没放下——从序言到后记，逐章逐段地一气都读了一遍。然后，再返回来，对重点章节的关键词语及其阐述的观点，细看、细想、细琢磨，更确切地说，是在反复地学习。用自己的浅薄认识，得出的结论是：这是一部好书，也是近两年来我很下功夫阅读的一本书。因为它吸引了我，启发了我，其魅力让我不愿放下。

《感言》共收集了作者的16篇讲话，在这些讲话中，我没看到那些在任何地方都能用的套话，也没有什么具体的工作总结和几点几条的工作安排，而是充满了文化的韵味和人情的沟通。实际上，就是讲话人和与会人在谈心交心。所以，让人感到的是真诚，是和谐，是亲切，是温馨，是诱导，而不是在空谈在说教，更没有那些高调的口号和训斥的口气。读了这书以后，感到很新颖，甚至很振奋。想起来，自己在工作岗位上也走过了半个世纪的历程，听到过数不清的各式各样的报告和讲话，《感言》真的是让人感到了一股新的文风扑面而来。我曾多次为领导起草过报告，自己也多次在台上讲话，虽已退休多年，可一直也没离开笔墨。所以读起这本书来不仅有浓郁的兴趣，而且还感到特别亲切和可贵。同时，在心灵上也受到了感化，受到了触动，对自己那些年所写所讲还隐隐感到一些缺憾，这虽然有时代因素，但也还是有不少值得深思的地方。

"读书·事业·人生"这一篇，是作者在一次读书活动总结交流会上的讲话。讲话开始，就开门见山地说："刚才有十二位同志发言，都讲得不错，但有几位同志念错了几个字，我不挑明了，是谁错了谁注意。"接着就指出了那几个错字："莘莘学子"念成了"辛辛学子"；"瞠目结舌"念成了"堂目结舌"；"驾驭"念成了"驾驶"；"干涸"念成了"干固"。指出这几个错字后，没有批评更没有指责，只是说，过去有的老干部念错字，人们可以理解，因为在那个年代，他们没机会学文化。现在的干部，就不该念错了……读了这一段，我有三点体会：一、讲话人在听大家交流发言的时候肯定精神非常集中，态度非常认真，思考非常专注；二、在这样郑重的读书学习交流会上，领导讲话开始就直截了当地指出这么几个错别字来，这种形式很少见到，不仅让人感到新颖，甚至还会有些惊讶，无疑，就会引起人们的重视；三、实际上，这也是对读书的一种要求。这几个错别字告诉我们，读书，一定要认真，不能马虎。我读书也有这个毛病：只贪快，了解了意思就过去了，对一些容易读错的字和词不求甚解，因为查字典写笔记太麻烦。怕麻烦，是读书学习的顽敌。所以，在讲话中，指出这么几个错别字来，不仅是必要的，而且是很重要的。

《感言》的作者把16次讲话，分成了16个章节，全书大约16万多字，谈到的问题涉及政治、经济、文化、生活等许多方面。也许是因为这些，作者在每一章节前都加有"内容提要"和"哲思妙语"作为导读，将其主要内容、思考议题以及关键词语等，都很有条理而精妙地标记出来了。我想，这不单是为读者提供了阅读的方便，更重要的是也将主题思想集中而明确地做了概括的介绍和说明。所以，我读来读去，终于慢慢感悟到了本书那深刻而鲜明的主题——人生。仅从16个题目就可看到人生在本书的分量。如"人生的三个关键词""读书·事业·人生""人生三惜"。"人生三境界"都直接说的是人生。其他章节的内容，像讲工作、讲心态、讲读书、讲宽容、讲敬畏、讲敬业、讲乐群……其核心问题也都紧紧地和人生连在了一起。众所周知，人生这两个字，对任何人都是极端重要的。它是那么重大，又那么平凡；是那么美好，又那么艰难；是那么复杂，又那么简单；是那么沉重，又那么轻松；是那么漫长，又那么短暂……能让读者领悟到人生这两个字的内涵和重量，并从中获取一些思索，一些启迪，一些力量，这或许就是《感言》的亮点和特色。所以我说，这部书的主题特别突出，因而也特别深刻，而且任何读者都可能在阅读中获益。故而称其为好书。

对人生的认识和解读，有各种各样的版本。

我们的老祖先孔圣人等，在做人方面为我们留下了极其丰富的精神财富。诸如仁爱、孝道、诚信、宽容、和为贵、非礼勿动、吾日三省吾身等等，都成了我们祖祖辈辈的传家之宝。人们常说的"做人有五德"，"五德"中的第一条是"仁"，"仁者，人也"。指和别人相处时，能做到融洽、和谐，能爱人、为人，就是仁。这就要求，凡事不能光想自己，要设身处地地为别人着想。说白了，就是不要太自私。第五德是"信"，信这个字，由人和言组成。其本意是"真心实意"。俗话讲，遵守承诺为信。有重守承诺的道德标准，也就有了对"一诺千金"的推崇和对轻诺寡信的鞭挞。古人的"五德"，很多人都熟悉，读起来也很容易，关键的关键是在具体的言行中能否落到实处。用"德"做人——仁、义、礼、智、信，要能做到这些，就该算是一个有道德的人，一个高尚的人，一个脱离了低级趣味的人，一个有利于人民的人。人活在世，要学会分享和给予，养成互爱互助的道德品行。人常说，"施恩于人共分享""献花人手中有余香"。给予的越多，生命就越丰富，人生也就越臻于至善至美。在《感言》中的每一章节，都直接或间接地体现了先贤们这些传统的文化内涵。所以，在读这本书时，这些祖祖辈辈传承下来的熠熠闪光的人生教诲，往往就在我脑海里涌动闪现，不时会感到神清气爽、心旷神怡——这样的滋味真好。

把话题转到当代来。

我在上学的时候，看过一部长篇小说，叫《钢铁是怎样炼成的》。那里面有一段话，当时很多同学都能背过来："人最宝贵的东西是生命，生命属于我们只有一次。人的一生应该这样度过：当他回首往事时，不因虚度年华而悔恨，也不因碌碌无为而羞愧……"作者叫奥斯特洛夫斯基，是前苏联的一名战士，曾流血负伤，后又在工作中双目失明，全身瘫痪。他经受了难以想象的苦难，终于写成了闻名中国的这部小说。这部小说，在我们那一代青年中流传非常广泛，对人们世界观的形成影响很大。60多年过去了，现在我写这段话，仍没有找任何资料，完全是背诵着写下来的，可见它给人们留下的印象之深。尽管时光荏苒，生活不断变化，但对思考人生来说，这还应算是一个不可或缺的版本。《感言》中，引用了张潮《幽梦影》中的精彩哲言："藏书不难，能看为难；看书不难，能读为难；读书不难，能用为难；能用不难，能记为难。"对这几句话，我看了又看，反复思考，感受很深。读书的关键在一个用字，读文学一类的书，我想主要是应用于修身。《钢铁是怎样炼成的》为什么给人留下这么深的印象？主要是因为它是修身的良药，是做人的妙方，读它可以汲取精神的营养，找到人生的方向。

读完《感言》后，我便从书架上取下来路遥的一部长篇小说，其名就叫《人生》。其实，路遥的那部《平凡的世界》也讲了不少人生的故事。这部《人生》，更集中更深刻地反映了"人生"这个主题。故事并不复杂：一个叫高加林的高中生，毕业后回农村当了民办教师。在他失去这职业，情绪低沉时，一位纯真美丽的农村姑娘爱上了他。一个偶然的机会，他进城工作了，由于他才华出众，引人瞩目。留在城里工作的同班同学，一个貌美动人的姑娘又和他相爱。但由于某种原因，他又被退回了农村。城里的姑娘不再和她相爱，农村的那位姑娘也已违心地和别人结婚。主人公在人生的道路上迈出了错误的第一步，也是很关键的一步。这是一部能让人特别是让青年人深思人生的小说。在小说的扉页上，印有前辈著名作家柳青的题词："人生的道路虽然漫长，但紧要处常常只有几步，特别是当人年轻的时候……你走错一步，可以影响人生的一个时期，也可以影响一生。"《感言》在谈到怎么做一个对国家对社会有用的人时，提到过"人生二十最"，其中最前边的几条是：人生最大的敌人是自己；人生最大的毛病是自私；人生最大的悲哀是无知；人生最大的失败是骄傲……《人生》里的那个高中生，几乎占了上述所有问题，所以他在人生的第一步，就迈错了脚。人生最大的敌人是自己，是自己的脑海里那个"私"字。在人生的历程中，做每一件事，迈每一步，都要把这个"私"字管好。管好了，就是一个好人；管不好，就会做傻事，就要跌跟头。《人生》中的高加林在爱情上就跌了跤。不过跌倒了，也不要怕，一定要再站起来，继续向前走。哲人说："爱情是一位伟大的导师，能教会我们重新做人。"爱情，是人生的一个重要内容。树立什么样的爱情观，这几乎是任何人都要认真研读的一个人生版本。

在读《感言》时，我还想到梁晓声的一部散文集——《生命，何以高贵》。他面对长期患病住院和每年要付出高额花费的哥哥，做出来这样的人生总结："对于绝大多数的人，人生本就是一堆责任而已。"这句话，也是任何人都不能也不该忘记的人生版本。《感言》中第一章就对这一点做了详尽的阐述："责任心是指个人对自己、对家庭和集体、对国家和社会所负责任的认识、情感和信念，以及与之相应的遵守规范、承担责任和履行义务的自觉态度。负责、担当、主动、辛苦是体现一个人责任心的关键词。"又说："责任心与自尊心、自信心、进取心、雄心、恒心、事业心、孝心……是'群心'灿烂中的核心。它是一个人应具备的基本素养，是健全人格的基础……"

这话说得非常深刻非常精准，而且一目了然，一看就懂。然而，我们不是经常看到那些在工作中，没有责任心，不去担当，不去付出，推推拖拖，诿过避事，畏葸不前的现象吗？

再说孝心，这是老祖宗留下的传统美德。其实，人生下来，本身就带有一种责任：那就是孝敬长辈——这是天经地义的责任。可实际生活中，不肖子孙也并不少见。央视的法制节目，那些父母状告子女、子女状告父母以及因为奉养父母，兄弟姐妹互告的案件，可谓屡见不鲜，有时候真让观众痛心疾首。作家梁晓声做出的人生总结，是在实际生活中的深刻感悟，和《感言》中关于"责任心"的论述不谋而合，这说明责任心千真万确是一个人的立身之本，任何人在这个问题上也不能有丝毫的含糊。否则，人这一生还能有什么价值？所以，要谈人生，是绝对离不开"责任心"这个话题的。

在《感言》中，有一个章节叫"敬业·乐群"。这一节，作者推心置腹地谈做人、谈工作、谈团结、谈家庭。我读后的突出感觉是两个字："朋友"。说白了，就是团结人。人活一生，得团结人，得有朋友。人们常说：人的一生可以没有金钱财宝，也可以没有高官厚禄，但不能没有团结，更不能没有朋友。不讲团结没有朋友的人生，是残缺不全的人生，是孤独可怜的人生，当然也就谈不上什么敬业，什么成绩。这一点也是人生的一个很重要的版本。古希腊诗人荷马说："真正的朋友是一个灵魂寓于两个身体，两个灵魂只有一个思想，两颗心的跳动是一致的。"法国工人运动领袖、马克思的女婿保尔·拉法格说："当我们回忆恩格斯的时候，就不能不同时想起马克思，同样，当我们回忆马克思的时候，也就不免想起恩格斯。他们两人的生活联系如此紧密，简直是统一而不可分割的。"这就是朋友——真正的朋友。我们古人讲：朋友要有三品，首先是挚友如水——君子之交淡如水。要纯洁、晶亮，无私心杂念，如左膀右臂，不离不弃，始终如一。还要挚友如粥，充饥解饿，温身暖心，不戚戚于贫贱，不汲汲于富贵。这样的朋友典雅而味美。挚友还应如茶，缘于品，敬于德，清雅高洁，相知相融，志同道合，互助一生。交朋友主要是看心和德，对方不一定完美，但要肝胆相照，志同道合，不能只看有权有钱有势的时候，而是要看能否荣辱与共，风雨同舟。真正的朋友，应该是一生你扶我挽，共对厄运，共攀高峰。欧阳修在《朋党论》中说："君子与君子以同道为朋，小人与小人以同利为朋。""以同道为朋"的是真朋友；"以同利为朋"的是假朋友。至今，这句话还是很有价值的。巴金和冰心之间高尚、净美的友情，完全出于志同道合。他俩结成的"君子之交"，像水一样晶莹透亮，被誉为"纯洁友谊的象征"。

《感言》中说："人缘好，亲和力强，人际关系好，这是为人非常良好的一种品质。"这话讲得很实在，也很深刻，对交朋友也很重要。一个人要想得到好朋友、真朋友，首先自己得够朋友，得人缘好，得真心实意去处朋友。把朋友的事，当自己的事去想、去做。怎么才能做到这一条呢？《感言》在"人生三境界"中反复提到了宽容、包容和从容。并强调，"爱"是三境界的前提，"善"是三境界的内容。应该说，这三境界是人们修身立德的大课堂，是能不能有好人缘的鲜明标志，也是能不能交好朋友的先决条件，是做人特别是做好人的一项起码要求。所以宽容、包容、从容，这三境界应该成为我们人生不懈追求的目标。当然，什么事情都要做具体分析。作家王蒙说："个人修养上的宽容，与做事情的严格并不矛盾。做事应该严格，待人应该宽容。律己应该严格，而待人应该宽容，这大致是不错的。至于具体事宜，何者宜宽，何者宜严，因人因事因时因地而异。"

在讲三境界的时候，《感言》里还强调说，要讲宽容，一定得有善心、含善意、办善事、讲善言。无论是在单位、在社会、在家庭，都要将心比心，与人为善。对此，我也有切身体会。80年代，在我和老作家萧军相处的日子里，他曾为我题词："与人为善，乐在其中。"这句话直到现在还深深地铭刻在我的记忆中，许多具体的人事交往中，曾给过我不少及时的启发和贴切的帮助。这让我享受了不少与人为善的快乐、温馨和幸福。不过，我想也有必要提醒读者：为人处世是一门学问，讲爱心，做善事，也需要智慧，需要思考，一定要把好事办好，尽力避免相反。

读了《感言》以后，很受启发，于是就围绕人生这个话题，想到了上述那几个人生的版本。肯定是不完全的，也不一定准确，只是个人读《感言》的感言罢了。谈人生，还有两个对所有人生版本都绕不开的问题，必须谈到：

一、是人生观。《感言》中说："'世界观、人生观、价值观'现在不怎么讲了，不讲也重要。"这话讲得太好了！把我心中有，而嘴里和笔下都还没有说的话，讲出来了。读后很高兴，很痛快。因为人生观是人生的总开关，是人生的根本所在。前面提到的那些人生版本中对人生的要求，能不能在实际生活中落实，落实到什么程度，或问，该人到底是个什么样的人？归根到底，都是靠人生观来支配的。人生观取决于世界观，世界观是人们对世界总的看法。正确的人生观，引导人走正路，当好人，成为一个对社会对人民有用的人。否则，就会出现相反的效果。人生观直接影响人的价值取向，并决定人们对价值问题的根本看法。社会主义的核心价值观那24个字"富强、民主、文明、和谐、自由、平等、公正、法制、爱国、敬业、诚信、友善"，与每个人都息息相关，特别是属于公民个人层面的爱国、敬业、诚信、友善的内容，更是需要我们具体在生活中落实。这就需要有正确的人生观来指导。正确的人生观从哪里来呢？当然是要靠在社会实践中自觉地经常地甚至是刻苦地去修炼，还有一条必经之路，那就是读书学习。

二、关于读书学习问题，《感言》中用了很多篇幅，下了很大功夫，非常突出、非常系统、非常深刻，甚至是非常精美地做了深入浅出地阐述。我在阅读中，爱不释手，反复咀嚼，深感味美韵浓，情真意切，真的是受益匪浅。关于读书的意义、读书的方法、读书的要求、读书的时间等问题，《感言》中都讲得很全面很到位也很实际，我不想再累赘什么。

但本文主要说的是人生，似还应围绕人生和读书的关系谈两点：

首先想说的是要多读点儿哲学，哲学是人生观和方法论的学问。要树立正确的人生观必得认真学哲学，尽量做到在任何情况下，都心明眼亮，路途不迷，脚跟不乱，一步一个脚印地走在人生的光明大道上。

二是我想说，能读点儿文学——若能读点古今中外的经典名著，那就更好。文学是人学，它能"随风潜入夜，润物细无声"地影响人的灵魂，美化人的气质，也会让人获得智慧，享受温馨和快乐。当然，提出这两点，绝没有忽视阅读其他门类书籍的意思。我非常赞成英国思想家培根的名言："读书足以怡情……读史使人明智，读诗使人灵秀，数学使人周密，科学使人深刻，伦理学使人庄重，逻辑修辞之学使人善辩：凡有所学，皆成性格。"说到底，根据自己的实际情况，选择自己需要的好书去读就是了。

最后，还要说两句题外话读《感言》，让我看到作者所在单位，群众性读书活动开展得挺好，可说是有组织、有领导、有布置、有检查，而且还有总结和交流，这真让人感到兴奋和鼓舞。我想，如果有更多的单位都能这样做，那么我们"建设书香社会"的步伐就一定会大大加快。

2016 年 5 月

感悟龙马精神

  2014 年是甲午年，也是马年。辞旧迎新，从元旦开始，特别是到了春节前后，关于马字的吉祥成语在各媒体上简直火爆到了极致。例如"马到成功""人强马壮""马不停蹄""老马识途""龙马精神"等等。同时，"马上发财""马上幸福""马上有一切"等等调侃之语，也在网络上活跃起来。我想，不管是关于"马"字的吉祥成语，还是那些调侃口吻表达的向往，都不如马上转化为行动落实在日常工作中更好。

  龙马，就是传说中的骏马。龙马精神，就是形容其健旺非凡、力大无比、勇猛持久的精神。传说中国古代龙和马的关系非常密切，龙首像马，龙身的一部分也取自马体。古人认为，龙和马是可以互变的，"马八尺以上为龙"，还说，龙成了精就是马。长篇小说《西游记》中说的白龙马，原来是西海龙王的儿子，因犯了罪，变成了一匹白马，被唐僧骑了好多年。这些传说都是讲龙和马的关系，归根到底是说龙马精神的。

写到这里，我想到在 20 世纪 60 年代中期，看过的一部电影，名字就叫《龙马精神》，编剧叫李凖。这是一位我很崇敬的著名作家，曾是中国作家协会副主席、中国电影文学学会副会长，也当选过全国人大代表和全国政协委员。他的长篇小说《黄河东流去》和短篇小说集《李双双小传》，以及根据这两部作品改编的电影，我都看了不止一遍。还有他编剧的《老兵新传》《牧马人》《高山下的花环》等作品也都强烈地吸引过我，并留下了深刻的印象。那时候，我刚刚迈过文学创作的门槛，特想从像李凖这样有成就的作家的作品中学到点儿写作知识。由于这一切，我在看电影《龙马精神》的时候，精力就特别集中，看得特别认真，而且先后看过两次。直到现在，对其故事梗概、矛盾冲突、人物性格和主题思想等还都有比较清楚的印象。为了进一步感悟龙马精神，我想有必要介绍一下电影《龙马精神》的故事情节。

电影《龙马精神》讲的是河南一个叫柿子沟的农村，因缺水缺大牲畜，生产落后，生活苦难。一天，生产委员韩芒种和副队长李十三，在物资交流会上遇到了一匹瘦骨嶙峋、出气都无力的瘦马。韩芒种看着这匹瘦马，左思谋右考虑，认为只要下功夫喂养，塌下心来侍奉，这马将来会是一匹好马。经过再三坚持，说服了怕担责任的李十三，终于用 120 元便宜价钱，为队里买下了这匹瘦马。村里有个饲养员叫梁斗，对饲养牲口是内行，但他自私自利，也想买下这瘦马，养好了再倒腾出去，为自己赚一笔大钱。现在他看韩芒种为队里买下了，就故意刁难，拒不接受喂养瘦马的任务，这就给队里和韩芒种出了个大难题。韩芒种无奈，只好自己喂养，又怕喂不好，给队里造成损失。这时候，生产队长长水，从公社开会回来，带来了会议提倡的自力更生、奋发图强的革命精神。他积极支持韩芒种喂养瘦马的要求。梁斗还不死心，让自己老婆去挑唆韩芒种的妻子，叫她拉韩芒种的后腿。此招果然有效，韩芒种白天去队里干活，夜里服侍瘦马，再加上总用家里的香油、荞麦皮给马治病，妻子很生气，经常和韩芒种顶嘴，后来终于吵了一架，回了娘家。这给韩芒种的工作，增加了很大压力。但是他没被困难吓倒，仍然不辞辛苦地喂养那匹瘦马，黑夜白日地精心侍奉。有时候，半宿半夜地就在牲口棚看护，舍不得离开。他觉得喂好这匹瘦马不仅仅是为了增加蓄力，更重要的是"代表队里的一种志气，一种希望，一种精神"。他的思想，他的行为得到了队长和村民的赞同、支持和鼓励。他妻子从娘家回来后，看到瘦马病已治好，而且渐渐肥壮起来了。于是，夫妻和好。但在梁斗老婆唆使下，韩芒种的妻子自作主张将马交给饲养室让梁斗喂养去了。韩芒种发现后，又着急又生气，但他还是压制着内心的激愤和痛苦，对妻子进行耐心地启发和教育，终于使其觉醒过来，夫妻再次和好。队里这时又派韩芒种到饲养室，在队长等人的帮助下，揭露了梁斗偷饲料损公利己的行为。在队领导和全体村民的共同努力下，村里还修了水渠，获得了丰收。韩芒种的瘦马也喂得膘肥体壮，拉着载满粮食的大车奔跑在交送公粮的大道上。

这部电影给观众介绍了一个贫困农村的普通村民，在复杂的矛盾和巨大的压力下，是如何不辞辛苦、坚持不懈，尽心尽力地将一匹瘦马、弱马、病马侍养成一匹肥马、壮马、好马的故事。但是这绝不仅仅是讲一个农民养一匹瘦马的故事，作家李準为这部电影取名叫《龙马精神》，这才是真正的主题。龙马精神是中华民族自古以来所崇尚的奋斗不止、自强不息的民族精神。祖先们认为，龙马就是仁马；它是黄河的精灵，是炎黄子孙的化身，代表了华夏民族的主体精神和崇高道德；它是刚健、昂扬、善良、昌盛、发达及团结奋斗、生生不息的具体体现。电影《龙马精神》中的韩芒种，那种为了集体没日没夜扑下身子养瘦马的感人事迹，就是龙马精神形象而具体的表现。什么是龙马精神？怎样发扬龙马精神？观众都能从这部电影中琢磨感悟到。"龙马精神"每个人都能做到，每个人都应该做到，因为我们是中华儿女，是炎黄子孙。

发祥在朔州，山西乃至全国人民都在学习的"右玉精神"，说到底就是我们中华民族那种奋斗不止、自强不息、进取向上的精神。60多年前的右玉是一片荒芜一片沙，森林覆盖率不足 0.3%，而沙化面积却达到 76.4%。人们生动的概括是"一年一场风，从春刮到冬"。现在，右玉已经是满目青翠绿染大地，森林覆盖率达 52% 以上，高出全国平均水平三十多个百分点。人们生动地概括为："冬天的白玉石，夏天的绿翡翠。"这翻天覆地的变化，靠的是什么？右玉的回答是：一任接一任的领导班子和几代右玉人，矢志不渝，坚持不懈，靠着窝头加镢头，从 50 年代"哪里能栽哪里栽，先让局部绿起来"，到 60 年代"哪里有风哪里栽，要把风沙锁起来"……直到现在"乔灌混杂立体栽，山川遍地靓起来"。右玉的干部群众始终从实际出发，脚踏实地、坚忍不拔地为大地添绿增翠，跑出了一场感天动地的"绿色接力"。收获的不仅仅是青山绿水，更是宝贵的精神财富。这种精神财富，就是华夏民族的主体精神和崇高道德。这和进入马年以后，大家都在高喊的"龙马精神"一脉相承，水乳交融。电影《龙马精神》中的韩芒种，没日没夜伺候瘦马，使其变肥变壮，体现的是一个农民的崇高精神；右玉的每一棵树，每一片绿都来之不易，那无边无际的绿色原野，处处都闪烁着全县人民艰苦奋斗、自强不息的精神力量。其实，不管我们是从瘦马变肥马的故事中看到的精神，还是从右玉大地上那美丽的绿色图画中看到的"右玉精神"，统统都是中华民族的健旺非凡、自强不息、奋斗不止、代代相传的主体精神和道德追求。这种精神和道德是崇高的美丽的，然而又是具体的、人人都能做到，事事都能体现的，而这也就是我们所说的"龙马精神"。

2014 年 5 月初稿

2019 年 4 月再改

由"老马识途"所想到的

　　新年伊始，一家电视台的记者来电话，说马年到了，要做一套节目，说说有关马的故事，想让我也参与这个节目。这个电话引起我对马的思考：自从人类告别渔猎时代，进入农耕社会，马便来到人世间，成了人类的好朋友。平时，耕地、拉车、驮物……勤勤恳恳，忠心耿耿；战时，更是一马当先，备鞍披甲，沙场征战，出生入死，战功赫赫。因此马便成了人们最可靠的伙伴，也理所当然地充当了六畜之首和十二生肖之一。古往今来，说到"马"，人们脑海里都能涌现出许多蕴含"马"的吉祥成语。例如"马到成功""马不停蹄""龙马精神""老马识途"……从本意上看，这些或许也是吉祥的渴望吧。在这些吉祥的成语和渴望中，给我印象最深的是"老马识途"。

　　我最早是在一部历史丛书中看到"老马识途"这个典故的。说它是个典故，是因为它蕴含在一个古老的故事中。春秋时期，齐国的齐桓公和国相管仲带兵去征伐孤竹国（在今河北

264

唐山北）。军队在班师回国的途中迷失了方向（也有一说是被骗迷途的），在山沟里转了好几天也找不到出山的道路，却闯入了大漠地带，只见白茫茫一片平沙，黑黯黯千重惨雾，大队人马只是在深谷和大漠里东闯西撞，却始终辨不清方向，加上饥饿劳累，从上到下都弥漫着一派恐慌急躁的情绪。管仲说："久闻听北方有旱海，我们不可再乱闯。"随后他又对齐桓公说："我知道老马识途，老马多从漠北而来，可择老马数匹，观其所往而随之。"齐桓公依其言，找老马数匹，纵之先行。老马们果然将队伍带出了迷路。明代文学家冯梦龙为此作诗曰："蚁能知水马知途，异类能将危困扶。"这也说清了老马识途的意思。

这个故事并不复杂，其含义也容易理解。老马认识走过的路，比喻年老的人经历多，有经验，在生活和工作中还是会发挥一定作用的。所以社会上要正确对待老年人，注意发挥他们的余热；老年人更要自信不要自卑，尽量多给社会做点贡献。

我对这个典故之所以有兴趣，印象深，还有一层意思，就是上边提到的齐桓公和管仲的关系。其实在这两个人中间，还有一个很关键的人，叫鲍叔牙。这个人留给我们的内涵更丰富更深刻，也更值得注意和深思。

春秋前期，齐公子小白在千钧一发中倒下装死，由此躲过了敌人的追杀，抢先登上了齐国的王位，这就是有名的齐桓公。齐桓公即位后，旋即打败鲁国，逼鲁庄公杀了齐桓公夺权争位的对手公子纠。而在先前的交战中射了齐桓公一箭，使齐桓公诈死而逃的管仲则被押回齐国。齐军主帅鲍叔牙是管仲的好朋友，知他是才华横溢、文武双全的能人，便在路上释放了管仲，并竭力保举管仲为相。他对齐桓公说："要成就齐国的霸业非管仲不可。"齐桓公说："他差点把我射死，可是我的大仇人哪！"鲍叔牙说："这正是他忠于自己主子的表现。如果成了主公的臣子，他就会射主公的敌人呀。"

鲍叔牙的话打动了齐桓公，一方面他确实有成就一代霸业的雄心，另一方面他也确实知晓管仲是个难得的人才，唯恐落入他人之手。经再三思忖，他接纳了鲍叔牙的意见，不计前嫌，重用管仲，拜其为相，以非常之举筹划非常之功。后来，管仲辅佐齐桓公终于成就了他的霸业。齐桓公拜管仲为相成为中国历史上不拘一格起用人才的典范。管仲也忠心耿耿在齐国推行了一系列改革措施，使齐国强盛起来，齐桓公成了春秋时期的首霸。

这个故事中有三个人物：齐桓公、管仲和鲍叔牙。管仲曾经是齐桓公的对立面，并且有一箭之仇。齐桓公本来是要启用鲍叔牙的，而鲍叔牙却极力推荐管仲为相，最终齐桓公还真的采纳了鲍叔牙的意见，重用了管仲，而且取得了在当时可谓是有目共睹的业绩。

中国的历史文化太伟大了，也太神奇了。无论从哪个角度去理解都会有意想不到的收获。这里所撷取的老马识途的典故和由这个典故连带出来的这三个人物，以及他们之间的关系，只不过是历史文化中很小的一朵浪花，但它却能穿越时空的翰墨芬芳，让我们开阔眼界，增加知识，启迪心智。英国哲学家培根说过："历史使人明智。"像这样蕴含在滔滔历史长河中的小小浪花不是也能使人感受到历史启迪现实的魅力吗？可以想象一下，当齐桓公下决心要重用管仲的时候，当管仲下决心要在齐桓公手下任职的时候，当鲍叔牙不顾自己的仕途而竭尽全力推荐管仲的时候，他们都想了些什么呢？这是不是也是他们"识途"的一个重要时刻呀？看来，每一个人在整个人生的路途中始终都有一个"识途"的问题。

写到这里，我想到了一位著名作家、书法家，其名就叫马识途。2014年1月3日是他一百岁生日。他毕业于西南联大中国文学系，参加过"一·二九"运动，从事过中共地下革命活动，曾任四川省委组织部、宣传部副部长，四川省作协主席、文联主席等职。出版过七八部长篇小说和大量的中短篇小说以及散文、杂文等著作。就在他过百岁生日的时候，四川文联还为他举办了"百岁书法展"。中国现代文学馆不久还要在北京为他举办书法展。前几天中国作协领导去四川看望马老，见他精神矍铄，面色红润，大家都格外高兴并为他祝福。前几年，我记得在一家小报上看到过一篇短文，说马识途能在一个世纪的风雨历程中始终能看清路、迈对步，工作上很有政绩，创作上很有成绩，而且还有一个好身体，看来他不仅是到了"老马"时候才"识途"，而是从"小马"开始就一直"识途"！马识途的名字和老马识途的意思有没有什么直接联系，小报上并没说，这句话可能有点儿调侃的意思，即便是调侃，我们不是也能从中感悟到一些可贵的精神价值吗？

辞旧迎新，马年刚到，人们就将有关马的吉祥成语或典故在各媒体快速传播开来，在社会的不少活动中也都用得活灵活现，恰到好处，让人们都多少感到了一种精神的愉悦和满足……这种内心的渴望，这些虔诚的祈福，一定程度上反映出人们的文化传承和向往，同时也能看出一些精神乃至物质的心愿和祈求。在五千年的漫漫征程中，多少战马嘶叫，多少风雨飘飘，多少人群聚聚散散，多少生命交替轮回……唯有我们伟大民族的文化，永恒地见证着我们国家的耀眼光辉。这些典故，这些传说，甚至其中的一些人物……都将会结合实际，转化为处理好各种问题的精神食粮，帮助我们踏踏实实地做好每一天的每一件工作。此时此刻，"老马识途"的故事也许对我们会有所启发——不管是"老马"还是"小马"，谁都有个"识途"的问题。特别是在关键时刻，切记要看清路，迈对步，朝着正确的方向不断前行。

2014 年 3 月初稿
2019 年 3 月二稿

巷道深处传来的觅书声

2018年春节刚过，我在博客上发了一篇散文，题目是《买书的那些事儿》。过了几天，打开博客看了看，见在评论栏目里，有一署名为"大同大不同"的博友发来的短讯，全文如下：

> 黄老，给您拜个晚年，祝您身体健康，幸福常伴！同时祝元宵节快乐！去年我在大同旧书市场，淘到了您的一本1990年的集子——《那片米黄色的房子》，很受教益，期望能得到您的一本新书。
>
> 2月27日

看了这则短讯，我还真是认真想了想。认为，这个叫"大同大不同"的人，应该是大同人；可能是中年，有一定的文化，爱看书，或许还喜欢文学，对我多少有点儿了解；工作岗位，应该是机关或是学校，如果是企业，至少也是个白领。本来，我想回他两句话，问问他的情况。想了想，又放弃了，随手便关了电脑。

我曾经多次让孩子们教我学会网购，要求很简单：一是能自己在网上买书；二是能自己叫外卖。但是，这个要求屡屡遭到孩子们异口同声地反对：说现在诈骗犯很多，诈骗的主要对象就是老年人。所以在手机上电脑里不认识的人，不了解的电话号码，一概不要理，不要接。我虽然不完全同意孩子们的观点，但是也无可奈何。再加上官方媒体也一再报道老人们上当受骗的例证及其惨状，实际上我已接受了孩子们的再三提醒。所以，虽然想给那个叫"大同大不同"的人回个话，但还是回避了。

又过了大约十几天，还是在评论栏目里，又看到了类似"大同大不同"在 2 月 27 日那样的短信，只是更恳切地提出，想求得一本新书。这次署名是"木易年华"。虽然署名与上次不同，但是，从内容和口气看，这应该是一个人。

我再次进行了分析：可以肯定，这些话没有什么虚假，也不会有什么骗意。试想，有谁会为一本书，两次三番发出这样的求书声。说来说去，不就是一本书吗？我想：无论如何应该给人家一个回音，这是基本的礼节。于是，我在回复一栏，写了如下的回话：

木易年华：

你好，看到了你在评论中的手迹，先谢谢你的关注。所谈期望求书一事，望将联系方式告知。

第二天，我便看到了他的回讯。真实姓名：杨辉；现在是同煤集团四台矿掘进队党支部书记；下面是他的手机号码；最后又提了索求新书的意愿。看了这个虽简但明了直白的回讯，我很满意，甚至有些温馨和激奋——在大同煤矿，我工作和生活了整整 30 年，提到同煤，总有一些故乡情和亲热感。在 20 世纪 60 年代初，我还在一个掘进队蹲点劳动三个多月，和工人同吃同住同劳动，对掘进巷道里那打眼儿放炮的隆隆响声和煤尘飞扬烟雾滚滚的场景，还记忆犹新。工人们那朴实无华的品德和与我亲切相处的真诚情感，印象更加深刻。所以，当得知杨辉是掘进队的支部书记时，一下就觉得亲近了许多。心想，这书是要赠的——不完全是为他求书才赠，而是应该赠。但是，当我答复了他索书的要求后，并没有看到他的回话。这让我有点儿奇怪，过了两天，仍未见动静。我有点儿急，想打个电话，但没有。我考虑，他一定是有特殊情况，否则，绝不会不给我个回话。于是，我产生了一个不好的预感：会不会是安全上的事——在煤矿工作，特别是井下生产，安全问题，每时每刻都是大事。于是，我决定暂不与他联系，怕干扰了他的工作，等一等再说吧。

过了一个礼拜，他在博客里回了信息。原来，他是去省城参加了一个礼拜的"注册安全工程师的继续教育培训班"。他说他心里很着急，想了解我对他求书的态度，但是不知道我的电话号码，就这么干着急地等了一个礼拜。

看完信息，我立刻将电话号码传给他，还当即通了话。我说：我也是很着急地等了一个礼拜。并告诉他，我很愿意赠书。现在得商量商量，这书怎么个取法——可能与年龄有关，我已经10多年不去邮局了，给朋友的赠书，多是请人顺便带去的。可你们四台矿很远，看你有什么好办法吗？他说，这就不用您老操心了，我想办法吧——随时和您电话联系。我说，我也再想想办法，如有人去四台矿，就给你带去。于是，这件事就这样有了一个阶段性的小结。

过了十几天，杨辉来了电话。他说，他有一个朋友的亲戚，住在朔州市城区，这个朋友已经和他的亲戚联系了，答应去取书。他问怎么能找到我，我当即和他说清。他很高兴，再次表示感谢。我说，今后不要再说感谢了。我倒是很赞赏你求书读书的精神。领导一个掘进队，是很忙很累的，可你还这么看重书，渴望书，索求书，这对我的启发和鼓舞也很大。我很想了解一些你和你们队的情况。如果方便，就耽误你会儿时间，给简单地介绍一下。他很高兴，便按我的意思，在电话里谈了半个小时，这也进一步加深了我们之间的相互了解和感情。

他们这个队，现有职工38人，是"四六"制作业。现在机械化程度比较高，但劳动强度还是比较大，煤尘也还不小。他本人每月要有十六七天下井。因为井上井下都得照顾，工作比较忙。他说："我还不到50岁，挤时间读书看报，还有精力。我爱人是小学老师，儿子正在读研，家里的读书环境还可以。我上学是在煤校，工作是在几百米的地下打巷道。出了井，就想看书读报，多学点儿知识，找点精神享受。早听说您是写煤矿的作家，前些天，在旧书市场买了您的小说集，挺受益。去年8月，在《中国煤炭报》看了介绍您的新作《往事札记》的文章，就一心想买一本，可是买不到。那时候，我就给您发过短信，您大概没见到。所以，就想办法，在博客上求您……"听了这些，我很感动，也很感佩——煤矿采掘队组的干部，都很辛苦。杨辉为这么本书，费了这么多心思，用了这么长时间，想了这么多办法，绕了这么多圈，这是多么可贵的精神呀！我有些激奋，便很认真地说："你的精神真叫人佩服！应该好好向你学习——等你朋友的那个亲戚来了，我会将这几年新出版的书，都给你带去。"

但是，过了一个礼拜，杨辉那个朋友的亲戚，也没见来。我想打个电话，又觉得不妥。杨辉肯定比我更急，不能再催他——大概是哪个环节又出了什么故障呗！等吧。

又等了20多天，突然一个陌生的电话打来。我立刻认定，这是杨辉那个朋友的亲戚，结果不是。电话里说："那个亲戚有特殊情况没来。我是同煤四台矿的工人，杨辉让我来取书。我要打的去你家，不知道线路。"我告诉他线路后，说："出租车不让进我们小区。到时，你打电话——我去接你。"等我把这位四台矿的工友接到家时，正是午间一点钟，老伴儿要为她准备午饭，他很着急地说："不必，不必——我是来参加同学女儿婚礼的，我得赶紧回饭店。杨辉再三嘱咐我，一定要抽空儿把书取回去。"我说："见一次面，咋也得说两句吧。"于是，我俩就有问有答地又聊了几句。

他告诉我：他叫史永平，是杨辉掘进队的电工。这个队的工人，大多是矿工子弟，都有点儿文化。杨辉也常常动员我们，要读书看报，让我们了解建设书香社会的形势。但人们都住在市里和同煤新盖的棚户区，离矿三四十里路。上下班，有专车接送。回家读不读书，不好掌握，很难说清。

我说，饭店里还有人等你，咱们今天就不说了。我赶紧将准备好的近10年出版的5本新书，用提兜装好交给他。另有一本，赠给史永平，直接递到他手中。送客人出门后，我看着这位提着书包，昂首远去的矿工背影，便长长地舒了口气，这件事终于办成了——我那颗曾经有过自疚自责的心，现在才微微有了一些自慰的舒爽……

送走史永平后，我本来应该午睡，但没有睡着。想这，想那……脑子很乱。这天是5月5号，如果从去年8月杨辉发来第一条留言算起，这件求书的故事，经过了整整10个月的时间，才算是画上了句号。想到这些，自己觉得很失礼，很不安。但是，杨辉求书的真诚和渴望读书的可贵精神，又实在感人，给人鼓舞，给人力量。越想，越心明眼亮，越心旷神怡。不知为啥，这时，又联想起过去许多矿工朋友的生动故事，更是让人激奋不已。此时此刻，脑海里竟忽地闪现出唐代诗人刘禹锡的诗句："晴空一鹤排云上，便引诗情到碧霄。"

杨辉的读书精神，让我豁然通达，精神振奋——退休以后，与采掘一线的矿工，渐渐远离，感情也慢慢淡化。加上社会的迅猛发展和形势的不断变迁，对矿工那种牺牲个人的光和热，为别人送去温暖和幸福的光荣传统，在脑海里，已不知不觉地逐步远去。杨辉的求书经过，让自己过去十分熟悉、屡屡宣传的矿工精神，又在眼前呈现出来。他们虽然还是工作在矿井深处，但面对新形势下的新要求，仍是挺胸向前，在精神文明乃至书香社会的建设中，丝毫不懈怠，不逊色，有责任，有担当。这让我们看到了矿工的光荣传统，在新时代，依然熠熠闪光——对我这样一个早已退休的煤矿老兵，真是一次深刻的启发和教育！

这里，好像还应该多说一句：不是因为杨辉是求索我的书，我才产生了那些反思和激奋，绝对不是，完全没有这个意思。我看重的是，那些工作在采掘一线的职工们，在建设书香社会的大环境中，从巷道深处传来的那股可贵而感人的读书精神。现在，我已有一定数量的藏书。可以做出表态：不管他们需要哪方面的书，想求哪位作家的书，只要可能，我会尽力而为，提供帮助。

2019 年春节

"文化小哥"王汉平

人们说，外卖已经是现代城市青年离不开的生活服务了。其实，何止是青年，退休的老年人，也往往拿出手机来，叫外卖。于是，外卖小哥，就成了人们常挂在嘴边的称谓。同时，对商务和邮政服务的快递员，大家也都称其为快递小哥。今天我要说的不是这些外卖和快递小哥，也不是刚刚在某些地方出现的"跑腿小哥"，而是在我们矿山工作的"文化小哥"——王汉平。

王汉平学习照

2019年3月26日，王汉平休班，抽空给我送来两期《阳光》杂志和几份近期的《平朔露矿报》。正遇见朋友小李也在，三人一起坐了一会儿。王汉平说去报社有事，就告辞离去。他走后，小李说："我知道王汉平——经常写稿，老郑出书，也帮过忙。"我指了指茶几上的杂志和报纸，说："这也是汉平给送来的。"小李脑子反应很快："这不成了'文化小哥'吗？"当时，我们正闲聊，也没怎么注意这句话。小李走后，我才想到了"文化小哥"这个称谓——越想越觉得还真能和王汉平连在一起。

王汉平是安太堡露天矿的一名重型卡车司机。他驾驶的重型卡车有二层楼房高，轮胎直径3米多，载重上百吨。在岩层爆破后，由电铲司机在1分钟内就要完成

王汉平驾驶重型卡车工作照

回转、推拉、提升、鸣笛等各项规定程序将卡车装满，卡车司机在此期间，精神要绝对集中，听到电铲鸣笛后，准时稳妥地将车开出采掘现场。从现场再到排土场的距离，一般是十几分钟到半小时要运送一趟——这就是他的工作。他们的工作是四班倒。一般情况下，如上早班，是7点出发，7点40到8点开班前会——安排生产任务，提醒安全注意事项和按规定与上班交接，下午5点左右才能回家。

王汉平"文化小哥"的"文化"之事，必须是在他的岗位任务圆满完成后，才能去做。这和快递小哥的快递，外卖小哥的送餐不同——他们除了要有做好服务的心愿和责任外，还有

劳动所得。王汉平这个文化小哥，有一个底线，那就是不管做其他什么事，都绝对不能影响本职工作。他驾驶的卡车，就是他肩上的千斤重担——眨眼的工夫都不能含糊，否则，万一出了事故——不管是生产事故还是安全事故，都会惊天动地，正如人们常说——那都是天大的事。

那么，这个文化小哥的文化工作能做些什么？该怎么去做呢？

文化小哥首要的一条是爱文化、学文化，胸中还得有文化。王汉平学历并不高，他中学没念完，因为家庭经济困难就辍学回了农村。可他热爱文化的心气和年轻人的灵气并没减少，不能在学校读书，在家里不也照样读吗！而且除了课本还能读更多自己喜欢的书——古代的小说和诗歌，当今的报纸和杂志，能找到的他都看。那时候，他家还没电视，但有广播站的喇叭，这都成了他读书学习的好课堂。柳青描写农村生活的长篇小说《创业史》，还有魏巍的纪实文学《谁是最可爱的人》等等，都给他留下了深刻影响。早年间，全国有名的大作家，山西省文学界的主要领导马烽，曾在应县臧寨大队住了一个多月，采访全国劳模臧仓，写出了报告文学《雁门关外一杆旗》。在省刊、省报发表后，不仅在全省引起轰动性效应，还传到了全国，影响挺大。后来，应县文联许世礼与李凡合作，将发表在全省和全国报刊的有关文章汇集成册，主编出版了名为《一辈子做好事的人——臧仓》一书。王汉平的村子距臧寨不到10里地。他读了这些作品，感到格外亲切，也对臧仓有了深刻印象和浓厚兴趣——那时臧仓已是县人大主任。王汉平的姐夫曾

马烽在臧寨与臧仓在一起

当过村里的党支部书记，和臧仓有工作往来，而且是忘年交。臧仓经常去村里调研，王汉平便认识了臧仓。听臧仓多次说过马烽来臧寨村里采访并和他交为朋友的故事，从而，对这位全国劳模和他并不相识的大作家马烽产生了深厚感情和崇敬之情。臧仓去世后，王汉平还去臧寨参加了追悼会。

　　王汉平在农村的这段自学生活和他了解的这些故事，大概就是他热爱文化、刻苦读书学文化、要以文化为百姓办事服务的初心。当时，农村的改革开放正在深入开展，好人好事层出不穷，于是他就拿起笔来开始写稿，写了稿就寄给或送到《雁北日报》《山西农民报》和县广播站。开始，虽然也能见报，但用稿不多，心中也有过犹豫。但他一想到马烽写臧仓的事，

279

就有了信心和勇气。马烽不会想到，30多年后的王汉平，在写稿投稿时，常常因为自己在应县采访的事受到鼓舞而增加信心。看来真的就像莎士比亚在《暴风雨》中所说："凡是过往，皆为序章。"后来，王汉平克服各种困难，写稿越来越多，也越来愈好，不但报刊上常能见到，广播里也常让人听到他写的那些好人好事。那时候，他也许还没认真想过，这些稿件实际就是自己为读者和听众送去的文化美食。客观上也就是人们常说的那句：辛苦了我一个，温暖了千万家——这大概就是他做文化小哥的开始。

2004年，王汉平从老家被招聘到安太堡露天矿当了一名派遣工人，经过一段时间的刻苦学习和钻研，他较快地熟悉了设备性能、操作技术和安全规程。同时在新的工作岗位和生活环境中，逐步接触和交往了在这座现代化大型企业工作的工人——他们的精神面貌和工作态度，他们的文化理念和生活方式，都让这个刚从农村来的新工人感到陌生而新鲜，温馨而向往——世界的完美，是因为它不只是由一种颜色组成；人生的完美，是步入征程以后才知道生命中还有更美好的东西值得人们去追求。王汉平在新的人生旅途中，开始在新的起点上思考自己的定位。现在，他周围的大学生比比皆是，老师傅们的工作精神举目可见。这使他感到自己与完美人生的距离还差得很远。他找差距补短板，根据自己的情况认定必须在"学"和"做"这两个字上，下苦功用大力，才能稳步前行。关键的关键是将学和做这两个字变为行动。

学，当然是要将岗位上的技艺学深吃透，绝对保证每天每月都安全地完成任务。这一点，他来矿15年的工作答卷，已经做了证明，不必细说。王汉平来矿后，这个个头不高、敦实憨厚的青年人，在文化的田园里一直信心十足地汲取营养并辛勤付出。工作再繁重，生活再紧张，睡觉前的一小时读书学习，是绝对不会忘掉的。他读了著名小说家刘庆邦以煤矿一次重大事故为题材的长篇小说《黑白男女》和不少描写煤矿工人的中、短篇小说。《中国煤炭报》和《阳光》杂志等报刊有关刘庆邦的报道和专访，他更是读得专心读得有味，就像当年在农村读马烽的文章一样，成了他爱文化学文化和用文化服务社会服务别人的一种初衷和力量。

刘庆邦在河南新密煤矿当工人时，也是通讯员。他趴在床铺上写稿和在"雪天送稿"的那些事儿，给王汉平留下了深刻印象。那是1977年的大年初一——那时煤炭是紧缺物资，到处需要煤。煤矿工人春节不放假。一大早，刘庆邦就和局党委副书记一起下井去装煤，但他更重要的任务是要在当天写出稿件送《河南日报》。下午出井后，天下大雪，交通车已停。无奈，就搭了一辆运煤车赶到郑州。报社招待所只有一个老汉值班，也只有他一个客人。好歹吃了两口饭，就趴在床板上写稿。窗外是飘飘扬扬的大雪，屋里鸦雀无声，他一直写到半夜，才将稿写完。第二天清晨，就踏着厚厚的积雪，赶紧到报社交了稿件。本想赶紧回家去过年，不料因为雪太大，汽车火车都停了，他只好又回到那个冷清清的招待所住下——这个年，他就这么过了；那个稿子则发在了大年初三的《河南日报》头版头条。那个趴在床铺写稿，在大雪天送稿，在招待所独自一人冷清过年的身影，深深地印在了王汉平的脑海中，而且，有时还在眼前晃来晃去。

转眼就到了 2019 年春节，按统一安排，大部分工人都放了假，一部分人则要加班坚守岗位。和王汉平工作在一个班组的值班经理翟江鹏，本该放假回家和好几年没见面的父母一起过年，但是他没有回。春节期间是安全生产的关键时刻，看望父母可以另找时间，安全的事才是最大的事。大年三十那天，他早早就上了班。班前会上，反复强调：春节上班，精神要集中，思想别走私，一切都要按章作业。还说，从我做起，这几天谁也不能喝多，更不能喝醉。

开完班前会，他驾驶皮卡车几乎跑遍了矿坑每一个作业点，还不时用报话机询问各个岗位的工作情况。他到排土场检查时，发现了一个不小的裂痕，如不及时处理，很可能就要发生滑坡事故——听说安太堡露天矿曾发生过一次滑坡，造成很大的伤亡损失。他毫不含糊，立刻调来卡车和推土机，果断处理了这个事故隐患。这天，王汉平也在上班——他亲耳听到亲眼看到了这一切，这比任何采访都更真实更生动也更感人——作为一个大学毕业不久，又在最基层的班组做领导，翟江鹏有这样的觉悟，这样的作风，这样的精神，实在是应该让更多的人了解，让更多的人感悟。

春节的夜晚，有些人在家看"春晚"，有些人则扶老携幼在花灯璀璨的街道和广场观灯火，看节目，热闹非凡。家人问汉平，是看电视还是上街看红火？他说，我有任务，你们愿做啥就做啥吧。他妻子是个有文化的人，知道他说的任务肯定是要写什么，没有打扰他。王汉平也没再说啥，脑海里却想的是翟江鹏在班上的情境。于是，就在大年三十的晚上，上了一天班的王汉平，又静静地坐在了电脑桌前，集中精力敲打起文字来——现在有多好呀！不用趴着写稿，不用送稿，不怕下大雪，不怕停了交通车，电脑就都给办了。

在春节后的几天内，他写的那篇《翟江鹏矿坑里过大年》的稿子，在《中国煤炭报》《朔州日报》《中国中煤报》还有《平朔露矿报》都相继刊登了。刚过年，大家立刻就看到这样的好文，知晓了这样的好事，读者也许真的会有所感悟吧——这就是文化小哥王汉平在春节期间送给大家的文化快餐。

全国"五一劳动奖章"获得者，全国煤炭行业技能大师，大国工匠精神的忠实践行者，安太堡露天矿 930E 重型卡车司机杨文茂，11 年安全行驶 14 万多公里，运煤量能装 18 万多节火车皮，并在多次技能大赛中屡屡获奖的事迹，一直就让王汉平激动不已。他用一切可用之机采访杨文茂。他们两个居住较远，来回一趟要跑六七十公里。王汉平曾两次去杨文茂家采访。这更使他下决心一定要写一写这位就在眼前的好工友、好劳模、好党员。终于，他拿出了一篇 4000 多字的长篇通讯《杨文茂：平凡岗位走出的全国技术能手》，一个礼拜后，《朔州日报》在头版"爱国情，奋斗者"大号字的栏目下全文发表。如果说，王汉平以前发的短稿是文化"快餐"，那么这次就应该说是"大餐"了。

王汉平，无论是作为生产一线的卡车司机，还是基层的通讯员，他始终是在党组织的领导和关怀下成长与工作的。2018

年，在庆祝改革开放 40 周年的时候，作为改革开放"试验田"的安太堡露天矿不能没有声音。矿党委书记李璋葆找王汉平商量，我们该怎么办？于是，两个人当即就推敲主题，研究提纲，很快就共同写出了《'试验田'里结硕果》的纪念文章，及时在相关报纸刊发，表达了全矿职工对改革开放的深厚感情和一定要把企业搞得更好的决心。

据不完全统计，在王汉平来矿的 15 年中，从小"豆腐块儿"到长篇通讯，在各报刊以及网上的发稿，已近千件——这就是这位文化小哥给众多读者送的文化快餐。

当今的社会，读纸质书报，当然还是不少人的首选，但电子书乃至网上阅读和手机传阅，都越来越受到读者特别是青年读者的热捧。还有一种读书学习的途径，好多人都实践过，体验过，那就是读者与读者，文友与文友之间的互学互帮与共融共进。王汉平对此很有兴趣，也很有收获。

老年人，有可能超越功利，面对自然；也可能打开心扉，纵情回忆。生于 1933 年的原平朔劳务公司经理郑茂昌应属第二种。他文化不算高，但写了不少回忆文章，并已汇集两册面世，第三部正在修改之中。在这方面，老年人就更需要支持和帮助。文化小哥王汉平曾多次帮郑老出谋划策并执笔修改。有一篇记述原中美合作经营时中方经理谢鸿秋的文章，《当代矿工》觉得太长，不好处理。王汉平就主动帮助修改，直到删去近半数文字，编辑部才安排了版面。为了改稿，这位文化小哥还常挤时间去郑老家，面对面地推敲商讨。按说，这位 87 岁仍在文化田园耕耘的老人，应是王汉平的绝对前辈，但他们谁也不想这些，而是怀着对文化的自信，你帮我，我帮你，心态很平和，气氛很融洽，这场合，这意境，甚是感人。郑老曾激情满怀地说："我们是文友，是朋友，更是挚友。"

今年77岁的池茂花先生，从新华社高级记者岗位退下来以后，仍在北京、太原和朔州三地间跑来跑去，忙活一些文化上的事。单位赠送他的一些报刊，就不能随他的活动及时快递到手。王汉平在朔州与池老相居很近，附近又有一所邮局，自然就将池老读报一事挂了在心上。池老不仅对新闻是能手，而且摄影也是高手，遗憾的是在国家一些大型活动的文稿和图片，因当时没有电子版，不少宝贵资料已经丢失。写书稿的人都知道，找资料是很烦人、很艰苦的事。有时候，为查个日期，也要付出半天的辛劳。为帮池老找平朔煤矿初建时的报道和图片，王汉平多次到朔州市图书馆翻查各种报刊合订本，有

王汉平与郑茂昌在一起

时一坐就是三四个小时。这位文化小哥对文化老人的帮助真的是尽心尽力了。

和这些前辈们既是文友、朋友，又是挚友的文化小哥王汉平，在帮助这些老人的同时，也自觉学到了这些前辈的文化自信、文化自觉、文化意识和社会经验，以及他们克服许许多多因年迈带来的不便，坚持读书学习的可贵精神。王汉平说："我与那些快递和外卖小哥们不同：他们送到了，就完成了任务；我送去了，还要学回来。而且这学习，对我是重要的，也是难得的，宝贵的。"

王汉平每次倒班可以有两天的休息——2019 年 6 月 28 日是他的休息日。我们早就约好，这天他来找我。我一直等到 10 点 40 分，他才赶来。没等我问话，他就解释："市里的'书画摄影展'今天开展，通知让我参加。"我早就听说，他为配合文字稿件，还爱上了新闻摄影。2011 年曾花了两个月的工资买过一架尼康照相机，使他送的文化快餐中又增加了一份美味。我说，你不要解释了，赶紧谈咱们的吧——有两件事，不问你，我就写不下去了。但第一个问题还没谈完，就 12 点了。我留他吃饭，他不肯。我说下午 2 点你一定要赶来。他站起来摩挲着头说："下午有个诗歌朗诵会——我答应了……"我看他有难处，只好无奈地说，那我们就再推一个礼拜吧。

虽然他对我们的约定似有失信，但我一点儿也没怨他，甚至还有点儿欣慰有点儿高兴。一个生产一线的工人，能有这么多文化上的事和文化方面的人来找他，说明人们的心中有他，需要他，也说明他做的事对社会是有意义的。这一点在他与年轻人的交往中似乎看得更具体更鲜明。市里有个"1度读书会"，组织起来已经三年多，会员达 400 多人。这个读书会，办了个"会刊"叫"1度公众号"，挺受欢迎，影响面儿也越来越大。王汉平是这个读书会和"公众号"的积极参与者。他爱读里面的好文、好诗。除自己积极投稿，还帮助推荐稿子。平朔文学爱好者郑春梅的散文《野丫头》，还有其他人的一些好作品，他都推荐给编辑发表了。还有"朔州作家"、平朔"矿用轮胎课题组"的公众号也和他常有联系。发现好文好诗，他都要立刻转发到朋友圈儿去——这或许也是他为大家递送文化快餐的另一个途径吧。

这几年，他在这些活动和学习中还对诗歌产生了兴趣，在纪念改革开放 40 周年山西省总工会组织的征文评奖活动中，他的诗歌《走进新时代》，受到普遍赞扬并获奖，这也是朔州市唯一一名获奖者。我看了他的奖状后，说："你进步很快呀！"他有点腼腆地说："和人家外卖小哥在央视获诗歌大赛奖还差多呢。"

王汉平的确很忙，又过了一个礼拜，我们才终于坐下来，能安心地谈谈了。我说："你很忙，常有人找你，要你帮忙——有时，我都替你累。"他说："当年在农村读马烽写藏仓，刚来矿又读刘庆邦，那时就想多学点文化，多给人帮帮忙。现在，有人找，有事做，我感觉挺好，心里挺爽。"我对他这种感觉和这个爽字，很感兴趣——似乎这才找到了这个文化小哥的内涵和底蕴。

2019 年 7 月

写在后面的话

　　1956 年 4 月，我在一座大型煤矿的土建公司当了文化教员。据公开资料介绍，那时我国文盲占全国人口的 80% 以上。要建设强大的社会主义国家，"扫盲"在当时是当务之急。所以，我很热爱这项工作。为将工作搞好，一方面认真备课，另一方面，还努力自学了一些大学课本和有关的社会读物。这项工作搞了两年多时间，大概领导见我搞得还不错，就要调我到一座煤矿党委宣传部当理论教员。煤矿的宣传部部长先来征求我的意见，可能他认为，我一定会很高兴。但是，我让他失望了——我说："我不想去宣传部，还是让我搞扫盲工作吧。"部长用很吃惊的眼光看着我，严肃地说："怎么——你对去宣传部有意见？"我赶紧解释："不！部长，我很感谢领导对我的重用。你们也知道，我出身不好，到宣传部搞政治思想工作，自己觉得有点儿先天不足。"部长放开了紧绷的面孔："这个问题我们想到了，而且和组织部以及有关领导都研究了，你不要有顾虑。"我说："我文化底子也不厚，我觉得搞理论工作，也不是很合适。请领导们再考虑考虑吧。"这时，部长站起来毫无表情地说："那好吧，我们再研究一下，你也再想想。"

过了半个多月，组织部和宣传部两位部长共同和我谈话。他们先告诉我：定了——就是要调宣传部。谈话口气，不是征求意见，而是正式通知。然后，他们耐心地给我解释了党对出身问题的政策，还列举了很多出身成分高而成为优秀革命者的例子和有关读物……归根到底一句话：重在政治表现。对于我文化底子不厚的问题，他们说，你还年轻，只要努力读书学习，就一定会搞好工作。并且当即通知我：下礼拜一，就要去市委党校报到，参加理论教员培训班。事情到了这一步，我还能说什么呢？我表示：一定好好读书学习，不辜负组织的希望。

在那以后的 10 多年中，我根据自己的具体情况，真的是将认真读书学习，放在了先于一切和重于一切的地位。在党校期间，除努力学好老师所讲课程外，还挤时间读了一些自己所需读物。学习结业后，校方给单位的介绍信中，在结业考试成绩单旁，还加了一句"全班第一"的小注。开始，我觉得此话有点儿画蛇添足，后来一想，这可能也是校方在证明我学习期间的表现吧。

在党校学习后，我对理论学习，特别是哲学基础知识和经济学社会主义部分的学习，一直没有放松。这是工作的需要，给别人讲课嘛，总得先学一步。同时，这也是为提高自己文化和理论水平的需要。经过了十五六年自学和工作实践，自我感觉，在当时有成分论的氛围中，还是迈出了比较扎实平稳的步伐。入党的场景应该算是一个证明。一般情况下，党支部大会通过后，报上级党委讨论批准就可以了。然而在当时看，我不是一般情况，原因就是家庭成分高。所以，这次党委会就扩大了——除党委委员外，基层的党总支书记和部分支部书记也列席了会议。一位与会者散会后悄悄对我说：20多位参会者，几乎每个人都发了言，异口同声，都说表现得很好，同意入党。有的还说，早就该发展了……只有一个基层支部书记说拿不定主意，但同意大家的意见。

这件事对我教育很深——当时，我已过而立之年，参加工作也已16年。这在人生的旅途中，不算很长，但也不是很短。路子，不能说很坎坷，但也不算很平坦；步履，不能说是蹒跚而行，但也不是阔步向前。总的看来，在各项活动中，都还没有越轨；在繁忙的工作中，也还没有出大的偏差。勉强一点儿说，还算是圆满的成功的。此时此刻，我开始体会到：处于那样的时代背景，在我这样的具体情况下，担着一个偌大单位的宣传理论工作的重担，能迈着还算是坚实的步子，一步一步地走过来，应该说就算不错了。原因当然很多，诸如组织的关怀、朋友的帮助、家庭的支持，等等。但有一条主要原因在我心中是很有分量的，那就是联系自己每个时期的实际情况，坚持读书学习。实事求是地说：读书，一直伴我在旅途中前行。如果不是有这个旅伴，我真不敢想象自己会是什么样子。

改革开放后的第一时间，党中央就下文，明确了对出身问题的具体政策，包括本人在内的很多背着这个政治包袱的人，在精神上得到了彻底解放。但是人在旅途，任何时候，都不能在读书学习上放松自己。改革开放的历史性任务，要求干部实现革命化、年轻化、知识化、专业化。这无疑是正确的，而且是必需的。但有些人有意无意地将知识化和专业化，简单理解是"文凭化"。所以有的地方就出现了唯文凭论的倾向。单位配新领导班子后，一位和我不错的同志，在下班路上对我说："绝对可靠的消息，你的情况单位也推荐过，档案也交给了考察组，可因为没文凭，档案也没看就 pass 掉了。"他又像开玩笑似的说："你呀，'唯成分论'赶上了，'唯文凭论'又赶上了，刚卸了那个包袱，又遇上了这个包袱？有包袱不怕，可别真背上呀，哈……"

其实，我坚持读书学习多年，又一直搞宣传工作，对形势还是有些预见的。我说："我没有任何包袱，该怎么干还怎么干——放心吧，伙计。"这位同志小道消息很多，他嘿嘿一笑："新班子清一色'大本'，人家让不让你干，你还得提防着点，有点儿思想准备为好。"这个消息，我还是第一次听到，但这毕竟是小道消息，我没有接他的话茬儿。后来，小道消息就变成了大道消息。那天，领导找我谈工作调动事宜，因为有了思想准备，我提出来想当个调研员——不要级别，不要办公室，也绝不干预别人的工作，只求能下基层和工人多联系多接触。其实，内心是想当个不拿作协工资的作家，但领导不同意。最终，我还是高兴地服从了工作安排。我觉得，自己读的那些书，学的那些理论，讲的那些课程，还有经常宣传的那些先进人物和思想，都得首先联系自己的思想和工作实际。任何时候任何情况下，都必须达到这一底线要求。如果做不到这一点，那可能就要真的出轨了。

人生旅途，说长也长，说短也短。不知不觉中，自己已过八秩。回过头来看，静下心来想，这八十多年的历程，吉顺心畅之时不少，磕磕绊绊之路也有。像有人所说的"包袱"，都靠着读书学习和组织的帮助妥善地甩丢掉了，总体上讲，精神还是愉快的，情绪还是饱满的。当然，工作和生活中大大小小的困难，经常也还是会遇到。在国家经济困难时期，我们科室工作者定量是每月 24 斤，那时我 22 岁，实在饿得不行，就想辞职到井下当工人——井下工人是58斤。领导跟我谈心说："你不是读过《青春之歌》《红岩》吗？不是宣传过长征吗？还是好好想想再下决心吧。"此事过后不久，有个老工人出了井还没洗澡，就悄悄将节省下来的粮票塞到我手里，说："困难会过去的，后生家，看远点……"一是靠精神食粮，一是靠实实在在的粮食，我才度过了"吃不饱"这道对我来说很重要又很实际的关口。后来我想：这也是我人生路的一个大坡！

退休，是人生路上的一个重要驿站。人到驿站都得换车，换了车还得继续走。当时在岗的人，企业里正在改革中改成年薪，而自己工作了近半个世纪，恰在此时办了退休手续，不但没拿一天高薪，算下来每月养老金比原来的收入下降了一半还多。别的什么也不说，连基本生活都要遇到问题了。真没想到在退休的时候，会遇上这么大的一个坎儿，这使自己在极不平衡的思想震荡中，想了很多很多，想来想去，竟在深夜的失眠中，又想到了读过的那些书。年轻时熟背的保尔·柯察金关于"人生"的那经典名言，还有《创业史》中梁生宝买稻种的情景,《平凡的世界》里孙家兄弟艰苦创业的一个个镜头……就像电影一样在脑海里闪现。当然,这些并不能解决什么实际问题,但稳住了我当时过于不平而激奋的情绪,让我慢慢冷静下来了。当全国"两会"代表和多家媒体都及时反映了这些问题以后,终于引起了有关部门的注意,并逐步对许多像我这样的人,以政策给予了解决。

在我们已经退休者的圈子里,大家有一个共识:人这一生,不管能走多长的路,完全平平静静——不管是在政治、经济、文化、生活,还是社会、单位、家庭等领域中,不遇到任何一点儿磨难的人,不能说绝对没有,但可以肯定地说是微乎其微。像我这样背过包袱,爬过坡儿攀过坎儿的人,也不在少数。至于人们在工作和生活中的难点以及你你我我、是是非非的日常琐事,似乎就更多一些。要破解人生路上所有这些大大小小的课题,每个人的方法,会根据自己的不同情况有所不同,但有一点应该是共同的,那就是读书。这里所说的读书,是联系自己,联系实际的读书。如果不联系实际那不就空读、白读了吗?多年前,我写过一篇短文,叫《读书读人读自己》,似乎还有点儿好评,故收入本书的附录之中,供有关读者参考。

《书人书事》收入的二十多篇作品,多是近年来所写,从不同角度记录了我与书们交往的经历和感受。人有感情,书也有感情,和书打交道,包括买书、赠书、淘书、藏书都得有真情实意,读书就更要掏心亮肺地和书说真话,才能得到书的真心实情地对待,帮我走好路,办好事,在人生的旅途中一步一个脚印地不断前行。

《书人书事》不仅是说买书、赠书、淘书、借书等事，也有将读者之心交到书里，将书之精神学到心里，并践行于行动的含义。我已是耄耋老人，自己走过的路，办过的事，给了我一些切身感悟。如今，我仍在路上，还在前行，不能也不敢淡忘和冷漠了这些感悟，这就是我要出版这本书的初衷和力量源泉。愿这本书能和我成为今后征程上的知心伙伴，并肩走好日后路上的每一步。

一般说，因读者年龄不同，性别不同、文化不同，职业不同，趣味不同，同读一本书，也会有不同的感觉，真诚地希望得到读者朋友的指正和帮助。

在此书的出版过程中，得到了苏华、阎晶明、张锐锋、刘广军、高玉兰等诸多专家和朋友的热情支持和帮助，这里一并致以衷心的感谢。

2019 年 9 月 20 日

附录

读书·读人·读自己

为什么要读书？人的回答大概不会完全一致。我在上小学六年级的时候，村里有个三十多岁的妇女跳井身亡，当时，脑子一热就拿这个题材写了一篇作文。老师看后把我叫到办公室，说："我知道你爱好文学。这篇作文，我没写批语，但把我老师教我的一句老祖宗的话写在作文的后面了，回去好好看看，慢慢理解。希望你一辈子都别忘。"老师给我写的这句话是："有人向欧阳修请教写作之道，欧阳修说：'无他术，唯勤读书而多为之，自工。'"——这就是我读书的起因。从那以后，读书一直是我生活中的一项重要内容。

怎么读书？多年的实践使我认识到，阅读要联系自己，从实际出发。我学历不高，没进过大学。参加工作后，被分配到一座煤矿的教育办公室当文化教员，就是教那些不认字的工人学文化，当时叫"扫盲"。不久又调到党委宣传部当理论教员，就是给干部（即现在的管理人员）辅导理论学习。除这些本职工作外，我还有一个业余爱好：就是搞点儿文学创作。像我这样的情况，的的确确是"无他术，唯勤读书而多为之……"立身以立学为先，立学以读书为本。要完成任务搞好工作，在社会上站稳脚跟，对我来说，重中之重是学习文化，增加知识，弥补自己的先天不足，而读书是学习文化增加知识的必经之路。莎士比亚说："书是全世界的营养品。"西汉刘向说得更具体："书犹药也，善读可以医愚。"——"医愚"这个词，对我简直是一针见血，真感如获良药。这些经典名言以前也读过，但只有走向社会面对生活现实的时候，才真正感悟到那些名人的名言就像超越时空和我娓娓对话，促膝谈心，让一股股书香变成了自己终生都可以寄托的情感和意向。

读什么书？怎么选读？冰心说："读书好，读好书。"什么书才是好书？我理解：好书，就是自己需要的书，这应该是首选。我教文化课的时候选过一些文化基础方面的书；业余时间则读了不少中外经典以及新出版并走红的文学著作——根据自己的需要和偏爱选择读物，这大概是一般规律。

阅读的关键是怎么才能让知识的太阳照到心底，让文化的温情滋润周身，让纸韵书香启迪智慧，升华人生，真正找到安身立命的方式。孔夫子说："朝闻道，夕死可矣。"可见人生在世之要，莫过于闻道和做人。所以读书要和读人结合起来。其实，读人也是读自己，故在阅读中应自觉医愚治蠢，努力使自己成为一个有道德有文化的干净人。

在老一辈文化大家中，我很敬佩钱穆先生。这位仅有初中文凭，也没有留学背景，完全靠自学的国学大师，学问很高，但甘为孺子牛，一生都是个教书人。1930年后，历任燕京、北大、清华、西南联大等大学教授。他著述颇丰，专著达80多种，与钱钟书和杨绛先生不仅是同乡而且时有交往。杨绛有一篇散文叫《车过古战场》，写的就是与钱穆先生同行赴京的追忆。我是通过读杨绛的书，知晓钱穆大名的。后来，当我阅知钱老还是大科学家钱伟长的亲叔并亲自为其侄起名时，脑海里立刻闪现出"最是书香能致远"这句古老而闪光的文化名言。钱穆的《中国文学论丛》中，有些话对我启发很大，让我看到了在阅读中"闻道和做人"的途径。他说："我们学做文章，读一家作品，也该从他笔墨去了解他胸襟。""故中国人学文学，实即是学做人一条径直的大道。"在谈到读诗的时候，他更具体也更深刻地指出："读诗与读人结合，才是读诗的本意——读诗便是学做人。"可见钱穆对在读诗中学做人尤为重视。

读钱穆时，我们可以从其笔墨了解他的胸襟和品格修养。他出生那年，正是甲午战败割让台湾之时。他的一生都与甲午战败的时代忧患相终始。无论是治学还是读书自学，都贯穿着这种强烈的民族忧患意识和爱国家爱民族爱中华文化的真情。钱穆这个没有大学文凭的国学宗师在小学、中学任教期间，白日教书晚间自学，勤勉不辍。自称"未尝敢一日废学"。夜间读《昭明文选》，极倦始入睡。夏夜为防蚊虫叮咬，把双脚纳入瓮中坚持夜读……看了这些情节，使我对钱穆先生的胸襟及其人品有了较为深刻的了解。撩开自己的肺腑，剖析心灵，真的是感到很愧疚——现在自己的读书条件也不错，但读书的觉悟，读书的精神，读书的毅力，都相差太远。想来想去，主要还是在读书的认识上缺少对国家对民族的真情。想当年，自己读书的动力就是为了写好作文，后来虽然能和工作结合起来，但对读书和读人的关系认识比较迟缓，对读书和国家与民族的关系更考虑不多。钱穆读了一辈子书，只是做教书人，一生不仕。读书如果是为了功利，为仕途，或者为了发财、出名……那就和读书的趣味成了两股道上的车，最终对社会对自己都不会有什么好处。读钱穆以后，能帮我们认识到，读书一定要和读人结合，一定要自觉解剖自己，把真实的自己亮出来，真正做到在读书中读懂自己。这才能在阅读中学做人——做一个对社会有用的人。

读书和读人结合，首先是要理解书的内涵，特别是让那些经典名著中的思想光辉成为自己前行的路灯。实际上，阅读就是学文化。文化、文化，最关键的是要将"文"落实到"化"上面，化到自己的心灵中，化到自己的生活和工作上，甚至要化到为人处事的举止言行中——这就是人们所说的气质。古人说："腹有诗书气自华"，"气自华"是高品位大气度的美丽，这是对读书人的赞誉，也是对读书人的要求。人类精神文明的成果是以书籍的形式保存下来的，要享用这些精神财富并将之传承下去，前提就是要读书。这里所说的书，有文学和理学之分，理学家的书讲的是人生哲理；文学家是靠具体的人物形象真切地讲述人生。理学的书就像父兄对子弟讲理说教；而文学的背后都有像朋友般的人物，和你一路说笑畅谈，能让读者感到亲切温情，方便在阅读中学做人。

读书和读人结合，这里说的人，我体会应包括三个方面：

一是写书的人；二是书中的人；三是读书的人。为什么把读书的人也包括进去呢？不联系实际，不把自己摆进去，谈何在读书中学做人。

在当代作家中，赵树理一直是我心中的榜样。在读他的作品时，其高蹈的精神境界也使我逐步领悟到一些看起来很简单，但要做到也并不容易的人生哲理。1957年，我读过他给女儿的一封信，题目是《愿你决心做一个劳动者》。女儿高中毕业后，择业时，赵树理建议她回原籍农业社务农，或者在北京当售货员、售票员、理发员。他在信中说："我当作家你理发，我头发长了请你理，我写出小说来供你读，难道不是合理的社会分工吗？"这就是当时在北京文化部门担任重要职务，而且在全国都很著名的作家赵树理对女儿择业的态度。那时候，只要他说一句话，还愁给女儿安排个满意的工作吗？但他没说，却写了那样的信。我那年19岁，参加工作刚一年。他对女儿那两句话，直到现在仍记忆犹新。在40多年的工作中，当遇上某些情况时，他的话就会时不时地在脑海里闪现，这或许也是学做人的一种过程吧。在那封信的末尾还有一段话，对我教育也很深："听你的同学说，你近来写了几篇文章（内容我没打听），我不反对，但也不敢贸然鼓励。我是从二十多岁起就爱好文艺的，而且也练习过，但认真地写还是38岁以后的事。业余时间可以写作，但一定要认识什么是'业'，什么是'余'，爱业务的精神应当超过爱写作的精神好多倍。"这段话虽然是对他的女儿说的，但我也受益匪浅。从1957年发表第一篇散文开始，我就成了业余作者，直到现在也没放下手中的笔。怎么处理"业"和"余"的关系——既要把本职工作搞好，又要坚持业余写作，始终是我面临的最经常最关键最实际也是最棘手的问题。现在回过头来看：从参加工作第一天起，一路走来，可以说在工作过的10多个岗位上，都基本完成了各项工作任务；在业余创作上，约有200万字的作品面世——这里我没有一点儿想夸口的意思，只是想说，在这么长的时间里，总体看还算是正确地处理了"业"和"余"的关系。而处理这关系的指导思想就是来自赵树理那段关于业余写作的教导。1995年5月，中国煤矿文联在扬州召开文学创作座谈会，我很想去参加，但当时单位工作确实很多，总经理不同意我离开。考虑再三，我只好委托一位年轻的文学爱好者代我参加了会议，请她将会上的全部讲话和经验介绍都录好音带回来。后来，我在坐车公出的路上将录音都听了一遍，陈建功和刘庆邦的创作谈还重放了一次，收获还不小。就这样将这次"业"和"余"的矛盾算是比较圆满地解决了。每逢解决这些矛盾时，我都很感谢赵树理。他不仅是我们写作的榜样，也是做人做事的楷模。这也使我真的尝到了在阅读中医愚治蠢的甜头。"文化大革命"中，我的一位曾是同舍的陈氏朋友，给我贴了一张大字报，说"黄树芳是赵树理的黑爪牙"。"文革"以后，他请我吃饭，举起杯来说："树芳呀，咱们互相理解吧。"我也举杯说："我理解。我确实很崇拜赵树理，而且真的是受过他不小的影响——你没说假话。"

比较而言，我读诗不多，但总还是想挤时间读一些。在古代诗人中，我更喜欢的是陆放翁。他虽屡受奸臣的陷害排挤，一生仕途不顺，但其胸襟纯净高洁，爱国热情一直不减，到晚年仍不忘民族大义，生命垂危之时，内心的伤痛仍是"但悲不见九州同"，并"示儿"："王师北定中原日，家祭无忘告乃翁。"这诗，不知使多少人受到过感动。即此一端，可见放翁境界之高，心灵之美。

在当代诗人中，我特别崇敬的是陈毅元帅。1936 年的《梅岭三章》，是他在"余伤病伏丛莽间二十余日，虑不得脱"的紧要关头写下的——"断头今日意如何？创业艰难百战多。此去泉台招旧部，旌旗十万斩阎罗。"这是在生死考验面前，视死如归的雷霆万钧之声——牺牲后，也要组织牺牲之旧部，再以十万大军，高举旌旗斩阎罗！真是胸中有万丈正气，笔下就有万军之力。这大气磅礴气度恢宏的《梅岭三章》，将陈毅元帅胸怀豪放、豁达乐观的气质和意境开阔、朴实平易的性格都清澈见底地呈现在读者面前了。依马走笔，秉笔勤书，在革命生涯中的每个时期，他都为我们留下了感人的诗篇。读诗就是读人——陈毅元帅其诗，是我们的精神财富；陈毅元帅其人，是我们的学习榜样。

在读陈毅的《梅岭三章》时，我脑海里还呈现出梁东先生的《电工》一诗："何曾云外战坚冰，高奏横天弹拨声。传令三军三万里，接通十亿上元灯。"这诗写的是 2008 年我国遭受特大雪灾时，电工们顶风冒雪在高空赶修线路的事迹。陈毅和梁东两位诗人所处时代不同，所在岗位不同，所写内容不同……然而我在读《梅岭三章》时，总是会很自然地想到《电工》。为什么会是这样？后来我想，这大概是两位诗人的作品中那庄严雄伟的气度和恢宏壮阔的气势以及淋漓畅快的气象所致。人品决定作品，作品源于人品。两位诗人都把他们的崇高品格和博大的胸怀气魄深沉而完美地融进了诗作之中，这大概就是他们的契合点。梁东先生是当代的诗词大家，是中华诗词学会的主要领导。他在主持煤矿文联工作期间更是做出了有目共睹的贡献，给人们留下了难以忘怀的印象。他的书法，他的散文和他的诗词一样豪放敞快格高韵美。每次阅读他的不管是何种形式的作品，都会感到有股沁人心脾的书香悠悠地进入心底之中。梁东先生是我们煤矿文化界的骄傲，他一直是我心中的好领导、好兄长、好老师。"读诗便是学做人"。他的《咏煤》不少矿工都读过——"万载苍茫沉睡中，当年应是碧葱葱。只求人世春常在，化作烟尘炼彩虹。"梁老为求人世春常在，一直在煤矿奔波，也为文化建设殚精竭虑，现在已满头白发，仍笔耕不辍，是近在我们眼前的好榜样。同时，也为我们在读诗中学习做人搭建了极好的平台。

读书读人读自己——在读书中学习做人，最重要的是读懂怎么做人，做什么样的人——这只有在读书中慢慢体味。

2015 年 7 月

满树芳华情未尽

——读黄树芳《往事札记》

刘庆邦

通读黄树芳的新著《往事札记》，敬佩之余，我想来想去，想用两句话来概括我的阅读感受：满树芳华情未尽，且看黄花晚节香。

回忆起来，我和黄树芳相识已经 30 多年了。1983 年夏天，煤炭工业部在大同矿务局安排开展了一个中学生夏令营活动，活动由副部长张超带队，参加活动的除了北京的几十名中学生，还邀请了萧军、娄师白、许麟庐、柳倩、韩少华、陈建功等诸多作家、画家和书法家，与大同的作者交流。那是《中国煤炭报》正式创办的第一年，我作为报社副刊部的记者，有幸参加了活动的全过程。当时黄树芳是矿务局宣传部的部长，也是夏令营组委会的负责人之一，处处可见他忙碌的身影。有人告诉我，别看黄树芳忙前忙后，一点儿架子没有，他也是一位作家呀。噢，作家，那厉害！我当时也在悄悄写小说，对当作家比较向往，对作家这个词也比较敏感，一听便记住了黄树芳的名字。之后，黄树芳从大同调到新开发的平朔煤矿，我多次到平朔去拜访他。遇到什么困难，也愿意请他帮忙。1997年夏天，我和妻子带王安忆夫妇、刘恒一家，奔黄树芳而去，与平朔的作者座谈，彼此都留下了难忘的印象。更让我终生难以忘怀并心怀感恩的是，黄树芳为我母亲安排的海滨之旅。2002年春节期间，得了重病做过手术的母亲向我提了一个要求，想看看大海。母亲很少开口向她的儿子提什么要求，而且这个要求很可能是母亲一生最后的心愿，我不能不慎重对待。可我知道，冬天尚未过去，处在旅游淡季的一些海边的疗养院、度假村之类还在放假，我带母亲去看海住在哪里呢？我第一个想到了黄树芳，他跟我说过，他们单位在南戴河建有一座疗养院，离海很近，出门就可以看海。于是我给他打了一个电话，说了我母亲的心愿。他马上爽快答应，说没有问题，我能够理解你的心情，你只管带母亲去吧，我一定安排好。这年春节过后，在黄树芳的关心帮助下，我带母亲到南戴河看了大海。第二年春节过后不久，母亲就去世了。如果说看大海是我母亲一生中的一个梦想的话，是黄树芳帮我母亲圆了这个梦。

我听见有人把黄树芳叫黄主席，我叫不出来，我觉得这样叫显得有些生分。我见有人在文章里把黄树芳称为黄树芳先生，这样的称谓尊重是尊重了，只是觉得不够亲切，至少我自己的感觉是这样。我自己没有哥，每次见到黄树芳，我都想叫他一声大哥。叫大哥会显得突兀，我只好叫他树芳兄。是的，多少年来，不管是见面，还是在电话里，我都是叫他树芳兄。江湖上称兄道弟也是一种普遍现象，但这兄不是那兄，树芳兄真是一位人品完美、人格高尚的好兄长啊！

不仅我有这样的看法，在全国煤矿的作家队伍里，乃至在全国文坛，只要一提到黄树芳，大家都会说，那可是一个好人哪。这样的评价，或许有些笼统，有些平常，不那么响亮，但作为一个生命个体，特别是作为一个作家，能得到这样众口一词的评价，并非易事。它需要以善良的天性为基础，还要以后天的长期写作、持续修为和不断完善自我为支持。也就是说，一个人要赢得有口皆碑的好口碑，有善良的天性还不够，"性相近，习相远，苟不教，性乃迁"，还需要通过持之以恒的虚心学习，刻苦实践，以守住自己的天性，并使之得到升华。黄树芳60年的创作生涯，充分证明了这一点。他的每一篇作品，也诠释着做文与做人、人品与文品之间的关系和道理。

人类世界由两方面组成，一是物质世界，二是精神世界。这两个世界也叫外在世界和内在世界。相应的，人们的生活也分为两种，一种是物质生活，一种是精神生活。这两种生活也叫外在生活和内在生活。社会上的许多人，由于被汹涌的外在生活流所裹挟，也是时间所限，他们通常所过的大都是外在生活。也有那么一些有着独立意志的人，不管职位如何变，工作多么忙，也不管五光十色的外在生活多么诱人，他们在处理外在生活的同时，从不放弃属于自己的内在生活。他们总是千方百计挤出一点时间，给自己留一点空间，以静下心来，进入自己的内心世界，在属于自己内心世界的小花园里流连一番。无疑，黄树芳属于后者。

黄树芳在大型企业里先后当过宣传部部长、办公室主任、工会主席等，还有比他更忙的吗？有是有，恐怕也不多。可不管他忙得如何脚底板打锣，他总能处理好本职工作和业余写作的关系，不忘在茫茫人海中寻找一下自己。不是谁都能找到自己，找到自己须有途径，得有抓手，途径和抓手就是坐下来写作。他通过写作，不断丰富自己的内心生活，拓展自己的内心世界，并把内心世界落实下来，形成一件件文学作品。黄树芳在文章里明确写过，不管是为人处世，还是写作，他奉行三个不争，即不争名，不争利，不争高低。他勤学敏思，注重写作的过程。他的写作过程，既是不断觉和悟的过程，不断审美的过程，也是不断反思甚至是反省的过程。通过反思，反省，使自己得到修行，以使人性更善良，内心更富足，道德更高尚，灵魂更高贵。

矛盾无处不在，黄树芳在工作中也难免遇到各种各样的矛盾，也受过委屈，甚至受过伤害。但由于他在长期写作中养成的开阔胸襟、悲悯情怀和超越精神，使他能够从容地将矛盾一一化解。在"文革"中，有同住一室的同事贴他的大字报，说他是"赵树理的黑爪牙"，使他深受打击。"文革"过后，当同事重新提起这个话题，请他理解时，他不仅原谅了同事，还表示说，他确实很崇拜赵树理，在创作中受到赵树理不少影响。黄树芳曾遇到过一个领导，因他不在领导的大学同学圈子里，人家就排挤他，使他的工作遇到不少困难，也给他留下了很深的印象。他把这段经历写成了一篇文章，却迟迟没有拿出来发表。为什么呢？因为他想到了中华传统文化中"己所不欲，勿施于人"的恕道，就把文章压下了。

无数事实一再证明，一个人长期处于写作状态，其心态与别人会有所不同。特别是一个正在写作的人，他的心不在现实世界，而是沉浸在自己所想象和创造的另一个世界，这个世界是超越现实的心灵世界。在心灵世界里，他的心应该是静远之心、仁爱之心、感恩之心、温柔之心，他的情绪会随着作品中人物的欣喜而欣喜，忧伤而忧伤。同时，他会增强生命意识，提前看到自己生命的尽头，以及尽头的身后事，这样他的境界就不一样了。所谓看淡、看开、看破尘世中的一切，无非就是这样的境界。有了这样的境界，他不但不会悲观，厌世，而是会更加珍爱生命，珍爱人生。稍稍具体一点说吧，当一个作者正写得满眼泪水的时候，心里正爱意绵绵、温存无边的时候，不管他看见一朵花，还是一棵草；一块云，还是一只鸟，都会觉得那么美好，那么可爱。这时候如遇到一些事情，他的反应可能会慢一些，因为还没能从自己的小说情景里走出来。他看待事情的目光还是文学的目光，情感的目光，善待一切的目光。至少，他不会着急，更不会发火。黄树芳就是这样。他在一篇文章里提到，他所在单位有一位女干部，工作能力强，英语过硬，颇得中外职工赞赏。后来她与中国的丈夫离了婚，找了一个老外，这件事在职工中引起了一些议论。有一天，她到干部处找到黄树芳，要求出国探亲。若换了别人，或许会对女干部进行一番诘问，不会顺利答应她的要求。而黄树芳意识到，女干部的选择，也许隐含着一些新的价值取向，和中西方文化的融合。他还想到，这位女干部也许会成为她的写作对象。于是，他对女干部让座让水，还跟人家聊了一会儿，让工作人员为女干部办好了手续。女干部忐忑而来，满意而去。

不知道朋友们注意到黄树芳的微笑没有，反正我是注意到了。几十年来，只要我一想到黄树芳，脑子里浮现的就是他微笑的样子。他笑得眼睛弯弯，眼睑眯眯，像传说中的弥勒的微笑。他的微笑真诚、谦和，是经常性的，几乎成了他形象的一个标志。谓予不信，请看此书封面上黄树芳的照片就知道了。

一个作家，不管他写作的时间有多长，写来写去，只能是写自己。不管他塑造了多少个人物，归根到底，塑造的也是他自己。文学的本质是劝善的，是改善人心和人性的，希望人生和社会都变得更美好一些。而要做到这些，正人先正己，正己先正心，自己首先必须是一个善良人，并不断提升自己的善良，做到善始善终。在这方面，已是耄耋之年的黄树芳为我们做出了很好的榜样。

回头再说说我在开头所说的两句话，第一句是我苦思冥想想起来的，第二句是借用宋代诗人韩琦的咏菊诗。两句话的用意是明显的，这里就不再解释了。在新书《往事札记》首发之际，谨向树芳大兄一鞠，表达我深深的敬意。

2017 年 7 月 6 日至 11 日于北京和平里

（刘庆邦：中国作协全委委员，北京市作协副主席，中国煤矿作协主席）

心存宽厚　树自芬芳

徐　迅

　　记得先是错过一次相识的机会。那是在单位的一次饭局上——那时候还没有饭局这一说，但我新近供职的单位有个文学活动，请了系统内的几位作家参加。活动之后，大家在一起吃晚饭。这里面应该就有他。但看一桌的大老爷们，我怎么也不敢把"黄树芳"这个略有女性色彩的名字与他联系在一起，大家喊"黄主席"，我也跟着黄主席、黄主席地喊。在心里，我是把黄树芳当黄树芳，黄主席当黄主席的。

　　真正知道黄主席就是黄树芳，应该是 1997 年 8 月煤矿文联和山西省作协为他开的一次作品研讨会。在那次研讨会，煤炭文化人普遍尊敬的老部长高扬文说了句："煤炭系统要多出几个黄树芳！"从此，我知道他不仅是一家大型企业的工会主席，而且还是一位成就斐然的煤矿作家。

　　知道了他是作家，慢慢也就知道了他的一些创作经历。他

311

出生在冀中平原的河北定兴县，从小脑子里装满了《彭公案》《济公传》《水浒传》等种种故事，及长，又深受当时文坛"荷花淀派"和"山药蛋派"的文学影响。18岁中学毕业，他在雁北的大同煤矿参加工作。在矿井，他装过煤，打过眼儿，推过车，也扛过柱子，铺过溜子……22岁时，他被抽到矿机关工作。正在那时候，他开始了创作。先是写一些小故事，小小说、小演唱之类，后来还写独幕话剧、多场晋剧，还有相声、快板、对口唱等演唱材料，同时，又抽空读了不少的文学名著，一上手，他的创作很快就出现了一个小小的高潮，他一下子写了四个短篇小说。其中一篇叫《王林林》的小说在 1963 年 12 期《火花》杂志上一发表就引起了不小的反响，并被收入中国青年出版社出版的《新人小说选》。

"当时我太高兴了，感觉文学界的环境真好，又安静又干净……自己真的是下决心要在这条路上走下去了。"后来，他充满深情地回忆了这个时期。

2010 年，在我主持编辑的《阳光》杂志上开了一个"煤矿名作重读"的栏目，重新发表了一些煤矿短篇名作，其中当然包括他的这个短篇小说。这篇小说写的是思想单纯、为人朴实、能吃苦、肯出力的农村青年王林林进矿山当了工人后，由于身上浓厚的小农思想和他秉承的"少管闲事，多挣钱"的人生哲学，因而常常与矿工发生矛盾，最后终于成为一代新矿工的故事。小说语言朴实、简洁，形象鲜活、生动，有着浓重的时代气息，极具艺术感染力。配合小说的发表，我们请煤矿作家程琪老师做了点评，作品重发后依然好评如潮。

然而，就是这样的一篇小说，当年由于众所周知的原因，却被陷入了"写中间人物黑干将"的历史漩涡里，被人贴了大字报，遭到了无情的批判。这使得他不得不停下了手中的笔。至此，当时山西文坛上冉冉升起的一颗新星"黄树芳"的作家光环，转眼就消失得无影无踪。渐渐地，他也被工作中的黄教员、黄干事、黄部长、黄主席替代了。

　　一晃，十几年就过去了。

　　我认识他时，恰是他的"黄主席"与作家"黄树芳"这两种角色重叠出彩的时候。因为在1979年，他就重新拾起手中的笔，开始了他心爱的业余文学创作。那年3月，他在《汾水》杂志重新开始发表作品，同年创作发表的短篇小说《在48号汽车上》获得《汾水》杂志当年的优秀小说奖。这以后，紧贴着新时期的文学脉搏，他在企业里无论身份如何转变，一颗文学的心始终跳动不已，也耕耘不已。在繁忙的工作之余，他相继出版了小说集《那片米黄色的房子》、报告文学集《难以泯灭的信念》、散文集《什么味道也没有》，等等，以燕赵大地的赤子之心和矿工的火热情怀，他独自为煤矿文学挖掘了一块量丰质美、属于自己的艺术宝藏。那时，每每新作出来，他都会郑重地送我一本。

　　读其书，识其人。因为工作关系，我和他也有了一些近距离接触。1999年9月，第二届中国煤矿艺术节声乐的美声、民族、通俗唱法决赛在平朔举行，我有幸在他身边工作了几天。那些天，我白天陪同艺术家下安太堡、安家岭矿演出，晚上回来还写讲话稿、写前言，还要为三个决赛写串台词。

看我忙得不亦乐乎，却烟不离手的，他语重心长地叮嘱我："再忙也要注意身体"……自然，他也忙。但再忙，他也不舍创作。后来，我主持《阳光》的编辑，向他索要作品，他眉头一挑，乐呵呵地说，还是多刊发基层作者的稿子吧，我写的量少。但同时，他把《阳光》悄悄放在心上，默默关心着。让我感动的是，有一年著名作家王蒙到平朔采风，很多人求王蒙题词，他竟请王蒙先生为《阳光》题写了"开拓"两个大字，托人转给我们。《阳光》创刊十周年的时候，我请他写几句话，他也爽快地写了。他说，《阳光》能把矿工需要的那份精神温暖送还给矿工，这是《阳光》的职责，也是《阳光》的光荣……深深表达出一位文学前辈们对《阳光》的殷切希望。

从 1963 年 12 月发表第一个短篇小说《王林林》算起，2013 年算是他业余文学创作 50 周年。在那一年的 6 月，中国煤矿文联和山西作协及他所在单位为他开了一个新书首发式与创作 50 年的创作研讨会。各路名家大咖相聚一堂，谈他的为文、为事和为人。在会上，我也说了几句，大意说他是一位心存宽厚的人——我以为：

从纷繁的工作中坚守创作，是一种生命的宽厚。

从文学创作中品味人生，是一种心灵的宽厚。

从嘈杂的现实中追寻文学的价值，是一种艺术的宽厚。

从艺术中歌颂人性的真善美，是一种灵魂的宽厚。

这种"心存宽厚"的人，当然会以他的人品和文品感染社会，感染人。心存宽厚，树自芬芳。

——现在，我还坚持我这一说法。

2017 年 7 月于北京

（徐迅：中国散文学会副会长，中国煤矿文联副主席，中国煤矿作协副主席）